チョコ職人と書店主の事件簿①

やみつきチョコはアーモンドの香り

キャシー・アーロン　上條ひろみ 訳

Death Is Like a Box of Chocolates

by Kathy Aarons

コージーブックス

DEATH IS LIKE A BOX OF CHOCOLATES
by
Kathy Aarons

This edition published by arrangement with Berkley,
an imprint of Penguin Publishing Group,
a division of Penguin Random House LLC.
through Tuttle-Mori Agency, Inc., Tokyo

挿画／ omiso

わたしに読むことと書くことへの愛を教え込んでくれた母、パット・ズルツバッハに。
そして、つねに変わらぬ愛で支援してくれる父と継母、ジムとリー・ヘガティに。

謝辞

エージェントの魔法の杖を振って、作家になるというわたしの夢を叶えてくれたジェシカ・ファウストと、この本に〝採用〟の返事をくれたあと、さらにぐんといいものにしてくれた、すばらしい編集者のロビン・バーレタに感謝したいと思います。

最高にすばらしい批評家グループの〈デニーズ・チックス〉、ケリー・ヘイズ、バリー・サミーがいてくれなかったら、この本は存在しなかったでしょう。

最初の批評家グループであるベッツィー、サンディ・レヴィン、故エリザベス・スクラジナがやんわりとまちがいを正してくれていなかったら、わたしは今こうして作家をしてはいません。RWAサンディエゴのメンバーの、何年にもわたるワークショップ、熱意、そして変わることのないサポートには特に感謝しています。

いつもわたしを支え、笑わせてくれる親友のリン・バス、ロリ・マロニーに愛と感謝を！日々創造性に満ちたインスピレーションをくれる〈アーティスツ・ウェイ〉のみんな：エイミー・ベルフォイ、スー・ブリット、ヒルダ・マエフスキ、キャシー・ウィアに、ありがとう。〈ススーザンズ・サロン〉のレディたち、特にわたしたちのリーダー（そしてプロットひねりの達人《グル》）ススーザン・フォート・オニールに、大声で叫ぶわね。〝やったわよ！〟

活字を愛するブッククラブと、十四年にわたって楽しくてすてきな時間をすごさせてくれた、〈マムズ・ナイト・アウト〉のメンバーに感謝します！　このプロジェクトをサポートしてくれたシンディ・アーロンに、ありがとう。

才能あるアーティストで人間としてもすばらしいマイケル・ヘガティに特別な感謝を。現在もわたしを支え、作品を熱く支持してくれるジェレミー、ジョスリン、マーダヴィ、マシュー・クルヴァットに、ありがとう。

専門的な助言をくださった以下の方々に心から感謝したいと思います。

パティ・ディサンドロとクリステン・コスターのメリーランドの知識に。

正看護師《RN》で看護学学士《BSN》で救急ケア登録看護師《CCRN》のエリザベス・ゴンプ、ドクター・スーザン・レヴィの医学の専門知識に。

ジム・ヘガティのウェブサイトにおける技術的サポートと、この本にもいくつか採用させてもらった愉快なユーモアに。

世界一おいしいチョコレートの店、〈ダルマン・ファイン・チョコレート〉のオーナー、イサベラ・ナックに。

マニーとサンドラ・クルヴァットの写真の専門知識に。

〈ブライアン・ローエンタール・フォトグラフィー〉オーナー、ブライアン・ローエンタールの写真の専門知識に。

ダナ・ローエンタールのプロジェクト立案における専門知識に。

〈アース・ソング・ブックス・アンド・ギフト〉の共同所有者、アネット・パーマーに。

警察の捜査手順について教えてくださった、メリーランド州セント・マイケルズの警察署長アンソニー・T・スミスに。

ロシア語のことで力になってくれたジュディ・トゥイッグに。

ニックの技術的サポートに。

誤りがあれば責任はすべてわたしにあります。

そして、いちばん大事なこと、聡明で美しくて創造的なわが娘たち、シャイナとデヴィン・クルヴァットに、そしてわたしの人生最愛の人である夫のリー・クルヴァットに、山ほどの感謝と愛を。わたしってほんとに運がいいわ!

やみつきチョコはアーモンドの香り

主な登場人物

ミシェル・セラーノ……………………………ショコラティエ
エリカ・ラッセル………………………………書店経営者。ミシェルの親友
コリーン・ハリス………………………………エリカの妹
マーク・ハリス…………………………………コリーンの夫
ベンジャミン・〝ビーン〟・ラッセル………作家。エリカとコリーンの兄
レオ・セラーノ…………………………………ミシェルの兄
デニース・コバーン……………………………写真家
ラリー・ステイプルトン………………………デニースの元恋人
グウェン・フィックス…………………………町長
ピーター・パラダイン…………………………高校の校長
スティーヴ・ロクスベリー……………………高校の化学教師
ジョリーン・ロクスベリー……………………高校の数学教師
ヘンナ・ブラッドベリー………………………ミシェルとエリカの隣人
オパール・ウィルキンズ………………………写真家
リース・エバーハード…………………………地元レポーター
ボビー・シムキン………………………………警部補
ヒラリー・パンキン……………………………有名パティシエ

1

「カップケーキは作らないわよ」わたしはエリカに言った。二年来の親友なのに、明らかにわたしの話を聞いてこなかったらしい。

「はい、はい」彼女は手をひらひらさせて、どうでもいいとばかりにわたしのことばを一蹴すると、その手をカウンターに伸ばし、わたしがこれ見よがしに店頭に運ぼうと思っていたトレーのひとつから、フルール・ド・セル・キャラメルをひとつ取った。母の日まえの一週間で、すでに大入り状態を楽しませてもらったが、この特別な日が終わるまでは、母親のためにチョコレートを買おうというお客をさらに引き寄せられるかもしれない。

「今までわたしがひとつでもカップケーキを焼くのを見たことがある？」わたしはきいた。

エリカとわたしは、メリーランド州にある町、ウェストリバーデイルで、一軒の店をシェアしている。スペースの半分は、エリカとコリーンの姉妹が経営する家族所有の書店で、わたしは残りの半分でチョコレートショップを営んでいる。この忙しい日曜日の午後に彼女がわざわざこっちのスペースまで来るということは、何かほしいものがあるのだと気づくべきだった。

「そうよね」キャラメルをちびちびかじりながらエリカは言った。「あなたはチョコレートにうるさい、、、、、ショコラティエなんだから、焼き菓子は作らない。でも待って。あのDCのレポーターはあなたをなんて呼んでた？〝ミシェル・セラーノ、チョコレート職人《アーティザン》〟」

「わかってもらえてよかった」わたしは言った。「カップケーキよりサマー・ベリー・ミルクがいいと思う。大人はみんな大好きだし、がきんちょ受けする斬新さもあるから」挽《ひ》きたてのコーヒーをコーヒーメーカーに入れ、スイッチをオンにする。つねに消えないチョコレートの香りとコーヒーの香りが混ざって、一日じゅうこのにおいを嗅《か》いでいるにもかかわらず口のなかにつばがわいた。〈チョコレート&チャプター〉のオーナーとしてのよろこびは、いつになっても尽きることがない。

エリカはあきれたようにぐるりと目をまわした。「そんなふうに十八歳以下の人間を目の敵《かたき》にしてると、いつか痛い目にあうわよ」鼻梁《びりょう》の図書館司書風眼鏡を押しあげ、例の目つきでわたしを見る。懇願する子犬と有無を言わさぬ鋭い目つきが混ざった、だれもが結局は命令に従わずにはいられなくなる目つきだ。これのおかげで彼女ははるか昔の高校卒業時に未来の指導者賞に輝いたのかもしれない。「アイシングでソフトボールのデコレーションをしたカップケーキは、チョコレートよりずっと斬新でしょ」

わたしは腕を組んだ。

「ボーイズ・アンド・ガールズ・クラブ（青少年向けに放課後プログラムを提供する非営利団体）のためなのよ！」エリカは言った。

「カップケーキは焼きません」わたしは言った。

エリカはわたしのがんこさにひどく驚いたようだった。「本気なの？　あなたがサミー・ダンカンに男子より女子のほうがいいバッターだってことを見せつけた、あの美しいフィールドを覚えてる？」フィールドを指し示すように手を差しのべる。「あのフィールドはね、毎年種をまいて維持しなくちゃならないの、わかる？」

彼女は奥の手を出そうとしている。ボーイズ・アンド・ガールズ・クラブでスポーツをしていたからこそ、毎年ウェストリバーデイル・ソフトボール・トーナメントで活躍できていることを指摘されるまえに、わたしは降参した。「わかったわよ。でも、作るのはわたしじゃないわよ。コナにたのむ」

「サイコー！」エリカは感謝だけを武器に人を操る名人だ。きっとあとで悦に入るのだろう。

「〝サイコー〟って何よ。それが公式フルブライト奨学生の語彙？」わたしは言い返した。

エリカがこの町に戻ってきたのは今から二年まえで、ちょうどわたしが店をはじめようとしていたときだった。それまでわたしがエリカ・ラッセルについて聞いていたのは、天才少女で、全額支給の奨学金をもらってスタンフォード大学に進み、ライティングで修士号をとり、フルブライト奨学生になったということだった。それがなんなのかは今でもまだよくわからないが。

コミュニティカレッジ中退のわたしなど、鼻も引っ掛けないだろうと思っていたのに、わたしたちは親友になり、今やビジネスパートナーでハウスメイトでもある。

彼女はスプレッドシートに何やら書きこんだ。「つぎの獲物、じゃなくて、入札式競売に出品するものを提供してくれそうな人はデニースね」

「委員会を困らせないでよ」わたしは言った。「今みたいな状況になって、みんなが逃げ出さなかっただけでも運がいいんだから」

去る二月、エリカがわたしたちの店のリニューアル一周年を祝うためにファッジ・コンテストを提案したとき、わたしは諸手《もろて》を挙げて賛成した。メリーランドの冬は大抵おだやかなのだが、今年は寒さがきびしく、凍えるような吹雪が三十回ほども訪れたあとでは、春を思わせるものはなんであれ歓迎だった。

わたしが想像していたのは、五十人ほどのご近所さんがうちの店に集《つど》って、さまざまなファッジ（しっとりとした食感のやわらかいキャンディで、チョコレート味が定番）の味比べをし、口のなかからファッジの味を拭い去るために、うちの店の本物のチョコレートを買う、というものだ。エリカが地元新聞に写真とプレスリリースを送り、できあがった記事を見れば、みんなが自分たちの人生にはもっとチョコレートと本が必要だと思うだろう。

だが、戦没将兵追悼記念日《メモリアルデー》（兵役中に戦死したアメリカ軍兵士を追悼する祝日。五月の最終月曜日）に先立つ週末催事の期間にコンテストをおこなうことについて、町長に意見を求めたのは大きなまちがいだった。どういうわけか、わたしたちのささやかなファッジ・コンテストは、公園でおこなわれる初のウェストリバーデイル・アートフェスティバルのオープニングイベントになってしまったのだ。メモリアルデーの前日の日曜夜に予定していた作家のサイン会も、ボーイズ・アンド・ガールズ・クラブの資金集めのための入札式競売に組み込まれてしまった。月曜日のパレードにも参加しろと言われなかったのは幸運と考えていいだろう。パレード委員会は、だれであれ六十歳以下の人間の介入を許さない排他的な古参たちのグループだからだ。

わたしは熱々のコーヒーがはいったカップと、チョコレートの盛り合わせの皿を、携帯電話で孫の写真を見せ合う老婦人たちのテーブルに運び、さりげなく伝票を置いた。

わたしがカウンターに戻ると、エリカはつづけた。「わたしは入札式競売に〈アイ・ソー・ドント・ドゥ〉シリーズ（バリー・サミー作のＹＡ向けミステリシリーズ）と、マイクル・コナリーの初版本を何冊か寄付するつもりよ」エリカは奥の倉庫室で古書および稀覯本ビジネスも手がけており、繁盛させていた。「それに、今日のミーティングではあなたがすごくよろこびそうな大きなサプライズがあるの」

「何よ？」

「教えたらサプライズにならないじゃない」彼女は謎めいた笑みを残して自分の陣地に向かった。

わたしはトレーを持ったまま、正面入り口のドアを開けた。エリカの妹のコリーンが、ブロンドの二歳男児の双子の片割れを腰抱きにし、いやがるもう片方を引きずりながらはいってこようとしていたからだ。

「エリカ」コリーンはほっとした様子で姉の背中に呼びかけた。「プルーデンスをダンスの発表会に連れていくあいだ、プレイコーナーに双子を置いていってもいい？」

姉妹はふたりでうまく都合をつけて働いていたが、コリーンは最近とみに子育てが忙しいようで、エリカがその穴を埋めていた。大学一年生で第一子を妊娠しなかったら、コリーンはそもそも書店で働いていただろうか、とわたしはときどき思う。経営の仕事は気に入っているようだが、コリーンはエリカのように本が大好きというわけではない。でも、十八歳で妊娠したとき、夫のマークがビジネスの学位をとるまで両親が経営する書店で働くことは最良の選択肢だったのだ。

店に出るときのコリーンはプロらしく見えるようそれなりに努力していたが、今日は見る影もなく伸びきったオレンジ色のカーディガン姿で、くたびれたシュシュから髪がほつれていた。

「いいけど、マークは？」エリカが困惑しているあいだに、双子は明るい色のレンガの仕切りのほうに走っていった。その向こうは店の残りの場所から隔離された、ささやかなプレイコーナー——わたしは地獄の第一圏と呼んでいる——になっていた。

コリーンは顔をしかめた。「風邪ですって。また出張に行って帰ってきたと思ったら、気分が悪くて何もできないって言うの。おまけに子守《ナニー》は町にいないし」どちらに対しても怒り心頭という口調だ。

ゲイブとグレアムみたいな双子がいたら、わたしもしょっちゅう風邪をひくことになるだろう。双子はチャイルドプルーフのゲートを巧みに開けると、自分たちの二倍の大きさの少年にふたりがかりで襲いかかり、消防士帽を奪った。

「なるほど」エリカはそう言うと、泣きわめく犠牲者をなだめに走り、コリーンは力なく両手をひらひらさせてみせてから退散した。正面のウィンドウ越しに、ライム色のレオタード姿で派手な頭飾りをつけ、旧式のボルボのステーションワゴンのなかで待っている、コリーンの娘のプルーデンスが見えた。あの子の忍耐力は聖人なみかそれ以上だ。双子の男児の姉の忍耐力を有しているのだから。

わたしはエリカに手を貸そうと一歩踏み出したが、すぐに泣き声はやみ、双子はエリカの膝の上で最新の厚紙製の本を振りまわしていた。しばらく見ていると、案の定双子の片割れが振りまわした本が、エリカのあごを直撃していた。

通りの向かいのペットショップ〈パンパード・ペット・ストア〉で月に一度の里親探しの会が開かれているので、試食用サイズのキャラメルを持って外に出ると、地元の動物愛好家たちのおかげでトレーのサンプルはあっという間になくなった。コナはこのミニサイズのキャラメルをわたしの〝ゲートウェイ・ドラッグ（依存のきっかけとなる薬物）〟と呼ぶ。クリーミーなチョコレートでくるんで、その上に極小粒のシーソルトを散らした、この完璧なひと口サイズのキャラメルをひとたび口にしたら、かならずもっとほしくなって再度来店することになるからだ。

わたしのあとからわらわらと店にはいってきた人たちの接客をすませたあと、ダイニングエリアの抜き打ち検査をしたところ、何も問題はなかった。お互いの使えるスペースを増やすためにふたつの店のあいだの壁を取っ払ったのはエリカのアイディアだ。リノベーションはみんなで乗り切ったが、コリーンとわたしはエリカよりもずっと文句が多かった。おそらくエリカは今の状態を思い描くことができていたのだろう。

家庭的で温かみのある店内の壁にはずらりと本が並んでいて、思わず一冊手に取って布張りの肘掛椅子で読みたくなるし、ただようチョコレートの香りは、わたしが提供する罪深いスイーツを選びたい気持ちにさせる。〈チョコレート&チャプター〉はこの小さな町の非公式のコミュニティセンターだった。統一性のないいくつかのソファとコーヒーテーブルは、今やさまざまな会合や、編み物サークル、ブッククラブ、そしてわたしのいちばん嫌いな誕生日パーティなどに使われている。

定期的に展示作品を変えている壁に掛けられたばかりの、地元アーティストの絵をまっすぐに直した。まえにエリカから聞いた話によると、このアーティストはもとの色の反対色を使うことで有名な作品を新たに表現していて、そのために馴染み深さと異質感が同時に味わえるらしい。

わたしのアシスタントにして右腕のコナが、彼女お得意のトルテ（切り分けて食べるデコレーションケーキの総称）各種がのったトレーを持って、奥の厨房から出てきた。彼女がいてわたしは幸運だった。理由はいまだにわからないが、ときどきチョコレートではなくケーキ類をほしがるお客さまがいるからだ。わたしは数時間で千個のトリュフを作ることができるが、焼き菓子作りはどうしてもできない。

「さっき、あなたが新刊記念パーティ用にソフトボールのデコレーションをしたカップケーキを二ダースほど作るって申し出ちゃった」わたしはコナに伝えた。

「かまわないわよ」彼女はアーモンド形の目でわたしに笑いかけながら言った。わたしがカップケーキをどう思っているか知っているのだ。「ところで、仕入れ先から届いたばかりの荷物を開けたんだけど」そこで間をおく。「新しいキラキラのココアバター、注文した？代金が余分に請求されてるわよ」

「うん、そう」わたしはさりげない態度を装った。「それでいいの」

「なんに使うつもり？」彼女はきいた。

わたしは答えるのを避けた。「ちょっと思いついたことがあって」

「試してみたいなら、わたしが店頭に出るけど？」コナはわたしが新しいもので遊ぶのが大好きなのを知っていたが、あの金色のココアバターに関してはだれにも知られてはならない計画があった。「とにかく、厨房に置いてあるから」

「そうねえ」わたしは言った。「家で試すつもりだけど、ちょっと見てみようかな」

コナはわたしが焼き菓子用にとひとつだけ許可したちっぽけなガラスの陳列ケースにトルテを置きはじめた。「いいわよ。カウンターはわたしにまかせて」

「ありがとう」わたしは新しい金色のココアバターの効果を試そうと、奥の厨房に向かった。フルーツをチョコレートに浸したり、トリュフに仕上げを施すのをお客さまに見ていただけるよう、店頭には小さなキッチンがあるが、作業のほとんどは奥の厨房でおこなう。

理想的な硬さになるまでガナッシュを手で混ぜたり、砂糖が焦げる寸前の究極のバランスになるまでスモーキーなキャラメルのにおいを嗅いだり、トリュフを完璧にするためにお行儀の悪い〝足〟をこそげ取るといった、魔法のあまりきれいではない部分はお客さまに見せたくなかった。

金色のココアバターのボトルを手に取った。今は金色の絵の具のように見えるが、溶かしたものをエアブラシ（圧縮空気によって塗料などを吹きつける器具）でチョコレートに吹きつけたら、きっとすてきだろう。

日曜日はほかの日より早く閉店するので、週に一度のミーティングは閉店直後に予定されていた。わたしが準備をしていると、中身が増える一方のファッジ・コンテスト用のファイルボックスを、エリカが苦労しながら店でいちばん大きなテーブルに運んできた。奥の隅っこにあって、高校生たちがテストまえの詰めこみ勉強をしたり、またはしているふりをしたり、退職者たちが集まって日帰り旅行の相談をしたり、PTAママたちが絶え間なくおこなわれる学校行事の調整をするテーブルだ。

いつもとりまとめ役のエリカですら、恐怖の双子とお客さまの両方を相手にしていたせいで、いささか疲れ果てているように見えた。

わたしは黙ってバルサミック・ドリームをわたした——ダークチョコレートのガナッシュにバルサミコ酢をふんだんに加えた、エリカの大好きなトリュフだ。「発表会はどうだった？」

「すごくよかったってコリーンが言ってた」好物を愉しみながらエリカが言った。

「マークは間に合ったの?」

「ええ。奇跡的に回復してちょうど見られたみたい」

デニース・コバーンが開いている店の裏口からはいってきた。信じられないほど長い脚を強調する赤紫色《マゼンタ》の小さなショートパンツ姿で。あの脚を見ると、自分がカバに思える。それもコビトカバに。彼女はアフリカの平原をうねるように歩くキリンだ。

うねるようにですって? 聡明なエリカといっしょにいすぎたようだ。「こんにちは、デニース」わたしはエリカの向かいの椅子にぐったりと座る彼女に言った。

「どうも」デニースは長いため息をつきながら言った。たっぷりとした赤褐色の髪を束ねて作った大きなお団子は、たったひとつのクリップで魔法のように頭の上にとどまっており、またもやわたしは美容院を出たとたんにくずれてしまう自分のストロベリーブロンドの薄い髪を呪った。

デニースの写真スタジオはわたしたちの店の隣にあり、主な顧客は地元の家庭や小規模企業だ。最近、最上級生のポートレート撮影の契約を地元高校と結んだところだが、彼女の夢はワシントンDCのギャラリーに芸術的作品を売ることだとみんな知っていた。DCの人たちのほうがそういうものに多くのお金を使うからだ。わたし個人としては、デニースの独創的な写真は、ピントがずれていてちょっと変だと思っていた。だれが側溝のなかで光る一セント玉のぼやけた写真を壁に飾りたいだろう?

「写真家さんの現場は大変な日だったの？」エリカがさらにファイルと色分けされたスプレッドシートを取り出す。

「まあね」デニースはそう言ってトリュフをつまんだ。「まえに話したあのギャラリーのオーナー、また約束を先延ばしにしてきたの」トリュフの角を小さくかじって、残りを置いた。あんな食べ方をする人たちがいるなんて信じられない。もちろん、彼女がひと口で食べるのを見たことがある唯一のチョコレート、アマレット・パレ・ダークなら抵抗できなかっただろうが、この日は早くに完売してしまったのだ。

「DCのギャラリー？」わたしはマヤン・ウォリアーをまるごと口に入れて、舌の上でチョコレートを溶かした。期待どおりにスパイシーなカイエンペッパーが喉の奥をくすぐる。

「何があったの？」腰を下ろしてきいた。

デニースは肩をすくめた。「家族のことで急用ができたから、明日のミーティングは後日に変更してほしいってメッセージを残してたの。DC行きのために予定を全部キャンセルしたのに」

「災難だったわね」エリカは言った。「メールで送ったら？　一度あなたの写真を見れば、きっと気に入ってくれるわよ」

永遠の楽天主義者め。

デニースはまた芝居がかったため息をついた。「まずは会わないとだめだって言うの。わたしの作品のモンタージュは、わたしの外面的世界観の内面的表現だから」

たわごとにもほどがある。枕営業をさせようとしてるのかもよ、と注意しようとしたとき、委員会の残りの二名がはいってきた。

スティーヴとジョリーンのロクスベリー夫妻はいつものようにオタクファッションで決めている。高校の化学教師のスティーヴは古びた元素周期表のTシャツ、数学と演劇を教えているジョリーンは〝半分脚本家。半分忍者。〟と書かれたTシャツを着ていた。

「すてきなTシャツね」わたしは言った。

「ありがとう！」ジョリーンはそう言うと、空手チョップをしながら小さく「ハイヤ！」と言った。「スティーヴからの贈り物なの。テコンドーで黒帯をとったときの」夫婦はふたりともベーコン・アンド・スモークト・ソルト・トリュフをいくつか皿に取って座り、わたしはコーヒーを取りにいった。

ジョリーンはチョコレートを味わってうめき声をあげた。「ああ、ミシェル。この新しい組み合わせ、最高よ！」

「この委員会の唯一の愉しみがこれなんだ」スティーヴも言った。彼はスマートフォンを取り出し、「見てくれよ！」と言って、空手着姿のジョリーンの写真を見せた。白い空手着が浅黒い肌に映えている。黒帯をして得意げな笑みを浮かべた彼女を見て、みんなが笑顔になった。

つねに有能なエリカが資料を配ったとき、上階の売り場をうろついていたティーンたちがロクスベリー夫妻に気づいた。「やあ、ミスター・アンド・ミセスR！」木製のバルコニーに危なっかしく身を乗り出して、ティーンたちが声を張りあげる。エリカはコミック本コーナーの常連たちを追い出さなかったらしい。

彼らがわざわざ車で近隣の町フレデリックまでコミック本を買いにいっていると知って、エリカはコミック本の仕入れをはじめたのだった。彼女も彼らに負けず劣らずコミック本が好きだったので、スーパー・ヒーロー・オタク・チームという名のブッククラブまで作っていた。

「おい」スティーヴがどなり返した。「わたしが買うつもりの『ジャスティス・リーグ・インターナショナル』（アメリカン・コミックに登場するスーパーヒーローがチームを組んで戦うコミックのシリーズ）には近づくなよ！」

ウエストリバーデイル高校の生徒のひとりが、一冊のコミック本を左右に振りながら歌うように冷やかした。「こ〜れ〜か〜な〜」

「こら、曲げたな！」スティーヴがどなった。「それは買わないぞ！」

ひとりが店の前方にある巨大時計を見て時刻に気づき、緊急事態であるかのように「晩メシ！」と叫ぶと、全員店の正面入り口から外に駆けていった。

小さく「ひゅう」という声をあげたわたしを、エリカがにやにやしながら見た。

「あなたの作成した資料の説明をして」わたしは入り口に施錠しようと立ちあがった。「そのあとで進軍命令を出して」

「いいわね！　忠義な家来たちって大好き」エリカは活動項目リストのコピーを配った。

「あと二週間もないからやることはたくさんあるけど、きっと全部うまくいくわ」

彼女は三つ折りの表示板を開き、高校の化学展で優勝できそうな、分刻みに書きこまれ、色分けされた計画表を示した。「まずは出版記念イベントとボーイズ・アンド・ガールズ・クラブの資金集め。ミシェルが寛大にもその夕べのためにカップケーキを寄付してくれるそうです」エリカは皮肉をかけらも見せずに言った。「それ以外の食べ物を寄付してくれそうなボーイズ・アンド・ガールズ・クラブのボランティアのリストも作りました」

「わたしは大評判のワカモーレを作るわ」ジョリーンが申し出た。

エリカは言った。「それはすてきだけど、大事な人材は最重要課題に集中してもらわないと。今いちばん差し迫った問題は、入札式競売にもっと寄付を募って、どちらのイベントにも大勢人が集まるように情報を広めることよ」

わたしはジョリーンにささやいた。「あなたは〝大事な人材〟なんですって」

エリカはわたしを無視して、椅子のレンタルと当日の夜の案内業務についての話に移った。やがて、わたしをまともに見た。「さて、ファッジ・コンテストについてだけど」彼女は興奮気味に微笑みながら言った。「ひとつ発表することがあります」そこでドラマチックな効果をあげるために間をおいた。「ヒラリー・パンキンが審査員をしてくれることになりました」

「なんですって？」わたしは唖然とした。

「ヒラリー・パンキンよ、〈ライフ・バイ・チョコレート〉っていうテレビ番組のスターシエフの。彼女、ウェストリバーデイル・ファッジ・コンテストのセレブ審査員になることを承諾してくれたのよ」

ええ。うそ。まじで。

2

ヒラリー・パンキンがウェストリバーデイル・ファッジ・コンテストに？

ヒラリーはグランシェフ・ネットワークのスター・パティシエで、国じゅうを旅してはその地域のショコラティエを〝発見〟している。胸にパニックがこみあげた。ヒラリーのチョコレート評はべた褒めか酷評かのどちらかで、その意見には一貫性がなかった。ある回ではトリュフに入れたラベンダーエッセンスを絶賛した。だがつぎの回ではラベンダーのせいで放送中に吐き気を催《もよお》した。自分でもなぜそんな理不尽な反応をしてしまうのかわからないようだった。だが、視聴率が高いので、店が繁盛するかつぶれるかは彼女にかかっていた。

「ここで番組収録があるの？」唇の感覚がない。

「いいえ」エリカはわたしの狼狽《ろうばい》ぶりに気づかずに言った。料理番組どころか、テレビ自体ほとんど見ないので、自分が何を引き起こすことになるかわかっていないのだ。ホラー映画のオープニングシーンのように。

「彼女、あなたのチョコレートがあのブラインド・テイスト・テストで優勝したことを知ってたわよ」エリカは誇らしげに言った。「ただ、番組の収録でＤＣに行かなくちゃならないから、審査員としてコンテストに参加する時間しかないの。でも、彼女がツイッターでそのことをほのめかしてから、うちのホームページのヒット数はうなぎのぼりよ！」

「すごいじゃないか！」スティーヴが言った。「週末じゅうの客集めに役立つぞ」

わたしは弱々しい笑みを顔に貼りつけ、そのテンションの低さを察したエリカは眉根を寄せた。そして、活動項目に話を進めた。そこにはフェスティバル用にバルーンアーチの注文を確認することから、サイン会用に椅子を並べるボランティアをさらに募ることまでが含まれた。

たしかにわたしのチョコレートは一流雑誌〈ワシントン・フードシーン〉主催の第三回ブラインド・チョコレート・テイスト・テストで優勝したし、今やエリカはわたしのチョコレートについて語るまえにかならず〝賞をとった〟ということばを添える。だが、ヒラリーはそれに同意したくないかもしれないのだ。

ヒラリーがここで番組収録をおこなわないとしても、最後にはかならず〝賛《イエイ》？　否《ナイ》？〟のコーナーがあり、それはとくに残酷だった——店名と所在地のあとに、さわやかな黄色の〝イエイ〟、もしくは毒々しい赤の〝ナイ〟が表示され、理由についてはいっさい説明されないのだ。

今からでもヒラリーの訪問を中止させることはできるかも、とパニックに打ち震えながら考えた。ジョージタウンの豪華なホテルや、ヴァージニアのベッド・アンド・ブレックファスト、東海岸じゅうの顧客にわたしのチョコレートを送るギフトバスケット会社のためにチョコレートを作ることで、ようやく商売が軌道に乗ってきたところだ。売り上げのほとんどは口コミによるものなので、もしヒラリー・パンキンにチョコレートを酷評されたら困ったことになる。

一方で、もし彼女がわたしのチョコレートを気に入って、〝イエイ〟をもらえたら、どれだけ売り上げが増えるか計り知れない。ジレンマだった。

正面扉をノックする音がしたので目をやると、グウェン・フィックスが窓の外から手を振っていた。わたしは緊張し、立ちあがって彼女をなかに入れた。いつもは陽気な正面扉のベルの音が、今は警報のように聞こえた。グウェンはウェストリバーデイルの町長を五年務めている。国内のほかの地域同様、町の財政が打撃を被っているにもかかわらず、すんなりと再選を果たしたのだ。不況のため投資していた住宅開発の売り上げが完全にストップして大金を失った町長は、町の運命を好転させようと必死だった。

メモリアルデーの週末にファッジ・コンテストをやるようにとわたしたちを説得したのは町長だった。そして、なぜか話は雪だるま式に大きくなって、〝メインストリートを救おう〟運動に発展していた。去年、経営の苦しい四軒の店舗が閉店したからだ。

ウェストリバーデイルの名は、この国ではめずらしく、実際にある川にちなんで名づけられたわけではない。何世紀もまえにリバー家によって創立された町は、アンティータム国立戦跡に近く、そこから東に戻る途中、観光客がぶらりと立ち寄ることもあった。わずかなりとも歴史的価値がある唯一の建物はリバーズ水車小屋で、南北戦争時代は武器庫として使われ、今はアーティスト協同組合になっている。リバー家が住み着いたためにリバーデイルとして知られるようになったのは植民地時代で、古いというだけで〝歴史的〟と考えられている建物がメインストリートに数軒あるものの、歴史愛好家が訪れるべき町はほかにいくらでもあった。

ウェストリバーデイル・メモリアルデーのパレードは、かつてのわが町にとって大きなイベントで、歴史ある小さな町の暮らしを体験しようとあちこちから人が集まった。人びとは休暇旅行で一九五〇年代を体験しては、現代的な暮らしに戻っていった。だが、近年パレード参加者は減少傾向にあり、グウェン町長はなんとかしようと必死だった。

わたしもメインストリートの商店主として、売り上げ増につながることならなんであれ支持したが、町長が会合に立ち寄るたびに、わたしたちの仕事は増えた。この週末のあいだ町長がひたすら町の財源を増やすことに専心している様子から、わが町の状況は、町長がスピーチでいつも言っているより悪いのかもしれないと思ってしまう。とくに、メモリアルデーの週末限定の売上税法案を町議会で強行採決させてからは。町の産業にとって経理は悪夢になるだろう。

「寄らせてもらったのは、いい知らせを直接伝えたかったからなの」グウェン町長はそう言うと、通ったあとにほのかなシトラスの香りをただよわせながら、せかせかと歩いてきてエリカのそばに立った。トレードマークのスーツのジャケットとジーンズにラルフローレンのスカーフというスタイルは、政治家に不可欠な〝わたしはプロよ〟と〝わたしもみんなと同じよ〟の両方の印象を与えていた。

「ハイウェイ沿いの〈ベスト・ウェスタン・ホテル〉はメモリアルデーの週末じゅう満室ですって！」グウェン町長は言った。

「やりましたね！」スティーヴがこぶしを宙に振りあげた。

グウェンはつづけた。「思ったとおり、新しいスローガンが効いたわ。町の名前をメイベリーに変えないといけないかも（メイベリーは一九六〇年代のアメリカのテレビドラマ〈メイベリー一一〇番〉の舞台となった架空の町。ここでは平和な田舎町の代名詞として使われている）」

グウェン・〝修理屋《フィックスイット》〟・フィックスは、スローガンさえ掲げればどんな問題でも解決できると信じていた。エリカは最新のプレスリリースで、国内のほかの地域ではとんでもなく犯罪率が上がっているというのに、わが町のそれは極端に低いことを売りこむために、〝ウェストリバーデイル：メリーランドの理想郷《メイベリー》〟という表現を使っていた。

「これもあなたたち女子と——男子が懸命に働いてくれるおかげよ」グウェンはスティーヴにウィンクした。「すごくわくわくしてる！　来週末のイベントは大成功するわよ」

あらゆるいいことを口にしているあいだ、グウェンは少し控えめに見えた。あくまでも彼女にしては、だが。

「すばらしいニュースですね」額に軽くしわを寄せながら、エリカが言った。ニュースがわたしたちの計画におよぼす影響を、すでにあらゆる方面から考えているのだ。

「それで、わたしたちにできることで、もうひと押ししようと思って」グウェンが言った。

　わたしは心のなかでうめき声をあげた。それでいつもとちがってチアリーダー風の元気さがなかったのか。さすがの町長も委員会の仕事を増やすのはまずいとわかっているらしい。

「ウエストリバーデイル高校が新しい太陽光発電プロジェクトに取り組んでいることは知ってるわよね」町長は言った。「パラダイン校長はとても進んだ考えをお持ちなの！　学区では大金を節約できるようになるわ。こんなのはどう？　〝ウエストリバーデイル：メリーランドでもっともグリーンな町〟」彼女はまんざらでもなさそうに微笑んだ。「わかる？　ことば遊びよ。どこまでも美しい緑《グリーン》の丘と、地球のために太陽光を使うクリーンエネルギーをかけたの。まったく新しい層にアピールできるわ。いっしょに仕事をする会社は〈ゲット・ミー・サム・ソーラー〉という名前なの。かわいいでしょ？」

　グウェンの笑みのワット数が上がった。

　さあ、来るわよ、とわたしは思った。熱心なタイプのエリカでさえ、つぎは町長に何をたのまれるのだろうと不安を覚えているようだ。

「アートフェスティバルで、その会社のために申し分のない場所を確保してもらいたいのよ。ほら、あの人たちが言うことといったら、場所、場所、場所だから！」

　ウエストリバーデイル第一回アートフェスティバルは、あっという間にウエストリバーデイル・フリーマーケットになろうとしていた。最初は志高く、ブースは質の高いアーティストに限定していたが、お金を出せて売るものがあればだれでも場所を買えることになってしまった。今や公園の片側は、自分の作品を売るアーティストたちのほか、〝工芸〟にカテゴライズされるいくつかのブースが並ぶことになっていたが、反対側は〈ダンカン金物店〉の工具や、〈ファーマー・ヘンリー〉のオーガニック・チーズや、〈フランクス・ファインズ〉の出自の疑わしいハブキャップが買えるエリアになっていた。

うちの店も、〈ゼリーニズ・イタリアン・キッチン〉や〈ブッバズ・サザン・バーベキュー〉や〈スウィーニーズ・ウィーニーズ〉同様、公園で販売をすることになっている。

もちろん、その日のハイライトはグランドオープニングのあとに予定されているファッジ・コンテストだ。ブラインド・テイスト・テストのために、コナとわたしは四十人の応募者から上位十人を選んでいた。そしてその十人の作品が、グウェン町長と、ウェストリバーデイルの最寄りの〝大きな〟町、フレデリックにある名高いレストラン二軒のシェフによって審査されることになっていた。それにヒラリーが加わるのだ。

「さて、働き蜂さんたちを仕事に戻らせてあげないとね。明日いくつか会議があって、今夜はこれからDCに行くのよ。太陽光発電プロジェクトを推し進める資金を集めるには必死で働かないと」グウェンはドアに向かった。ドアを開けたところで彼女が振り返ると、グループ全員が息を吸い込んだ。「配布する袋に〈ゲット・ミー・サム・ソーラー〉のチラシも入れることはたのんだわよね。何もかもほんとうにありがとう。きっとすばらしいイベントになるわ！」

グウェンがほんとうに出ていったことをたしかめてから、ジョリーンが言った。「あの人がこの町のためにあんなに一生懸命じゃなかったら、嫌いになれるんだけど」彼女はため息をついた。「もっとひどいことになっていた可能性もあるわ。少なくとも数学チームと演劇クラブはチラシの袋詰めの手伝いに手を挙げてくれた」

「いや、わたしたちが彼らをボランティア活動に引き込んだんだ」スティーヴが訂正した。「あの子たちは週末じゅうそばにいて、なんでも必要なことをやってくれるだろう」

「ミシェル」エリカが言った。「ほかのホテルにもきいてみてくれる？　どこも満室なら、覚悟しておかないと」

わたしはうなずき、今度は観光客が殺到しても充分な材料はあるだろうかと心配になった。前向きな悩みだが、やはりこれもなんとかしなければ。

「スティーヴ」エリカが言った。「太陽光発電プロジェクトは、あなたや生徒たちにとって環境にやさしいエネルギーについて学べるすばらしい機会ね」

「そうなんだ」スティーヴは言った。「もう測候所もあるんだよ。天候のちがいでソーラーパネルから生み出せるエネルギー量がどう変わるのか、比較するつもりなんだ」

「天候といえば」エリカは効率重視モードにはいっていた。「最新の予報は？」

「熱帯低気圧が近づいているから注意が必要だけど、今のところいい天気だよ」彼はつづけてキャンパス内の測候所の最新結果について話した。

熱帯低気圧？　メリーランドでは、熱帯低気圧はときどきモンスーンみたいな暴風雨になる。そうなったら大変だ。旅行者は気まぐれと相場が決まっている。雨の予報で多くの旅行者が計画変更を余儀なくされるかもしれない。

未知数の潜在的顧客にどんな対策を立てればいいのか考えていたので、いつもエリカが発する調子のいい締めの口上を聞き逃したが、デニースとロクスベリー夫妻の顔にほっとしたような表情が浮かんだところをみると、効果はあったようだ。

さよならのあいさつをすませると、わたしは備蓄品を調べるために倉庫室に引きこもった。チョコレートと砂糖とスパイスに囲まれていると、可能性は無限にあるという気にさせられる。

頑丈なラッピングを通して濃厚なココアのにおいを嗅ぎながら、フェルクリンのダークチョコレートの袋を数えた。これを使ってシンプルだけどすばらしいキャラメルを作ろうか、それともボンボンのフィリングにするか、エアブラシで模様をつけた精巧なトリュフにしようか？　決めるのはわたし。わたしは小さなチョコレートの世界の女王。厨房で魔法を生み出す魔法使い。チョコレートは情熱と愛を表現するものだという人もいるが、わたしにとってチョコレートは食べ物であり、家族であり、友だちだ。それはやさしさと寛大さを意味した。

在庫の材料からは数千個のトリュフが作れるだろうと見積もった。そんなにたくさん必要だろうか？　でも、ホテルとネット注文にも対応しなければならない。

緊急時用の材料にたよるという手もある。中身を詰めればいいだけのミニチョコレートカップはすでに用意してあった。贅沢《ぜいたく》なクリームのセンターもチョコレートに浸されるのを待っている。正式なものではないが、それなりにおいしい。本物のミシェルのチョコレートではないというだけだ。

別のシナリオについて考えていたとき、ドアが開いてデニースがはいってきたので驚いた。五月にしてはまだそれほどでもないが、湿気がはいらないように、彼女はすぐにドアを閉めた。わたしは指を一本立てて待ってもらい、計算を終わらせた。

デニースは困ったように顔をゆがめて待った。

「どうしたの？」わたしはきいた。

彼女は肩をすくめた。「まだうちに帰る気になれなくて」

「つらいわね」わたしは言った。娘とともに引っ越してきたときから、デニースの母親は癌《がん》と闘っていた。そして、二カ月まえに亡くなった。デニースはだれもいないアパートに帰りたくないのだろう。

コリーンがここにいないのは残念だ。彼女はデニースの親友であり、相談相手だった。それにわたしは人をなぐさめるのが下手だ。

「週末のことでいいニュースでも？」わたしは言ってみた。

彼女はまだ心ここにあらずという様子でうなずいた。「祖父が大昔にメモリアルデーのパレードを撮ったモノクロ写真を見つけたの。焼き増ししたら売れると思う？」

「ええ」わたしは言った。「わたしと同じ問題を抱えているみたいね――予測できないお客さん対策をどうしたらいいかという」

「まあね」彼女はシリコン製のチョコレート型《モールド》でいっぱいのメタルシェルフに指をすべらせ

た。

「大丈夫？」

「ええ」と言ったが、彼女は唇を噛んだ。

「何か心配事？」デニースが相手のときは単刀直入のほうがいい。控えめに友情を深めようとしても、彼女はまったく心を開こうとしないのだ。「不法侵入のことを考えてるの？」

二週間まえ、わたしが出勤すると、防犯アラームが解除されており、デニースの写真スタジオが荒らされていた。九一一に電話したあと、デニースに電話した。だれかが何かを探していたかのように、写真の束がぶちまけられていた。デニースは死ぬほど怖がったあと、烈火のごとく怒った。何もなくなっていないし、押入りそうな人物に心当たりはないと警察には話していたが、だれも信じなかった。

エリカとわたしはどこまで深入りしていいのかわからなかった。裏廊下は〈チョコレート&チャプター〉とデニースのスタジオの共用なのでセキュリティコードも共有していたが、店と倉庫室にはデニースとは別のセキュリティコードを使っていた。

セキュリティ会社が言うには、裏廊下とデニースのスタジオの両方のセキュリティコードを知る人物が、午前三時に建物にはいり、スタジオを家捜ししたということだった。わたしたちには思い当たることがあった。デニースは見た目が不良っぽい男に熱を上げる傾向があり、最後のボーイフレンドはそれに加えて行いのほうも不良で、不法侵入窃盗と車泥棒の前科があったのだ。

「ううん」彼女は言った。「あれはなんでもなかったから」

「高価な機材があんなにあるのに、何も盗《と》られなかったなんて、すごく気味が悪いわよね」わたしは言った。

彼女はわたしに顔を向けた。「ウェストリバーデイルなんて出ていきたいと思ったことある？」

「えっ？」わたしは突然話題が変わったことに面食らってきき返した。

「この町から出ることよ。〝メリーランドのメイベリー〟から」デニースはあざけるように指で引用マークをまねながら言い添えた。

「ないわ」わたしは生まれてからずっとこの町にいるし、もっと刺激的な生き方をしたいと思ったこともなかった。「ここがわたしの地元だもの。エリカと話すほうがいいんじゃない。旅行マニアだから」

「彼女、どうやって自分と折り合いをつけてるのかしら、ここに戻ってくるなんて」デニースは顔をしかめた。「わたしがウェストリバーデイルを出たら、もう二度と会えないわよ」だんだん妙な感じになってきた。「何かあったの？」わたしはきいた。「なんか落ちこんでるみたいだけど」

彼女は深呼吸をすると、もっと明るい声を出そうとした。「ここの冬にはもうがまんできないの。お金があったら、どこか一年じゅう暖かいところに引っ越したい」

「南国のビーチのすてきな写真が撮れるわね」わたしは調子を合わせた。「例のギャラリーにいくらか写真が売れたら、すばらしい休暇旅行ができるかもよ」

「そうね」彼女は言った。「『エコービーチの八〇年代』（マイケル・モイア、ジェイミー・ブリシックによる写真集）みたいな」

「何それ？」

「写真集よ。エリカなら知ってるわ」彼女はドアを開けた。「ありがとう」

本心からのことばではない気がした。力になれなかったとわかっていたからかもしれない。彼女を呼び戻すべきなのだろうが、見積もりを出さなければならなかった。チョコレートを作るのは大好きだが、それに比べるとチョコレート作りの計画を立てるのは全然楽しくなかった。

3

「もうすぐ終わるから先に帰っていて」わたしはエリカにできるだけ罪のない声で言った。この極秘プロジェクトについては、ウェストリバーデイルのだれにも知られたくなかった。いとこのバチェロレッテ・パーティ（結婚する女性のためのパーティ）のためにX指定のチョコレートを作っていることは。幸い彼女はワシントンDCに住んでいる――充分遠いのでだれにも知られないはずだ。このチョコレートは町の敬虔《けいけん》な人びとを遠ざけるだけでなく、友人たちの心に強い印象を残すだろう。この地域でバチェロレッテ・パーティがおこなわれるたびに、アダルトなチョコレートを作ってほしいとたのまれたくはなかった。

猥褻《わいせつ》な型《モールド》は家に隠してあるが、このチョコレート作りのためにエアブラシの道具をこっそり持ち出したり、また店に戻したりしていると、なんだか犯罪者のような気分だった。いとこのブライズメイドたちは、ネットで注文できるような安っぽいバチェロレッテ用チョコレートは買いたくないのだ。彼女たちが求めているのは、バラエティに富んだフレーバーの高品質なチョコレートで、金色のスプレーをかけてほしいという。理由は知りたくもなかった。ほかのハイエンドなバチェロレッテ・パーティには何が必要とされるのだろう？　セクシー・スターのチャニング・テイタムが踊りながらケーキから出てくるとか？

わたしのほうの店の戸締りをして、最後の見まわりをしているエリカに手を振った。これだけ涼しければ、家でこの特注品の仕上げと梱包をして、何をしているかだれかに知られるまえに発送できるだろう。

裏口から出てドアを閉めたとき、みゃあという声が聞こえた。

店の裏の木製のポーチの隅に茶色い縞模様の猫が座っていた。沈む日の光を映す緑色の目で、わたしをじっと見つめている。

「こんにちは、猫ちゃん」わたしは猫に一歩近づいた。「迷子になったの？」猫は首輪をしていなかった。

わたしはあたりを見まわした。そうすれば猫がどこから来たのかわかるかのように。〈パンパード・ペット・ストア〉の里親探しのイベントから逃げてきたのかしら？「ちょっと待っててね」と猫に言ったあと、まるで言えばわかるかのように猫に指示を与えていたことに気づき、ばかみたいな気分になった。猫のえらそうな顔つきも助けにはならなかった。

最後の荷物を車に積んでしまうと、猫が一匹行方不明になっていないか確認しようと、ペットショップに電話した。だれも出なかったので、メッセージを残した。メインストリートのほとんどの店は、メモリアルデーが終わるまでのあいだ日曜日は早く閉まるのだ。猫はポーチで待っていた。うちに連れていくべきかしら？

わたしはペットを飼ったことがない。母はいつもわたしと兄のレオのあとを掃除してまわるだけで精一杯だと言っていた。猫の毛並みを見て、名前が浮かんだ。もし飼うことになったら、名前はココにしよう。

かがんでなでてやると、猫は手を押し返してきてのどを鳴らした。だが、抱きあげようとすると、つるつるするフェレットのようにもがいて逃れた。「大丈夫よ」ポーチの縁に腰を下ろすと、猫がまたのどを鳴らしながら足首にまとわりつきはじめた。試しに「ココ」と呼んでみた。

猫は名前を気に入ったらしく、わたしはちょっとなごんだ。なんてかわいいの。しばらくなでてやってから、このかわいそうな生き物をどうすればいいかまだわからないまま、もう一度抱きあげようとした。

「にゃあ！」今度は思い知らせようとするようにわたしをたたき、身をよじって逃れた。「わかった、わかった」わたしは言った。「抱っこされたくないのね」猫を店のなかに入れることはできない。保健局がひきつけを起こすだろう。「ここで待ってて」

ドアを開けると防犯アラームが鳴ったので、エリカが施錠したあと正面扉のパネルでセキュリティシステムをセットしたのだとわかった。

ココはポーチから飛び降りた。そして、わたしがなかにはいって防犯アラームを解除し、また出てくるころには消えていた。

近所のだれかが飼っている猫なのかもしれないが、もしかしたらお腹をすかせた迷い猫で、路上生活で心に傷を負ったせいでわたしを信用できないのかもしれない。また戻ってきたときのために、厨房に行って猫が好みそうな食べ物を探しまわった——小さなプラスティック容器に注いだ少量の生クリームと焼いた厚切りベーコンでいいだろう。アラームをセットし直して、ポーチの壁際に食べ物を置いた。

メインストリートをはさんで向かいにある〈ダンカン金物店〉は明かりがついており、とっさに新しい金色のココアバターをスプレーするための新しいエアホースを買いにいこうと決めた。ほとんどの駐車スペースが空いていたので、そのひとつにミニバンを停め、おなじみの売り場通路に向かった。エアホースを定期的に詰まらせないようにする方法はいまだにわからなかった。

ピーター・パラダイン校長が、〈ダンカン金物店〉の店員用の赤いエプロン姿で棚に商品を並べていた。

「夜間のアルバイトですか?」と声をかけた。校長がここにいると知っていたら、ブラック・フォレスト・ミルクを少し持ってきたのに。わたしが店の商品を気前よくあげすぎだと会計士はいつも文句を言うが、ひとつかふたつ食べればたいていみんなもっと買ってくれた。けちな人以外は。それに、わたしはみんなにおいしいチョコレートを食べてもらうのが好きなのだ。

校長はくすっと笑った。「日曜日の夜も営業することにしたサミーを手伝っているだけだよ」と何やらコマーシャルのような口ぶりで言う。「それに、子どもが医学部だから、余分なお金がはいるのはありがたいんだ」

微笑み返さずにはいられなかった。パラダイン校長は娘のことがたいそう自慢で、可能なかぎり会話に〝医学部の子ども〟をまぎれこませるのだ。「娘さんはお元気ですか？」

「元気だよ！　死体といっしょに働くのが大好きらしい」彼は驚いた顔で首を振った。

「お母さんの歩んだ道をたどっているんですね」わたしは言った。校長の奥さんは外科医の助手で、ＤＣの最貧困地域のひとつにある無料診療所をほとんどひとりで運営していた。

「何か手伝えることはあるかな？」彼がきいた。

「エアブラシ用の新しいホースが必要なんです」わたしは金属製のフックからそれをひとつ取った。

「手助けが必要なら知らせてくれ。そいつを交換するのはむずかしいかもしれない」

「ありがとうございます」わたしは言った。もう何年も自分で器具をメンテナンスしているので、問題はないだろうが。

「何か特別なものを作っているのかな？　ほかに必要なものは？」

「ありません」わたしは急いで言った。「ただのメンテナンスなので」

彼はおかしな顔をしてみせた。校長の直感はいつも鋭いのだ。

「ありがとうございます、パラダイン先生」

「ピーターでいいよ」彼は言い張った。

古い習慣はなかなか消えない。

レジにはベアトリス・ダンカンがいた。彼女は夫のハワードとともに息子のサミーを手伝っていた。サミーは以前の上司であるオーナーが引退したとき金物店を買い取ったのだが、工具愛がかならずしも商才につながるとはかぎらないことに、家族は気づいていなかった。お客がラチェットレンチを見つけたいとき、サミーは実力を発揮するが、銀行口座の収支を合わせるのはあまり得意ではなかった。

「遅くまで営業してるのね」わたしは言った。「日曜日なのに」

「知ったこっちゃないわ」ベアトリスはこぶしで背中の下のほうをたたいた。短いグレーの髪をジェルでまっすぐに立たせている。「サミーは売り上げが伸びるかもしれないと思ったみたい」

「いいアイディアね」わたしは言った。店内にいる客はわたしひとりだったが。

彼女は肩をすくめた。「やってみる価値はあると思って。メモリアルデーの週末まではつづけるわ」そして、希望に満ちた顔でこうつけ加えたので、わたしの胃は沈んだ。「そうそう、あなたたちのファッジ・コンテストのプログラムにクーポン券をつけて、観光客用に旗と土産物を山ほど注文したのよ」

「すてき！」わたしはホースの代金をわたし、おつりは取っておいてと言いたいのをこらえた。

不安は家に着くまでわたしをさいなんだ。多くの人が例の週末をあてにしていると知らされるのはこれが最初ではなかった。成功しなかったらどうすればいいのだろう？

うちのまえに車を停めたときには日が暮れかけていたが、お隣に住むヘンナ・ブラッドベリーはわたしを待っていたようだった。数年まえに夫を亡くしてから、ヘンナはある種の変身を遂げていた。内なるヒッピーを解放し、名前もキャロルからヘンナに変えた。今は布に絵を描いたり、ワイヤーで手の込んだネオンサインをデザインしたり、あらゆるサイズの蝶を作っては、ネットで販売することで日々をすごしていた。

ヘンナは足を踏みならして近づいてきた。グレーの長い髪はサイドでポニーテールにし、レインボーカラーのスカートを怒りにまかせて脚にまとわりつかせている。わたしが車から降りると、その横で立ち止まった。「ミシェル。デニースのこと、なんとかしてちょうだい」

「なんでわたしが？」

彼女はわたしが何も言わなかったかのようにつづけた。「ほんとうに困ってるの。あの人、アーツ・ギルドにわたしは本物のアーティストじゃないなんて言ったのよ！」彼女はひどく怒っていて、ほんとうに震えていた。

「デニースはそんなこと言わないわ」とはいえ、デニースはギルドの会長でいることがやけに気に入っていると、最近だれかが言うのを聞いた記憶があった。

「否定するの？」ヘンナは百五十八センチの体を精一杯伸ばした。「わたしの親友のサディはうそつきだって言うの？」

「あら、もちろんちがうわよ」わたしは急いで言った。「でも、サディの誤解だったという可能性はないの？」

「ないわ」ヘンナは譲らなかった。「先週のギルドの会合で、会員資格を求めてまた嘆願したの。わたしの美しいアート作品が世界中ではばたいていることを話したわ。そのあとみんなで話し合うから帰ってくれと言われた。そして今日、残念ながら入会は認められませんという手紙が届いたというわけ」彼女はおそらくはその手紙をにぎりつぶしたときのように手をにぎりしめた。「全会一致でなければだめらしいんだけど、サディの話では反対に投票したのはデニースだけだったそうよ」

「それは気の毒にね。でも、あんなギルドにはいる必要あるの？」わたしはミニバンからエアブラシ用のコンプレッサーとチョコレートをおろし、もう行かなければならないのを示そうとした。

ヘンナのショックを受けた顔を見て、これが彼女にとっていかに重要なことかに気づいた。

「ギルドに所属しているという名誉だけじゃないわ」彼女は少し冷静になって言った。「会員はグループで宣伝をしていて、それが売り上げにもつながっているの。実際に売れているのよ。それに、コミュニティのためという大義名分がある」

「お気の毒に」わたしは繰り返した。「でも、ギルドにはいってなくても、あなたの作品には顧客がついてるじゃない。ギルドのメンバーのなかには、あなたほど顧客がついていない人もいるわよ」

「そうなのよ」彼女は言った。「あなたの友だちのデニースも含めてね」

「どういうこと？」

「サディから聞いたわ。デニースはあの店を失うところだったけど、なんとかお金を工面したそうね」ヘンナは眉をひそめた。「それほどやりくりに苦労してるなら、そう長くここにもいられないかもしれない。彼女がいなくなったら、きっとわたしはギルドにはいれるわ」

「ほんとに残念だったわね」わたしは彼女の背中に向かって叫んだ。ヘンナの入会を阻止することで、デニースにどんな得があるというのだろう？

二歩も進まないうちに、オートバイが近づいてきてすぐそばで止まったので、わたしは飛びのいた。無茶なドライバーに文句を言ってやろうとしたとき、色つきのバイザー越しの顔に気づいた。

レオ。

わたしの兄はオートバイに乗って何をしているの？

彼はバイクのエンジンを切り、キックスタンドをおろしてバイクを安定させてから、人工装具をつけた脚を振り上げて地面に降り立った。

レオはにやりとした。「やあ、ベリー」このニックネームは、わたしのストロベリーブロンドのほうが彼のダークブラウンの髪よりずっときれいだと、子供のころわたしが言い張ったことによる。「気に入った？」

わたしはことばを失った。「どうして……？」ことばは途中で消えたが、言わんとしていることはわかってもらえた。

「ハワード・ダンカンがおれのために改造してくれたんだ」レオはわたしにはなんのことや

らわからない器具を指し示した。「ギアシフトとキックスタンドを反対側につけてくれたんだよ。いいだろ?」

なんと答えればいいかわからなかった。それまでずっとのんきな冒険家だったレオは、変わり果てた姿でアフガニスタンの戦争から戻ってきた。そして、心の傷は脚を失ったことよりもずっと深かった。

ウォルター・リード陸軍医療センターを出て故郷であるウェストリバーデイルに戻ってくればよくなるだろうとわたしは期待していたが、うつ症状はレオについてきた。落ちこんでいないときは怒っていた。戦争に。世界に。自分自身に。

わたしはウェストリバーデイルで唯一の精神科医のところにレオを連れていき、精神科医は彼が悪魔と闘うのに手を貸した。よくなってきてはいたが、ときどき危険な状態に逆戻りしてしまい、わたしはそれがうつ病の初期の症状よりもさらに恐ろしかった。

わたしたちが自動車事故で両親を失ったのは、レオが十八歳、わたしが十四歳のときだった。彼はずっと海兵隊にはいるのが夢だったが、わたしの面倒をみるためにその夢をがまんした。わたしが十八歳になって〝ほんとうの〟仕事を見つけると、今度は兄さんの番だとわたしに説得されて、レオは入隊した。

そして今はこの状態だ。

わたしはしゃべろうとしたが、どもってしまって何も言えず、レオは笑った。本物の笑いだった。

「ワオ」わたしの声は弱々しかった。

幸い、エリカが電気自動車でやってきて救ってくれた。「いいバイクね、レオ」彼女は車から降りて言った。「ハーレー?」

「もちろん」とレオが言い、ふたりはピンゲルシフトやらハンドクラッチやらその他機械にまつわるわけのわからないことについて、わたしとは別の言語で会話をはじめた。

わたしは手にしているもののことを思い出した。「すぐ戻るわ」と言って荷物をキッチンに運びこむと、また外に出た。

レオはわたしに手を振ったあと、バイクで走り去った。

「レオにはわかるのよ。彼がバイクに乗るのをあなたはよろこんでいないって」エリカは同情するように言って、車を電源につないだ。わたしたちの家にはガレージがないので、彼女が極小のドライブウェイに特別充電装置を設置したのだ。

「レオにとって安全なわけがないでしょう?」わたしは言った。

「彼はそこが気に入ってるのかもよ」彼女は言った。

わたしたちは木製の階段をのぼった。「退役軍人会には返事をしたの?」エリカがきいた。

わたしは首を振った。町じゅうがわが町の戦争の英雄に会いたがっているのに、レオは軍隊に関係があることをいっさい寄せつけなかった。最近では、彼をメモリアルデーの記念式典に参加させたがっているパレード委員会から逃げまわっていた。

「焦《あせ》ることないわ」エリカはそう言うと、二階に向かった。わたしたちは一軒家をシェアしている。ペンキを塗り直す必要のあるポーチに取り囲まれた、築百年のだだっ広い家で、何十年もまえ二世帯用に改築されたものだ。簡単な調理ができるキチネットつきの二階がエリカのスペースだった。お客さんが来たときは一階のリビングルームを共用で使い、本格的な食事を作る必要があるときは、わたしのずっと大きなキッチンを使っている。エリカはそれほど睡眠をとらず、あいている時間にたくさんの教授たちのためにリサーチをすることもあった。夜遅くに彼女が取り組んでいる問題について考えながら歩きまわる足音が聞こえると、なぜだかほっとする。

エリカの住む階は、わたしの住む一階とは別の国のようだった。千冊もの本があちこちに散らばり、世界じゅうの興味深いアート作品やその他の目新しいものがあった。ベッドはどこか異国のビーチにある五つ星ホテルの広告のような、薄いカーテンがかかった四柱式のものだ。かなりのロマンチストだということがすっかりばれている。

わたしの住まいは機能的そのものだった。壁のわずかな装飾品はガレージセールで買ったものだし、写真は十二歳のときの家族写真で、ダイニングルームの隅にあるのは、ハーシーのキスチョコの形の大きなビーンバッグチェアだ。カリブ海を舞台にしたロマンティックコメディのセットにふさわしいベッドなどはない。

新しいおもちゃを手にした幼児のように、とにかく今は、金色のココアバターで遊ぶのが楽しみだった。それに、別の用途も考えなければ。バチェロレッテ・パーティ以外の用途を。毎晩宿泊客の枕に置くチョコレートのロゴに金色の輝きを加えたら、ジョージタウンの高級ホテルはよろこんでくれるだろうか。

自分の住居スペースにはいってドアを閉め――エリカとのあいだでは〝邪魔しないで〟を意味するコードだ――チョコレートのテンパリングを開始した。X指定のチョコレートといえど、わたしが作るのだからなめらかでおいしくなければならない。

まず、フェルクリンのダークチョコレートをひとかけ割り、刻んでダブルボイラーに投入する。完璧な温度になるまで待って、下の鍋をはずし、さらにチョコレートのかけらを加えて温度を下げる。

電気式ウォーマーの小さなカップのなかに金色のココアバターを絞り出し、チョコレートのほうに向き直った。

高価だが必需品の赤外線放射温度計で、ぴったり二十九度になるまでチョコレートを監視し、そのあとダブルボイラーに戻して再加熱した。

それなりに腕のいいショコラティエならたいていそうであるように、チョコレートが理想的な状態になれば――リッチなブラウンになり、表面が完璧に均一でつやつやかになれば、本能的にわかる。だが、わたしは温度計でたしかめるのが好きだった。

チョコレートを温めながら、少量の溶けた金色のココアバターをペイントホルダーに注ぎ入れ、エアブラシマシンのスイッチを入れた。

最初の型に軽く吹きかけ、光にかざして均一かどうかたしかめてから、冷ますために脇に置いた。猥褻な形にいまだにぎくりとさせられる。最初の三つの型にこの手順を繰り返し、ときどき中断してチョコレートをかき混ぜた。

温められたことで、チョコレートのほのかなバニラとシトラスとスモークの香りが広がった。理想的な状態になったところで、完璧な量のチョコレートを型に注ぎ入れ、軽くたたいて気泡を抜くと、冷蔵庫に入れた。

つぎの型にココアバターをスプレーしているとき、ドアが開いたので、わたしは飛びあがった。エアブラシを落としそうになって金色のココアバターをあごに噴射してしまい、あわてて両手でつかんだ。

わたしのキッチンにはいってきたのは、過去からの風だった。

4

ベンジャミン・〝ビーン〟・ラッセル。エリカとコリーンの兄。わたしの兄レオの親友。そして、エリカを含めだれも知らないことだが、わたしの高校時代のファンタジーのスターだった。実を言うと、カレッジ時代も。そしておそらく、彼がここに来ると知ってからずっと。最近、かなり日照りつづきなのだ、ロマンスに関しては。

「やあ」ビーンが言った。記憶にあるヒーローのようにはあまり見えない。髪はいつもうわのそらの作家のような乱れ方だったのに、今は変な寝癖のように片側がつぶれて頭に貼りついているように見える。

「あら、ビーン」わたしはやかましいコンプレッサーをオフにして、型を背中に隠そうとした。「エリカのアパートメントは階上《うえ》よ」急に静かになったので、わたしのことばはやけに大きく響いた。

「知ってる。においにつられて来たんだ」

わたしは驚いて眉を上げげた。

「ノックしたけど聞こえなかったみたいで」彼は咳払いをした。「それと、今はベンと呼ばれてる」

それはそうだろう。今はもう、あらゆる学業成績の記録を塗り替えた——その後エリカがまた塗り替えることになるのだが——ウェストリバーデイルの十六歳の神童ではないのだから。今や彼は世界的に有名なジャーナリストにして作家で、妹たちの書店でおこなわれる出版記念イベントのために帰省していた。このあとはまた外国に飛んで、なんであれ調査している国の政治や企業を揺るがすようなことをすっぱ抜くのだろう。彼の処女作のプルーフ版を読んだことがあるが、近寄りがたいほど見事だった。

「わかったわ」わたしは間をおいてから言った。「ビーン」思いどおりにさせるものか。

彼は眉根を寄せたが、すぐにまた離した。わたしはあごの金色を拭ったが、さらにひどくなっただけのようだった。二年まえにエリカと親友になって以来、彼が帰省するのは初めてだった。

「知ってる」彼は言った。「見ちがえたよ」

「もう十三歳じゃないもの」思ったより言い訳がましくなってしまった。暗いクロゼットのなかでしたぎこちないキスがフラッシュバックしたからかもしれない。瓶をまわし、止まった瓶の口が指す方向にいる人とキスをするゲームで、不運にも負けた結果起こったことだった。それとも勝ったから？　彼は絶対に覚えていないだろう。

「あのときは金メッキもされてなかった」彼はわたしの顔をまじまじと見た。「それは何？」

「金色のココアバター」なんだかまぬけに聞こえた。「型に吹きつけてからチョコレートを注ぐと、金色の輝きが出るの。食べられる金で、もちろん本物の金じゃないわよ」

彼の顔に一瞬愉快そうな表情が浮かび、茶色の目の脇にしわが寄った。「なるほど」視線がわたしの口に向かう。「食べられると言ったね？」

いやだ、もう。赤くなるのがわかって顔を背けた。「ええ。それで、エリカは？」

またもやおもしろがっている顔。「うん」

「階上《うえ》よ」わたしは強調気味にドアの外を示したが、彼はしばらくここにいるつもりなのか、カウンターに寄りかかった。背後に型を隠したまま彼を追い出す方法が思いつかない。

「どう見ても何か隠してるみたいだけど」

「まさか」わたしの声は大きすぎた。「何も隠してないわ」

「どうかな。ぼくはジャーナリストだ。そういうことにはすごく直感が働くんだよ」

「チョコレートを作っていただけよ。エリカがきっと待ってるわよ」

「いや、それはない。驚かせるつもりだったから連絡してないんだ。残念だったね」彼が右に動くふりをし、わたしは彼に型を見られないように体を傾けた。すると彼は意表をついて左にある冷蔵庫に向かった。「何か食べるものははいってる？」

「だめ！」と言ったが遅かった。

彼は冷蔵庫の扉を開け、わたしの作品をまじまじと見た。金色に塗られた、解剖学的に正しいチョコレートを。小さいけれど、まちがいなく男性の。

「おいおい。これで何をするつもりなんだ？」彼はにやりとした。「まさか食べないよな」

笑いがこみあげるのがわかった。「見つかったなら仕方ないわ。いとこのバチェロレッテ・パーティのためのチョコレートを作ってるの。X指定のチョコレートを作ったのは今回が初めてよ。エリカには言わないでね」

「もちろん、言わないよ。きっときみを追い出すか何かするだろうからね」彼は言った。「ところで、この形じゃないものはあるかな？　きみのチョコレートは天国の味だってエリカから聞いてるよ。それに、この二十四時間プロテインバー以外何も食べていないんだ」

「仕方ないわね」わたしは立ち上がって、家でチョコレートをしまっておくのに使っているワインクーラーを開けた。店の厨房にもふたつあって、大量のチョコレートがはいっている。わたしは旗の形の型で作り、赤白青に塗ったチョコレートをひと山取り出した。

「これを食べてみて」小さな皿にいくつか並べて出した。

彼はひとつを口に放り込んだ。「うーん。こりゃすごい」のみこんでもうひとつ食べ、一瞬目を閉じた。

見つめずにいるのはむずかしかった。

彼は微笑み、エリカと同じデイヴィッド・レターマン風の隙間のある前歯を見せた。ふたりで徒党を組んで両親に反抗し、歯列矯正をこばんだのだ。「今まで食べたなかでいちばんうまいよ。ほんとにきみが作ったの？」

「ええ。気に入ってくれてうれしいわ」

「まだある？」

「ひと山全部持っていって。でも、エリカに言って、ちゃんとした食事を食べさせてもらってよ。糖尿病性昏睡に陥るといけないから。それと、例のことは彼女に言わないで！」

ようやく彼はドアに向かった。「どうするかな。ぼくの沈黙を買うにはもっとチョコレートが必要かもしれないよ」

夢のさなかにアラームが鳴った。気の毒なわたしの若いスタッフが、ドアからどんどんはいってくる人の群れにチョコレートをわたせと脅され、そのあいだわたしは奥で、すごい速さのベルトコンベアーで流れてくるチョコレートを、キャンディ工場の回の〈アイ・ラブ・ルーシー〉のルシル・ボールみたいに一心不乱にラッピングしているという夢だ。

いつも月曜日が待ち遠しかった。チョコレートの新しい味の組み合わせを考えたり試食したりすることにしているからだ。だが、ほぼ夜じゅう寝返りを打っていたので、ランニング用のウエアを着て玄関を出るには、フレンチプレスで淹《い》れた濃いコーヒーが二杯必要だった。自分の作ったものを食べて太りたくなければ、ランニングは欠かせない。

霧の朝はエネルギーレベルを上げてくれなかった。このあたりは丘だらけなのに、隣の丘も見えないほどだ。わたしたちの家は町のはずれの、ちょうど歩道がなくなるところにあるので、わたしは道路の端を走った。家々が暗がりのなかから幽霊のように姿を現し、重い足取りで通りすぎると背後に消えていった。二マイル目にはいってようやくいつものペースで走れるようになり、四マイルのコースを走り終えるころには最高の気分になっていた。無敵の気分だ。一流料理人にだって負けないくらいに。

シャワーを浴びて、茶色のシェフコートを着た。これを着ると冷静でいられるし、さらに重要なことにチョコレートのしみが目立たない。店のロゴがくっきりと描かれたミニバンに禁断のチョコレートを積んで、店に向かった。

町に近づくと、家々や商店の間隔が狭まってきた。メインストリートの大部分は幅が狭く、植民地時代からの建物が密集していた。なかには互いに支え合い、レンガとモルタルでくっついているように見えるものもあった。歴史的な外観の仕上げとして、町は古い玉石敷きの舗道を保存していた。

メインストリートのわたしたちの店がある区域は、それよりやや現代風だった。一九五四年に大火事があり、ブロック全体が破壊されたからだ。狭いホワイト・ストーン・アレーにとどまり、通りを、そしておそらくは町全体を破壊から救った消防士たちの勇敢さは、いまだに語り草になっている。

当時このあたりの人びとは歴史的建物の保存にそれほど熱心ではなかったので、何軒かの店のオーナーたちはブロックの残りを買い上げて、ウェストリバーデイル・タウンセンター・モールと呼ばれる、横に長い木造建築を建てた。植民地時代の家族よりも商店のニーズに合わせたものだ。

メインストリートの中ほどに位置する〈チョコレート&チャプター〉を通りすぎたとき、ダイニングエリアにぼんやりと明かりが見えて驚いた。あの明かりは消したはずなのに。

店の裏の砂利敷きの駐車場に車を停めると、空になった食べ物の容器の横に、あの茶色の猫がお代わりを待つように座っているのが見えた。えさを与えたのはいい考えではなかったかもしれない。チョコレートショップで猫を飼うことはできない。トリュフに一本でも毛がまぎれこんだら、保健局からなんらかの罰金を食らう。それに、お客さまはどう思うだろう？

「おはよう」と猫に声をかけた。何をやっているんだか。「ココ？」と呼んでみた。ドアに歩いていって解錠するわたしを緑色の目が追う。

うそ。すでに解錠されていた。月曜日の朝がわたしの時間だということはみんな知っている。コリーンはいつもマークが子どもたちを保育園に送りとどけるあいだに書店を開けるが、それにもまだ早い。

コナはいつも創作にのめりこんでいるわたしの邪魔をせずに開店準備をしてくれるし、もうひとりのアシスタントのケイラは正午まで来ない。わたしはいつもひとりで奥の厨房にこもり、今週はどんなチョコレートの魔法を、あるいは狂気を生み出すか決めることにしていた。

「ここで待ってて」と猫に言って、なかにはいった。短い通路を歩いて店の厨房に向かうと、デニースが愛用している香水、ゲランのサムサラの匂いがした。サムサラはサンスクリット語で輪廻《りんね》、苦しみ、死と再生という意味だとエリカから聞いたあとも、デニースはその香水を気に入っていた。わたしは気味が悪いと思ったが、彼女がつけているぶんには魅惑的な香りだった。

わたしが新しいレシピを生み出したり、それがお客さまに受けるかどうか判断できる理由のひとつに、ひじょうに発達した嗅覚がある。つまり、かすかな香りを嗅ぎ分けられる能力だ。両親にとっては不運なことに、そのせいでわたしは子どものころ好き嫌いが激しかったが、ショコラティエにとってはすばらしい財産になった。

デニースがこんなに早い時間に店にいるとは信じられなかった。彼女は最初のお客さまが来る五分まえに現れながら、準備は万端で、写真を撮るのを待っていたかのように見せるという技を極めていた。それに、今日の予約はすべてキャンセルしたと言ってなかったっけ？厨房にバッグを置いて、明かりを調べるために店頭のほうに向かった。香水の香りがさらに強くなった。

デニースのスタジオで不法侵入があったことを思い出し、不吉なものを感じた。警察に電話するべきだろうか？　厨房に戻って携帯電話を手にした。特に重い特大の銅製のレードルも。念のためだ。

ついていたのはサイドテーブルに置かれた小さな読書灯の明かりだった。わたしは頭上の明かりをつけた。温まるとゆっくり明るくなる、ひじょうに効率のいいものだ。何か動きがあれば飛びかかるか逃げるかするつもりで足を止めた。

香水の香りはますます強くなり、これまで嗅いだことのない、アーモンドのようなかすかな香りも混ざっていた。表面上は薬っぽいが、その奥にじっとりと暗い香りが感じられる。

さらに近づくと、書店の方を向いた、サイドに大きなウィングがついたハイバックチェアから、やたらと長い脚が突き出ているのが見えた。わたしが知っている人であれほど脚が長いのはデニースだけだ。

「デニース？」

返事はない。

そばまで行くと、デニースが右側のウィングに頭をもたせかけて、腹痛を起こしたようにお腹をかかえて眠りこんでいた。彼女のまえのコーヒーテーブルにはうちの店のチョコレートの箱が置かれており、わたしはそのチョコレートがすべてデニースの好きなアマレット・パレ・ダークで、三個なくなっていることに気づかずにはいられなかった。

「デニース？」わたしは彼女の肩に触れた。

それでも返事がない。心臓がどきどきしてきた。

今度は肩を揺すってみた。すると、頭がまえに傾き、口からチョコレートの泡が流れ出た。

5

わたしが悲鳴をあげたとき、ちょうどエリカが正面扉からはいってきて、取っ手につけたベルが鳴った。「エリカ！　デニースが変なの！」

エリカはさっと携帯電話を取り出し、九一一を押してわたしに寄越《よこ》した。自分はデニースの首の脈を調べ、椅子から引きずり下ろしてなんとか床に寝かせた。

「ウェストリバーデイル警察です。どうしましたか」

マクシーンの声だと気づいた。ニューヨーク出身で、いつも金曜日の夜のシフトのまえにブラック・フォレスト・ミルクを小さい箱で買う中年女性だ。「緊急事態です」わたしの声は震えていた。「〈チョコレート＆チャプター〉で」

「ミシェルなの？」

「はい。デニースがすごく具合が悪いみたいで」エリカが心肺蘇生法をはじめたのを見てつけ加える。「もしかしたらもう手遅れかも。すぐに救急車を寄越してください！」

日ごろの訓練が効果を現したらしく、マクシーンは言った。「すぐに人を送ります。そのまま切らないで」

「ミシェル」エリカがデニースの胸を押しては数を数えながら、冷静な調子で言った。「厨房に行って、気道吸引ができそうなものを何か見つけてきて」

わたしは走って厨房に行き、電話口に戻ってきたマクシーンの声を無視して携帯電話を置いた。引き出しをこじ開け、ターキーベイスター（オーブンで七面鳥などを焼くとき、滴り落ちる肉汁をかけ直すときに使う大きなスポイト）をつかんでエリカのところに戻ると、遠くからサイレンの音がした。ありがたいことに、町の警察と消防署からは数ブロックしか離れていない。

「完璧」デニースの胸を強く押して数を数える作業をつづけながら、ターキーベイスターを見てエリカは言った。脈を調べるために作業を中断したとき、彼女は言った。「彼女の口のなかをきれいにして。でも、何も触っちゃだめよ。この泡は毒を示しているから」

毒？　テーブルの上のチョコレートの箱に目が行った。ええ。うそ。まじで。

警察車両がタイヤをきしらせて店のまえに停まり、ボビー・シムキン警部補が駆け込んできた。エリカのそばにすわりこんで心肺蘇生法を引き継ぐ。「反応は？」と彼女にきいた。

エリカは首を振り、わたしを脇に移動させて、手からターキーベイスターを取った。「残念ながら」

「きみたちはよくやったよ」デニースからいっときも目を離さずにボビーは言った。

わたしたちがその場を離れると、消防車が到着して、消防士がふたり駆け込んできた（小さな町の消防士はボランティアのことが多く、消火だけでなく救急救命もおこなう）。

わたしは激しく震えだしたエリカの手をつかんだ。

消防士たちが来ると、ボビーはわたしたちのもとにやってきた。「何があった?」彼は懸命な蘇生術のせいで荒い息をしながらきいた。

「わからないの」無力さを感じながらわたしは言った。「ここに来たら、デニースがいたのよ」

「行こう」ボビーはわたしたちを外に連れ出した。救急車が到着し、救急救命士たちがストレッチャーとともに店内に急行した。「申し訳ないが、現場を保存するあいだ、きみたちはひとりずつ別々の場所にいてほしい」

わたしたちは容疑者のように扱われたことにぎょっとして彼を見た。

エリカとボビーは高校時代つきあっていた。それに、ボビーはわたしの兄の親友のひとりだ。まだ彼が警察官だと信じられないときもある。

「通常の手順だ」彼は横目でエリカを見たが、彼女は指示に従って建物の一方の端に移動して立ったので、わたしはその反対側で待った。なんだかばかばかしい。

ボビーは車から現場保存用のテープを持ってきて、店のまえの木のあいだに張りわたした。もうひとりの警官が到着した。警官の制服を着るのはもちろん、お酒を飲める年齢にもなっていないように見える。彼も自分の黄色いテープを持って、建物の裏に向かった。

〈チョコレート&チャプター〉は犯罪現場なのだ。

壁に寄りかかって呼吸を整えようとした。エリカもわたしと同じ気分のようだ——ショックで当惑している。

タイヤのきしる音がして、もたれていた壁から体を起こすと、コリーンが車から飛び出してきた。

「コリーン！」テープの内側にはいろうとした彼女の腕をボビーがつかんだ。「エリカは無事だ」

コリーンは救命士たちがデニースに心肺蘇生法を施しながらストレッチャーに乗せるのを見た。

「なかにははいれない」ボビーが言った。

妹を目にしたエリカは顔をくしゃくしゃにして走り寄り、テープ越しにコリーンをつかんだ。感情の洪水が押し寄せ、わたしは涙をこらえた。救命士たちの暗い顔つきを見てわかった。デニースは死んだのだ。おそらく毒を盛られて。おそらくわたしのチョコレートのせいで。

コリーンに比べると落ち着いた速度で、警察署長のエリック・ヌーナンが自分の車でやってきた。わたしの心臓は早鐘を打ちはじめた。大急ぎで身なりを整えたにちがいなく、もじゃもじゃのグレーの髪を手ぐしで整えたばかりのように見えるのに、署長は少しも急いでいない様子で車から降りた。

普段わたしは彼の悠然とした雰囲気を評価している。正しいことをおこなう能力がありそうに見えないこともないからだ。あまりにものんびりしているので、ときどきいらいらする人たちもいたが。署長は注文するチョコレートを選ぶときも果てしなく時間がかかるが、選ぶのはいつも決まってシンプリー・デリッシュ・ミルクだ。それ以外を選んだことはなかった。

署長はデニースが救急車に運び込まれるのを見守り、現場全体を見てから、別の捜査員に立ち入り禁止区域をもっと広範囲にするよう命じた。「報告を」とボビーに言って、使い込んだ手帳を開いた。

ボビーはボルティモア市警から地元に異動になって一年になる。前任地では叙勲を受けた捜査官だったが、ヌーナン署長はまだ彼を完全には信用していないという態度をとった。ボビーが高校の卒業式をオートバイで走り抜け、多くの親たちを轢《ひ》きそうになったことと関係があるのかもしれない。だが、あれはわたしたちの学年にとって最高の思い出だ。

ボビーはうやうやしい調子で報告した。「九一一の通信係から、〇七〇〇時にこの住所で緊急事態発生という連絡を受けました。到着すると、ミズ・ラッセルがミズ・コバーンに心肺蘇生術を施しており、ミズ・セラーノも手を貸していました。わたしが交代しましたが、反応は得られませんでした。消防士たちが到着して心肺蘇生術をつづけました」

ヌーナンはボビーにうなずいた。彼はわたしのほうを見た。「だれがミズ・コバーンを見つけたんですか？」

「わたしです」ささやきのような声で認めた。

「何があったんです？」

「わかりません」わたしは首を振った。「いつものように早くに出勤したら、ドアの鍵が開いていました。わたしは外にいた猫に気を取られていて気づかなかったんですが、デニースは先に来ていたようでした。変だと思ったのはにおいに気づいたからで……」

「なんのにおいですか？」署長がきいた。

「デニースの香水のにおいです」

彼はまじまじとわたしを見た。

「サムサラです」わたしは言い訳がましく言った。

「ミシェルは嗅覚過敏の一歩手前なんです」エリカが言った。「いい意味で。普通の人よりにおいを強く感じるというわけではないんですけど、ほかの人にはわからない、いろんなにおいを嗅ぎ分けることができるんです」

「嗅覚過敏ではありません」わたしは署長に言った。「シェフの資質のひとつです」署長はメモをとった。何を書いているかは想像できた。〝彼女は鼻が利くと思っている〟

署長がきいた。「では、まっすぐデニースのところに行ったんですか？」

「はい」と答えてから、寄り道のことを思い出した。「いえ、ちがいます。先月デニースのところに不法侵入があったのを思い出して、厨房に戻って大きなレードルを持ってきました。あと携帯電話も」

「レードル？」ヌーナン署長は聞いたことが信じられないような口ぶりだ。ボビー警部補は笑みをこらえていた。

「重たいやつです！」わたしは言った。

「つまり、危険が待っているかもしれないと思って、レイ・ドルを手にして向かったと」署長は子どもをとがめる親のように首を振った。「それからどうしました？」

「それから、ええと、デニースを見つけました」のどが詰まり、苦労して言い直した。「動かないデニースを」

エリカがわたしのほうに一歩近づき、わたしは首を振って大丈夫だと伝えた。震える声で署長にすべてを話した。テーブルの上にチョコレートがあったこと。デニースの口から流れ出た泡。エリカの必死の心肺蘇生術。

署長は無言のまま大量にメモを取りながら、ときどきうなずいた「デニースに恨みを持っていた人をだれか知っていますか？」

「いくら恨んでいたからって……」救急車が小さくサイレンを鳴らしながら、不吉なほどゆっくりと走り去ったので、わたしは考えを最後まで口にできなかった。

「むずかしいのはわかりますが、考えてみてください。デニースに腹を立てていた人はいましたか？」

エリカが割り込んだ。「負け犬ラリー。じゃなくて、ラリー・ステイプルトンです。デニースの元彼の。犯罪傾向があるんです」

うわ、なんてこと。ラリーがこれをやったの？　「まえにここに押し入ったのも彼だと思います」わたしは言い添えた。

「あのときはそう言いませんでしたね」ヌーナンはいらだちを覚えた様子で言った。

「ええ、まあ」わたしは認めた。「不法侵入があったのはデニースのスタジオでしたから、彼女にまかせました。何も盗まれてないと言ってましたし」

エリカはコリーンの手を離して行ったり来たりしはじめた。こうするといつも脳みそがよく働くのだ。「でも、あの不法侵入のあと、わたしたちはセキュリティコードを変えた。彼はどうやってここにはいって、チョコレートに毒を入れたのかしら？」

コリーンとわたしは同時にあっと声をあげた。コリーンも同じことを考えたのだ。わたしのチョコレートに毒がはいっていたのだと。そのせいでデニースは死んだのだと。

「オーケイ、推理はけっこうです」署長の声はきびしかった。「コリーン。ここに残るつもりなら、通りの向こうで待っていてください。聞いたことはいっさい口にしないで」

コリーンは起こっていることが信じられないというように目をぱちくりさせながらうなずき、ご近所連中が集まりはじめているメインストリートの反対側に移動した。

「あの」エリカは歩みを止めずに言った。「もしかしたら彼には共犯者がいたのかも。たぶん警察が捜査すべきなのは――」

「はい、はい、そこまで」ヌーナンが止めた。「これは警察の仕事です」

通りをやってくるオートバイの音が聞こえ、それはやがて耳をつんざくほどの轟音《ごうおん》になった。レオのバイクがわたしたちに近づいてきて、前輪が現場保存テープの下を通り抜けたところでパワーが失われたかのように止まった。わたしのあごが震えて涙があふれた。片脚を振り上げてバイクから降りた兄のもとに行った。レオはわたしに両腕をまわし、どちらもちょっとふらつきながら抱き合った。

「もういいですか？」レオが署長にきいた。

ヌーナンは少し間をおいてから言った。「今のところは」

「それなら帰らせてもらいます」レオはそう言うと、現場保存テープを持ち上げてわたしをくぐらせ、みんなから引き離した。

ヌーナンは顔をしかめたが、止めはしなかった。「署で正式な調書を取らせてもらいます。午前中のうちに」

レオはぶっきらぼうにうなずくと、わたしを連れ出した。

通りの向こうの群衆は増えつづけていた。悪いニュースは早く広まる。


家に戻ると、レオはわたしの牛柄のやかんでミルクと砂糖たっぷりの紅茶をいれてくれた。

「べつにショック状態なわけじゃないから」わたしは兄に言った。レオは店の裏にバイクを置いて、わたしのミニバンで家まで送ってくれたのだった。

「ごめん」彼はやさしく言った。「おまえはこの飲み方が好きだったから」

「それは八歳のときでしょ」とわたしは言ったが、いずれにせよ飲んだ。キッチンの窓から日光が射し込んで、カップに置いたわたしの両手を照らしていた。

「話したい？」レオがきいた。

レードルのことははしょって、見たことを兄に話した。

「じゃあ、デニースは毒を盛られたと思うのか？」

わたしは身震いした。「わからない。でも、それ以外にチョコレートに毒が混入する理由がある？」声が小さくなって消えた。芝居がかって聞こえるかもしれないが、あのチョコレートはわたしの一部だった。それが悲劇を引き起こしたのかと思うと耐えられない。善悪の世界で言えば、わたしのチョコレートはつねに完全な善のほうにあったのだ。

コナが電話してきたので、わかっていることをすべて話し、また店に来てもらえるようになったら知らせると伝えた。ケイラにも電話した。ぐっすり眠っていたらしく、デニースのことは何も聞いていなかった。

エリカの車が到着した。ストレスで顔をこわばらせながらわたしのキッチンにはいってきた。「どうも、レオ」勝手に紅茶を注ぐ。「とんでもない朝ね」

「ウェストリバーデイルにしてはね」レオは言った。

たしかにそうだ。彼はひとりの人間の死よりもずっとひどいものを見てきた。これよりもっとずっとひどい状況で、仲間の兵士たちを失い、友だちや同僚たちを失ってきたのだ。

「それで彼女は……？」わたしはエリカにきいた。

エリカはうなずいた。

わたしは大きく息を吸い込み、わずかな希望の光を手放した。「今はどんな状況？」

「ボルティモアから鑑識班と州警察が呼ばれたみたい」エリカは同情するようにわたしのほうを見た。「それと、保健局の調査もはいるかも」

保健局。食品を売る者たちを恐怖に陥れることばだ。開店のとき担当してくれた保健局の調査員は親切な人で、わたしのトリュフが大好きだったが、彼女にも従うべき手順があるので、長期間店を閉めさせることもできるだろう。それに、ほかのチョコレートからも毒が見つかったらどうしよう？　わたしの商売は終わりだ。評判は砕け散ってしまう。

とりあえず、生計のことを心配するのはやめることにした。少なくともわたしは生きている。かわいそうなデニースは死んだ。夢見ていた一年中暖かいところに引っ越すこともうできないのだ。

「殺人課の刑事に調書を取られたわ」エリカは言った。「彼、すぐにここに来ると思う」

「じゃあ、わたしたちは待つしかないの？」

「今日は仕事は無理よ」エリカは言った。「何か特別なことでもやるつもりだったの？」

いけない！　バチェロレッテ・パーティ用のチョコレートはミニバンのなかだ。郵送の準備をしなければならないし、しかもだれかに見られるまえにそれをやる必要がある。「郵送したい荷物があるの」わたしはできるだけ何気なく言った。待って。あれが安全だとどうしてわかる？　処分しなければならないだろう。いや、だめだ！　捨てるわけにもいかない。もしだれかが、あるいは何かが、あれを見つけてしまったらどうなる？　有毒廃棄物か何かのように扱うべきだ。

そのうち、もっと大きなことに気づいた。「うわ、たいへん」わたしは言った。「四個パックのトリュフと板チョコは町じゅうで売られてるわ。ドラッグストアとか、ダイナーとか。このことを知らせないと……」店に何が起こりつつあるのかにようやく気づいて、深い悲しみに包まれた。「ああ、たいへん。わたしが作ったキャラメルが全部めちゃくちゃにされるんだわ」ワインクーラーにしまってある何百個ものチョコレートのことを思った――完成したばかりのレモン・メレンゲ・ミルク。チャイ・ダーク。知らない男たちがわたしの作品を、安物のハロウィンのキャンディ・コーン（トウモロコシの粒の形のキャンディ）のようにビニール袋に放り込むのを想像して、胸が悪くなった。

どれだけのお金を失うことになるのだろう？　どれだけの時間を？

うなだれて頭を抱えた。「ホテル」いちばん大口の顧客は、ジョージタウンの高級ホテルだ。あそこを失ったら、そうとうまずいことになる。

わたしが何をしたというの？　でもデニースは死んだ。それはわたしの破綻した商売よりもっとずっと重要なことだ。

「取引先にはわたしが電話するわ」エリカが言った。「あなたが用事をすませてるあいだに」

「いいえ」わたしは言った。「わたしがやらないと」

「家から出ないようにしろよ」レオが言った。「だれがターゲットだったのか、まだわかっていないんだから」

「どういうこと？」そんなこと考えてもいなかった。

「エリカ？」ドアロからビーンの声がした。ネイビーのチェックのパジャマズボンに、ボルティモア・オリオールズのTシャツ姿で、いかにも寝起きという感じのセクシーなビーンがそこに立っていた。髪をかき上げると、たくましい腹筋が思わせぶりにちらりとのぞいた。

「おはよう《グッド・モーニング》」と眠そうに言った。

「あんまりいい朝《グッド・モーニング》じゃないけど」わたしは言った。

「ビーン！」レオがわたしの横を歩いていって、背中をバシバシたたく男同士のハグをした。

ビーンは室内の緊張感に気づいたらしく、再会の儀式を中断してきいた。「いったい何があったんだ？」

6

エリカがビーンにすべてを話し、わたしが電話できるようにみんなを追い出すまでには果てしなく時間がかかった。エリカがプレスリリースや顧客への手紙のことで弁護士に相談するために二階に行くと、わたしはノートパソコンに取引先情報を呼び出して、大きく深呼吸した。

時間が早くてまだ始業していない取引先もあったので、直接電話で話すまえに何件かはメッセージを残すことができた。だが、ダイナーに電話して、大好きなウェイトレスのアイリスが出たときは、声が詰まった。アイリスはスクランブルエッグとグリッツを給仕しながら、南部訛《なま》りでマフィアのドンのような価値あるアドバイスをしてくれるのだ。「あーたたちがやんないといけなーいんは」彼女はわたしに言った。「こーんなことしたやつを見つけて、鳥みたいに首根っこをひねってやることよーお」

わたしは涙を流しながら笑った。「ありがとう、アイリス。考えてみる」

「それと、ヌーナン署長に言っといてー、さっさとその太ったお尻を上げてホシの野郎を見つけないとー、あんたのグリドルケーキにひどーいことをしてやるってー」

チョコレートはすべて送り返し、すべてのお客さまに払い戻しについて知らせてほしい、と彼女にたのんだ。

いちばんつらいのは、最大口顧客であるホテルのフードバイヤーへの電話だった。彼女は店をオープンしたばかりのころにやってきて、わたしにチャンスをくれた。この二年間わたしが一度も彼女の期待を裏切らなかったことは問題ではなかった。彼女にはホテルの顧客への責任がある。彼女はしばらくわたしの話を聞いたあと尋ねた。「被害者はほかにいるの？」

「いいえ」わたしは言った。

電話から強く速く何かをたたくペンの音が聞こえた。「ではこうしましょう。保健局の見解が出るまで、ホテルではあなたのチョコレートの提供を中止します。直近に買いつけた品の払い戻しをするかどうかは見解が出てから決めましょう」

わたしはつかの間とはいえ安堵のため息をついた。

彼女はつづけた。「もしあなたの店に責任があるとわかったら、そのときは別の業者を探さなければならないわ」彼女の声がやさしくなった。「申し訳ないけど」

別れのあいさつをして電話を切ると、胸に重荷を抱えながら、つぎの問題に移った。

例のチョコレートをいとこに送るわけにはいかない。新しい材料でアダルトチョコレートをもう一度最初から作り、土曜日までに花嫁付添人に送らなければ。遅れることを説明したら、ネットで低品質のものを買うと言われるかもしれないが。

すでにトーニャ・アシュトンに助けを求めることにしていた。成人の男女混合ソフトボールチームでときどきプレーしている、わたし以外の唯一の女性メンバーだ。フレデリックのコミュニティカレッジで看護学を学んだ彼女は、うちの店で何時間も勉強し、わたしはそのあいだ何杯もコーヒーのお代わりを注いでは、彼女の大好きなグリーン・アップル・インダルジェンスを値引きしてあげた。フェイスブックによると彼女は今、町の反対側にあるウェストリバーデイル急病診療所で働いていた。よろこんでわたしを助けてくれるといいのだが。トーニャがいるかたしかめに行くまえにメールした。彼女はデニースのことでいくつか質問をメールしてきたが、わたしは会ったときに話すと伝えた。メインストリートを避けたにもかかわらず、車を走らせているとひどく不安な気持ちになった。しばらくだれかにつけられているとさえ思ったが、その車は診療所のすぐそばのガソリンスタンドにはいった。

建物の裏に車を停めたとき、ポケットのなかで携帯電話が振動した。ジョリーン・ロクスベリーからのメールだった。〝なんとか持ちこたえてるー、ハニー？〟南部の魅力が画面から伝わってくる。〝授業の合間に電話するわ〟

〝気にしないで〟とメールを返した。

〝放課後スティーヴといっしょに寄ってほしい？〟

〝いいえ、大丈夫〟と送ると同時に携帯がまた振動した。

〝やっぱり無理だわ。演劇クラブが……なるはやで緊急ミーティングを開かなきゃね〟

〝冗談でしょ〟と打ち込みかけたが、シンプルに〝そうね〟と返すことにした。そのあとつけ加えた。〝店のまわりを迷子の猫がうろついてたの。まだいるかどうか知らせてくれる？〟

着いたと知らせるやいなや、トーニャが走り出てきて、大げさにぎゅーっとハグされた。

「ああ、かわいそうに！」

トーニャは数年まえにユーチューブで有名になっていた。ボーイフレンドといっしょにボルティモア・オリオールズのすべてのホームとアウェイの試合を追いかけて旅をし、そのドキュメンタリーを動画に撮ってアップしたのだ。費用はすべて大学進学資金で賄《まかな》われた。彼女のチームへのエネルギッシュな熱狂ぶりはみんなに愛され、チームが勝ったときも負けたときも、表情豊かなその顔にはお金で買えない価値があった。彼女の両親はよろこんでいなかったが。

今は旅のパートナーと幸せな結婚をし、生後数カ月の子どももいるということは、もう道楽のかぎりを尽くしたということなのだろう。出産報告動画の主役はリスのような赤ちゃんで、もちろんオリオールズのベビー用肌着《ワンジー》を着ていた。

「もう最悪」わたしは言った。「警察はデニースが……」予想もしていなかったのに涙があふれ、咳払いしなければならなかった。「毒を盛られたと考えてるの」

トーニャは息をのんでわたしの腕をつかんだ。「まさか！」

「店のチョコレートはすべて廃棄されると思う」胸がつぶれそう。「それで、これは自宅でいとこのために作ったものなんだけど、こんな状況だから送れなくなっちゃって」わたしは極秘プロジェクトについて話した。「これはたぶん問題ないと思う。でも、リスクは避けないと。捨てるわけにもいかないのよ——子どもが見つけたり、リスか何かが食べて、もし毒がはいっていたらと思うと」

「そうよね」彼女は言った。〝悲しい〟を表す顔文字のような見事な〝への字〟口をして。

「そんなことになったらたいへんよね」

「でも、これを作ったことはあんまりおおっぴらにできないの。すごく恥ずかしいから」わたしは箱のテープをはがしてディバイダーをはずし、チョコレートを見せた。チョコレートはとても無害に見えた。

トーニャはわたしと目が合うと笑いだした。「ちっさ!」

「そうなの」わたしは言った。「笑っちゃうでしょ。これを医療用廃棄箱か何かに捨ててもらえないかと思って。どういうしくみなのか知らないけど――」

突然、〈ウェストリバーデイル・エグザミナー〉の社主で編集長のリース・エバーハードが建物の角から飛び出してきた。「彼女を止めて!」リースは言った。「証拠を処分しようとしてるわ!」

わたしはだれかほかの人のことを言っているのかとあたりを見まわし、トーニャはわたしに生きているガラガラ蛇をわたされそうになったかのようにうしろに飛びのいた。リースが走り寄ってきて箱をつかみ、邪悪な長い爪を立てた。わたしが反射的に箱を奪い返そうとすると、テープがはがれ、金色のX指定のチョコレートが箱のなかで朝の光にきらめいたあと、地面に撒き散らされた。

警官に囲まれたのは人生で二度目、そして本日二度目だった。トーニャと急病診療所の仲間たちが爆笑しながら見ているなか、わたしがトーニャに会っているのを見てヌーナン署長に電話していたリースは、警察に〝証拠を回収〟するよう要求した。

すべての携帯電話で動画が撮影され、わたしがバチェロレッテ・パーティのために作ったたくさんのチョコレートが〝証拠〟として世界じゅうに配信されようとしていた。もしかしたらこれがわたしの新しい仕事になるかも。

トーニャは笑うのをやめると、リースに向かって叫んだ。ミシェルにかまうのはやめて、本物のスキャンダルでも見つけたらどうなのと。わたしに味方してくれる人が、非常識なレポーターについに切れたのだ。

リースが失ったものの代償として新聞社を買ったことはだれもが知っていた。ひどい話だった。彼女と夫は二年間子どもを作ろうと努力していたが、彼女のほうに問題があるとわかった。それであの最低男は彼女と別れたのだ。離婚の理由が知れわたると、だれもが彼につらく当たるようになり、彼は町を出ることを余儀なくされた。リースはいやになるほど同情された。だが、新聞の発行部数を伸ばそうとする常軌を逸した奮闘ぶりのせいで、その同情はすぐに枯渇した。

いくらリースの世界が常軌を逸しているにしても、どうしてあれでジャーナリストだなどと胸を張っていられるのだろう？　たとえば、ガールスカウトのクッキー紛失事件についての胸が張り裂けるような記事。高校のフットボールの試合における、驚くべきベジタリアン人口の低さについての記事もそうだ。そして、もっともグーグルの検索数を稼いだ、会議中に無料のコーヒーの提供を受けた町議会の目にあまる腐敗と、コーヒーの提供および給仕をした〈ウェストリバーデイル・ダイナー〉を糾弾する、ヒステリックなまでに誇張された文体の記事。

もういいかげんにしてほしい。

リースとわたしは因縁の仲だ。校外活動としてやっていたバスケットボールとソフトボールで、小学校から中学までずっと敵対するチームにいて、優勝をかけて戦ってきたのだ。スポーツ仲間と思われるかもしれないが、リースは高校で同じチームにいたころから超がつく負けず嫌いだった。バスケットボールのシーズン途中に彼女がけがをして、わたしが代わりにポイントガードにはいった。彼女がギプスをはめてベンチを温めているあいだに、チームは州大会で優勝した。彼女は決してわたしを許さなかった。

リースの頭からつま先までじろじろ見た――彼女は対象者に無断で録画装置を使っているのではと疑われていた。ポケットのあのペンは実は小型ビデオカメラなのでは？

「そのチョコレートにも毒がはいっているかもしれないわ」リースは首を伸ばし、びっくりするほどコウノトリによく似た姿で言った。「殺人だったんでしょ？」彼女はボビー警部補のほうに胸を傾けた。やっぱりビデオカメラだ。

「ノーコメント」ボビーはメモを取りながら言った。

うちに帰るとまだ正午にもならないのにすでにくたくただった。ビーンはレオといっしょにポーチでくつろぎながら必死で笑うまいとしていた。ビーンはシャツを脱いで陽の光を楽しんでいる。彼の背中には、キャリアの初期のころ、アフガニスタンで警察の恐ろしい尋問にあったときの傷があるとエリカから聞いていたが、わたしから見えるのは、コンピューターのまえで長時間すごしている人にしては見事に割れすぎている腹筋だけだ。

「人生最悪の日？」レオがきいた。両親が亡くなってから――あの日がわたしたちにとってほんとうに人生最悪の日だった――わたしたちはこうやってお互いをチェックしてきたのだ。

「そこまでじゃない」わたしはのろのろとポーチの木の階段をのぼった。「でもまだ今日ははじまったばかりよ」

「これを聞けば元気になるよ」レオは言った。「おまえはツイッターでトレンド入りしてる」

「うそでしょ」わたしはびっくりして言った。

「うそだよ。でも、これを見ろよ」レオは自分の携帯電話で、わたしが箱を奪われまいとし、X指定のチョコレートがスローモーションで宙を舞う動画を見せた。「やめてーーー！」というわたしの叫びが聞こえてきそうだ。リースがポケットに入れていたカメラで録画し、最速で自分のブログにアップロードしたにちがいない。ビッチめ。

「もう絶対外には出ない」と言って、どすどすと自分の部屋に向かった。

世界に立ち向かえるようになるまで、母のキルトにもぐって眠った。人生が手に負えなくなったときにいつもするように。今こそ逃避にふさわしいときだった。

目覚めるころには、日光はもう家の正面から射し込んでいなかった。携帯電話を見て、わたしが無事かどうかたしかめるメッセージをいくつか聞いた。メモリアルデーの週末イベントはまだやる予定かと心配そうに尋ねる人たちもいた。ベアトリス・ダンカンのメッセージには必死の願いがこもっていた。「デニースのことはほんとに悲しいけど、お願いだからメモリアルデーのための計画はまだ生きていると言ってちょうだい。みんなあなたとエリカをあてにしてるのよ」

キッチンに行くと、ビーンがノートパソコンから顔を上げた。「気分はよくなった？」彼は言った。シャワーを浴びて着替えたらしい。

「わたしのベビーシッターをしてるの？」わたしはきいた。急に自分の見た目が気になってきた。シンクに行ってペーパータオルを濡らし、顔をこすった。髪が修復不可能なのはわかっていた。

「そういうわけじゃない」彼は言った。「きみが起きたときにだれかいたほうがいいからって、レオが」

「友だちが亡くなって、X指定のチョコレート事業が公にされた状態で可能なかぎり元気よ」

「それなら、よかった。だよね？」彼はにこやかに言った。

わたしは微笑み返した。こんなに陽気な彼のそばにいると、そう悪くない気分だ。

やがて、ボビー警部補の車が、州警察の車を従えてやってきた。

わたしはうめいた。

「ぼくが追い払うよ」ビーンが言った。笑みは消えてしかめ面になっている。わたしは高校卒業まえにボビーがエリカを振ったことを思い出した。兄としての敵意がよみがえったのだろう。

「いいえ」わたしはドアに向かった。「いずれは乗り越えなきゃ」

ボビー警部補は邪魔をしてすまないと言ったあと、ビーンを見てドア口で立ち止まった。ぎこちなくうなずく。「ベンジャミン」

「ビーンで通ってるの」わたしは言った。ビーンはこれにいらいらと首を振った。

ボビーはうしろに立っている州警察の制服姿の男性を示した。「こちらはロジャー・ロケット刑事。デニースの事件の捜査を担当する」

「ほんと？」わたしは彼にきいた。「刑務所に入れたら一生出してやらない《ロック・イット・アップ・アンド・スロー・アウェイ・ザ・キー》のロック・イットさん？」

「ちがう」ボビーがまじめな顔で言った。「L・O・C・K・E・T・Tのロケットさんだ」

ロケット刑事はにやにやしている。「よーく言われる」強い西ペンシルベニア訛りで言った。

「なかなかやるじゃない」わたしは言った。「ピッツバーグ出身？」

刑事はやんちゃな感じでなかなかキュートだった。ダークな短髪で、鼻は折れたことがあるらしく曲がっている。ボビーが長身でやせているのに対し、ロケットは幅があって筋肉が発達し、肩が制服の縫い目を広げていた。「なーんでわかる?」

「めんな、コーヒー飲む?」何度も聞いていたピッツバーグ方言を使って言った。「ノースサイド出身の同僚がいたの。彼女の訛りが移っちゃった」

「ぼくはサウスサイドだ」ロケットの笑みは目まで届いていなかった。彼とボビーはビーンのいるテーブルについた。

「仲間とよくケニーウッド・パークに行ったわ」わたしは言った。「あそこのジェットコースターはさーいこー」

「同感だ」今度はロケットの目も笑っていた。

「あなたもここにいる?」わたしはビーンにきいた。

彼は答えの代わりに椅子に寄りかかった。「彼女は弁護士が必要かな?」彼はテーブルについた警官たちを挑戦的に見ながらきいた。

わたしはあきれてぐるりと目をまわし、全員ぶんのコーヒーを注いでクリーマーと砂糖入れを置いた。

「それを知っているのは彼女だけだ」とボビーはごまかした。

わたしもテーブルについた。「何も悪いことはしていないわ」

ロケットはぼろぼろのはぎ取り式メモ帳を取り出した。「今朝何があったのか、最初から話してください」

わたしはまたもや冒険談を披露することになった。ビーンが全員にじっと目を配っているおかげで、安全に感じられ、話しているあいだそれほどストレスを感じずにすんだ。あるいは、警察に尋問されることに慣れつつあるのかもしれない。

ロケットは丁寧にメモを取り、わたしが行き詰まると質問し、感情的になってもそっとしておいてくれた。事情聴取が終わるころには、ビーンでさえ不本意ながらも彼に敬意を覚えたようだった。

わたしが話を終えると、ビーンはレポーター・モードになった。「これまでのところ、何がわかってるんですか？　チョコレートには毒が混入していたのかな？」

答える代わりに、ロケットはきいた。「厨房に殺鼠剤は置いていましたか？」

「いいえ！」わたしは言った。「殺鼠剤は使わないし、商品のそばには絶対に置いたりしません」

ロケットはメモを取り、わたしはどうにも耐えられなくなった。「毒ははいってたんですか、それともはいってなかったんですか？」

ロケットがうなずくのを待ってボビーが答えた。「検査がすむまではっきりしたことは言えないけど、チョコレートの底に針を刺したあと、なじませて消したように見える。それに、遺体の状態は毒物の関与を示している」

手が震えて、テーブルにコーヒーをこぼしながらマグカップを置いた。ビーンがわたしの腕に触れた。

「ごめんなさい」疑っていたことが現実になりそうで、ショックだった。わたしは首を振った。「どうしても信じられない」

顔を上げると、ロケットにじっと見られていた。それはそうだろう。わたしは第一容疑者なのだ。「調査が終わるまで、商品の製造は控えてもらいます」彼はキッチンを見まわした。「自宅でも」

わたしは息を吸い込んだ。

「デニースがターゲットだったんですか？」ビーンがきいた。

ロケットはしぶしぶ答えた。「ええ。彼女のスタジオのカウンターにもチョコレートが残されていました」

「でも、どうして彼女はわたしたちの店に来たの？」わたしはきいた。「今日は仕事の予定もはいっていなかったのに」

「そうなんですか？」ロケットが熱のこもった声できいた。

DCのギャラリーオーナーから約束をキャンセルされたことを説明した。「名前は覚えてないけど、エリカなら覚えてるかも」すると、昨夜の妙な会話がふと思い出された。「関係があるかどうかわからないけど、昨夜彼女は町を出たいと話してました。どこか一年じゅう暖かいところに住みたいと」

「場所は言ってましたか？」ロケットがきいた。

わたしは首を振った。「いいえ、お金があったら引っ越すとだけ」

彼はうなずいた。「デニースに敵対していた人はだれか思いつきますか？」

「元彼のラリー・ステイプルトンです。いかにも悪そうな男なんです」わたしは不法侵入のことと、ラリーを疑っていることを話した。やがて、わたしの目線はヘンナの家のほうに向いた。

「どうしましたか？」ロケットがきいた。

ボビーに話すのはかまわないだろうが、よそ者に話すのはなぜか裏切りのような気がした。

「もしかしたらなんでもないことなのかもしれないけど、昨日ヘンナ・ブラッドベリーがわたしを呼び止めて、デニースのことで文句を言ったんです」家の外での会話について話した。

「でも、ヘンナは彼女に危害を加えたりしません」

「もっとおかしなことだって起こっていますよ」ロケットは言った。

「彼女に話をきくんですか？」ビーンがきいた。

「ええ」ロケットはしっかりとうなずいて言った。

「ただのお年寄りの女性なんです」わたしは念を押した。「何も言わなければよかった」

「もっと情報を集めてから彼女と話します」彼は言った。「なので、たまたま会ったとしてもこのことは内密に」

「わかりました」わたしは言った。告げ口したと認めたようなものだ。

彼はメモ帳を閉じて立ち上がった。「お時間をいただき、ありがとうございました」

「この事件ですけど……メモリアルデーまでに解決すると思います？」わたしはきいた。

州警察官の顔に一瞬いらだちが浮かんだ。「これはまちがいなく大きな事件です。はっきりと言っておきます。われわれはいつまでと決めて仕事をしているわけではありません。手順に従って捜査していれば、そのうちに犯人が明らかになります」

「ほんとうに?」わたしはきいた。「〝そのうちに〟とおっしゃいました?」

ロケットは眉を上げたが、挑まれたことをおもしろがっているようだった。「んじゃー」わざと滑稽なピッツバーグ方言で〝さよなら〟を告げた。

ボビーはうなずき、彼のあとを追った。

「すぐには解決しそうにないわね」わたしは今やエリカが深く考え込んでいるときと同じ顔つきをしているビーンに言った。

短いノックの音がして、ボビーが戻ってきた。「さっきエリカにも言ったけど、この事件が解明されるまで、きみはあの建物のなかでひとりにならないようにしたほうがいい」

「それはいつまでかかるの?」わたしは少し不満げな声できいた。

ボビーはためらった。「これはオフレコだけど」

わたしたちはうなずいた。

「ロケットのことはボルティモアにいたときから知っている。いい刑事だ。そして、慎重派だ」

「つまり、じっくり時間をかけるってことね」

ボビーは反論しなかった。

「ところで、店で茶色の猫を見た?」わたしはきいた。

彼は首を振った。「店で猫を飼ってるのか?」

「ちがうわ。迷い猫なの」そこでやめておいた。「それで、ファッジ・コンテストまでに事件が解決する可能性はあるの?」

ボビーは、きみの考えていることはぼくと同じだよ、というように口をゆがめた。

わたしは座ったまま背筋を伸ばした。「この町のどれだけの人がこの週末をあてにしているか知ってる? 殺されるかもしれないと思ったら、お客さまは来てくれないわ」

「できるだけのことはする」ボビーは言った。「でも、指揮をとるのはロケットだ。そして、何よりも重要なのは、犯人を見つけることだ」

7

エリカはボビーが帰るのを待っていたらしく、彼の車が走り去るとすぐに階下におりてきた。

「弱虫」わたしは言った。「ボビーを避けるの、もうやめたら」

彼女はそれを無視した。「警察はなんだって？」

わたしがくわしい説明をはじめようとすると、ビーンがノートパソコンを閉じて立ち上がった。「〈耳《イヤー》〉でレオと会う約束をしてるんだ」

〈イヤー〉というのは町境にあるバー、〈オショーネシーズ〉のニックネームだ。何十年もまえにネオンサインの〝B〟の湾曲した部分が焼き切れて、「バー《Bar》」の看板が「耳《Ear》」になってしまい、それ以来歴代のオーナーたちはそのままにしてきたのだ。

「いいわね」わたしは言った。「町のうわさを聞いてきて」

ボビーとロジャー・ロケットが話したことをすべてエリカに伝えた。チョコレート作りを禁止されたと話したときは、のどを詰まらせながら。彼女の顔つきはかなり同情的だったが、あやしいものだ。

「いったいわたしは何をすればいいの？」一日じゅう何もしないでいるなんて想像できなかった。しかも月曜日なのに、チョコレートを作れないなんて。でもすぐにそんな自分を恥じた。デニースは死んだのだ。わたしは首を振った。

エリカはわたしの考えていることがわかったらしい。「失ったものを悼《いた》むやり方は人それぞれよ。仕事はあなたの大事な赤ちゃんなんだし」彼女は静かに言った。

「こういうときのわたしの対処法はチョコレートを作ることなのよ」それなのに、容疑が晴れるまで結婚パーティ用のチョコレートも作れないなんて。

肩に手を置かれ、エリカのほうを向いて子どものように顔をうずめたい衝動にかられた。

「言いたくないけど、ファッジ・コンテストとそのほかのメモリアルデーの週末のイベントに目を向けないと」

「わかってる」わたしは静かに言った。「わたしが受け取ったような電話メッセージ、あなたのところにも来てる？」

エリカは顔をしかめてうなずいた。「中止するかどうかはわたしたちが決めることじゃないわ。だからできることをしましょう」そして視線をはずした。「それと、店のことも考えてる。危険物処理の会社にたのんで徹底的にきれいにするべきじゃないかって」

のどに息が詰まった。「でも、それってわたしたちに問題があるって認めることにならない？　つまりわたしが――」

「そんなことないって。お客さまの安全を気にかけていると示すことになるでしょ」エリカはバックパックからノートパソコンを取り出した。「計画があるの」

「そんなことだろうと思った」

彼女は新しい文書を開いた。「プレスリリースを書いたわ。わたしのリサーチによれば、鑑識の調査は明日には終わるはずだから、水曜日に清掃してもらって、木曜日には店に戻れるかもしれない」

木曜日か。それまでならなんとかなりそう。

「つまり、今週末には店を再開できるってわけ」

わたしが感じた安堵は計り知れなかった。あまりにも多くの〝もし〟の上に成り立っていて、長くは持ちこたえられないにしても。

エリカの話はまだ終わっていなかった。「わたしがこれをやっているあいだ、あなたは注文しなくちゃならないものを考えたら？」

「わかった」そのとき、突然あるアイディアが頭に浮かんだ。

とんでもないアイディアが。

「何よ？」わたしの顔つきを見てエリカがきいた。

「なんでもない」いや、もしかしたらそんなに悪いアイディアじゃないかも。

「話してよ」エリカはしつこかった。

「わたしたちはロケット刑事よりもこの町のことをよく知ってる」

「たしかに」エリカが言った。

もしかしたらなかなかおもしろいアイディアかも。「あなたは頭がいい。そしてわたしは……意志が強い」

「あとのほうは控えめな表現ね」エリカはそっけなく言った。

「デニースに何があったのか、わたしたちで調べてみるというのはどう？　警察をちょっと手助けするつもりで」そう言ったそばから不安になった。

エリカの顔つきがうつろになり、思考モードにはいった。脳にアクセスして、この状況で考えられるさまざまな可能性を探っているのだ。「すごくいい考えじゃない。時間ならあるわ、少なくとも店に戻れるようになるまでは。何がわかるかやってみましょう」

彼女は勢いよく立ち上がった。「すぐ戻るわ」

そして、大きなブッチャーペーパー（肉などを包むための厚手の包装紙）ひと巻きと、色とりどりのマーカーペン、マスキングテープを階上から持ってきてテーブルに置き、湯気があがるコーヒーのカップが蛍光色で描かれた、ウォルマート特製のアート作品を壁からはずした。

「殺人事件の調査のための計画表を作成するのね？」エリカのやり方ならわかっている。

「当然でしょ」彼女は驚いて言った。「ほかに何からはじめればいいのよ？」

まずは大急ぎで仕入先のサイトに行き、クレジットカードにはかなりの打撃だが、すべて水曜日までに届くように、急いでチョコレートその他の材料を注文した。ロケットは仕入れをするなとは言わなかった。残りは営業再開の許可が出たら食料雑貨店で買おう。

そのあとはエリカに合流して、ふたりで殺人事件調査の計画表──重要だと思われることをすべて書き込んだ、巨大な相関関係の計画表の作成にとりかかった。

エリカはネットでの調査からはじめた。インターネットはほんとうになんでもできる。とくに、可能性のある毒物については多くのことがわかった。

「症状からすると、デニースはシアン化物を盛られたみたいね」

「それはどこで入手できるものなの？」わたしはきいた。

「入手はそれほどむずかしくないわ」エリカは片方の眉を上げた。「昔はフィルムの現像に使う薬品のなかによくはいっていたみたい。でも、デニースがフィルムを現像していたなんて聞いたことがないわ。全部デジタルだったわよね」

わたしは肩をすくめた。「それに、現像するなら特別な部屋が必要なんじゃない？」

エリカは別のページを読んだ。「農場で使われる殺鼠剤のなかにもはいってるみたい。あとは製造工場、昔の化学実験室、アンティークショップでも」

ウエストリバーデイル近辺にはそのすべてがある。

つぎに、完璧な容疑者のプロフィールを作成した。殺人事件の捜査についてエリカがリサーチしたところによると、動機があって、手段と機会がある人物だ。さらに明確に分類すると、毒物とその入手方法、そして、わたしたちの店のセキュリティシステムとわたしのチョコレートについて知る人物。このすべてにあてはまる人物はそれほど多くないはずだ。

思いつくかぎりのことについてリストを作った。デニースに腹を立てていたのはだれか、わたしたちの店に侵入する知識があったのはだれか、最近アマレット・パレ・ダークを買ったのはだれか。自分の店のことなのにきちんと把握していないし、四個入りパックのチョコレートは、衝動買いをねらってレジのそばに置かれるなどして、町じゅうで売られている。どれにもかならずアマレット・パレが一個はいっているので、だれが買ったかまではわからないだろう。店のオーナーは売れた箱の数だけを記録して、毎月わたしに売上金を支払っていた。

「ひとつ質問があるんだけど、悪く取らないでね」わたしは言った。

「大丈夫よ」エリカは調査に気を取られながら言った。「何?」

「どうして月曜日なのにあんなに早く出勤したの?」彼女は目をぱちくりさせてわたしを見た。これは友情の危機となりうるかもしれないと、わたしは内心震えた。「もちろん思ってないわよ、あなたが何か……悪いことをしたんじゃないかなんて。だれかにきかれたときのために知っておいたほうがいいかな、とちょっと思っただけ」

「そうよね」エリカは言った。「少しまえにやったリサーチについて、落ち込むようなメールが来て、うちにいても気が滅入るだけだから、新しいプレスリリースを作成するために早めに店に行ったのよ」

事務的な口調だったので、わたしはほっとした。「あの場にあなたがいてくれてよかった」ひとりだったらもっとずっとひどいことになっていただろう。

エリカは計画表をじっと見た。「最近、デニースの生活にはどんな変化があったのかしら？」

デニースとの最後の会話を思い出した。わたしの倉庫室に寄って、町を出ることについて話したときの。「デニースのお気に入りの写真集があるでしょ？　ビーチについての」

エリカにはすぐにわかった。「『エコービーチの八〇年代』のこと？」

「それよ！」わたしは言った。「デニースが昨日の夜、委員会のミーティングのあとでその本のことを口にしたの。なんだかちょっと妙だったわ」会話の内容を伝えた。

「その本なら古本のほうの写真集のコーナーにあるわよ」エリカは言った。「店に戻れるようになったら探してみましょう」情報をパソコンに記録した。

コーヒーのカップを持って窓辺に立ち、毒物がもたらす恐ろしい結果について考えまいとしていると、自分のアトリエに向かうヘンナに気づいた。今日は頭から足の先まで紫色だ。髪を覆うスカーフから、紫色のストライプのソックスとラベンダー色のサンダルに至るまで。

「ヘンナを訪問するのはどう？」とエリカに尋ねた。これまでのところ容疑者はふたりだけだ。ヘンナとデニースの元彼の。

色分け作業をしていたエリカが、ピンクの蛍光ペンを手にしたまま顔を上げた。「本気？今から容疑者の話をききにいくの？」

「いいでしょ？」わたしは冒険したい気分で言った。

「彼女には何も話すなってロケットに言われたのに」エリカが指摘した。

「ただのご機嫌うかがいのふりをすればいいわ」ヘンナのアトリエのなかを見たことがない

のは恥ずべきことなのかもしれない。一年もまえからお隣さんだというのに。

「彼女に何をきくの？」エリカはパソコンに何やら打ち込みはじめた。

わたしは驚いて眉を上げた。「メモをとってるの？」

「当たり前でしょ。調査の記録は克明でなくちゃ。ヘンナについてはすでに動機ありとみられている。手段と機会もあったかどうか探ってみましょう」

「つまり、わたしのチョコレートを買い、注射針でシアン化物を注入し、デニースにあげた人物を探すわけね」声に出して言うと気分が悪くなる。「ふたりで乗り込んでいって、殺鼠剤と注射針がそのへんに置いてないか探せばいい？」

「あなたひとりで行ってよ」エリカは立ち上がって言った。「あんな小さなアトリエにふたりで行ったらおびえさせちゃうでしょ」そこで少し考える。「ずっと彼女の芸術作品ができる工程が見たいと思っていて、店が営業できなくなったおかげでようやく時間ができたと言うのよ。そして、彼女の作品をもてはやす。それから殺鼠剤があるか探る」

「殺鼠剤を持ってる人なんて町じゅうにいるわよ」わたしは言った。

「そうかしら。あなたは持ってないでしょ」

「業者に駆除してもらってるからよ。追加料金を払ってネズミが目に触れないように、駆除の過程についても知らせないようにしてもらってる」

「そのとおり」とエリカ。「あなたは駆除業者に追加料金を払って、生け捕り式のネズミ捕りを使わせてる」彼女はしばし考えこんだ。「それに、殺鼠剤は普通の店で売っているものじゃないからさらにむずかしいわ。農務省からリストを取り寄せないといけないかも」

エリカはどんどん広がりつつある壁の調査プランにそれを書き加えた。無秩序に広がり、カラーペンで強調された文字のかたまりが、キッチンの壁で装飾的なアンティークの羽目板に囲まれているのは、妙な感じだった。「とにかく、何かあやしいものがないか見てきて」

「わかった」深呼吸をひとつして、育ちすぎの生垣のあいだをかき分けながら裏庭を進んだ。

ヘンナは秋になると雑草を伸ばしっぱなしにする。そこに飛んできた葉がからまってすべてが茶色くなったまま冬を越す。暖かくなった今は、それを下から生えてきた草が突き破ろうとしていた。ヘンナの息子は少なくとも一時間ほどで来られるところに住んでいた。最近は手伝いをしにきていないのだろう。わたしは小道に沿って置かれたソーラーガーデンライトをたどってアトリエまで歩いた。

ヘンナはアトリエがかつて鶏小屋だったという事実を隠すことに力を尽くしていた。外側はスカイブルーに塗られ、自然界では見られない派手なデザインの蝶がたくさん描かれている。アトリエの上には巨大なオークの木がそびえ立ち、夏は小さな建物を涼しくしていた。冬のあいだは木のスラットの隙間から寒さが忍び込んでくるが、それでもヘンナは一年を通してそこで作業していた。

わたしはドアをノックした。パチョリのにおいも古い鶏の糞のにおいを完全にはごまかせていなかった。「ヘンナ?」と声をかける。「ミシェルよ」

「ミシェル?」困惑気味の声だった。

ドアを少し押し開けた。「はいっていい？」

「ええ」あまり気が進まない様子だ。

「ずっとあなたのアトリエを見せてもらいたいと思ってたの」わたしはうそをついた。外装も派手だと思ったが、なかは蝶コレクターのサイケデリックな悪夢のようだった。三方の壁は乾燥中の蝶の各部分で覆われていた——色を塗られたさまざまな制作段階の翅《はね》や、想像上の蝶の顔が描かれた木製の頭部パーツで。

ヘンナは微笑んだ。「あらうれしい！　せまいけど使い勝手はいいのよ」

「そうでしょうね」わたしは黒で幅広のチェックマークが描かれたブルーの翅に感心しているふりをした。残りの壁には棚があり、ペンキのバケツやグリッターグルー、ロール状の生地やワイヤー、さまざまな幅の木のダボが置かれていた。「なんて効率的なのかしら」

「でしょ。注文をこなさないといけないから」ヘンナは言った。「これはシアトルに送ることになってるの」蝶というよりてんとう虫のような赤い水玉模様の生き物を掲げた。

「シアトル」それがどこか外国であるかのようにわたしは言った。「すごいわね」なんとか口火を切ろうと必死だった。「どれくらい練習すればこれだけのことができるようになるの？」わたしはきいた。「いつ店に戻れるかわからないから、どうにかなりそうで、何か趣味を持とうかと思って」アダルトチョコレートとは関係ないもので。

「選んだ仕事からすると、あなたにはすでに芸術的傾向があるわ」彼女は言った。「必要なのは実験と練習だけよ。わたしは自分でテクニックを開発したの。あなたにもできるわ」

「ありがとう。やさしいのね。自分の時間を何に使うか考えなきゃ。だって……」わたしはことばを詰まらせた。「デニースに起こったことだけど、恐ろしいわよね」不意にまた悲しくなった。それが顔に出ていたにちがいない。

ヘンナが表情を変えたが、悲しんでいるのか怒っているのか判断できないうちに顔をそむけられてしまった。「このウエストリバーデイルであんなことが起こるなんて信じられない。DCかボルティモアみたいだわ」

「彼女ともめてたかもしれない人を知ってる?」軽い口調を心がけた。そして息を詰めた。あからさますぎただろうか?

彼女は固まったあと、身構えながら言った。「いいえ。殺すほどもめてたわけじゃないわ」

「あなたのことじゃないわよ」わたしは安心させようとして言った。「あなたはハエも殺せない人だもの」

彼女はほっとしたようだった。

「でも、デニースに腹を立てていた人たちがいるのかもしれない」わたしは言った。「あなたたちがって倫理観を持ち合わせていない人が」

「そんなばかな」とヘンナは言ったが、すぐに自信がなさそうな顔になった。

「思い当たることでも? だれのこと?」わたしはスツールに腰掛け、信頼を裏切らせるよりは、ゴシップを聞きたがっているように見せかけた。

「実は、デニースがギルドから締め出した人たちはほかにもいたの」ヘンナはしぶしぶ認めた。「それに、彼女があの高校のポートレート撮影の仕事をもらったことを、オパール・ウィルキンズはあまりよろこんでいなかった」

「ほんとうに？　どうして？」

「オパールは何年もひとりで最上級生のポートレートを撮ってるの。収入のほとんどをその仕事から得ているのよ。ああいうものに千ドルも出すとんでもない親もいるんですって」

わたしは驚きを隠せなかった。「千ドルも？」わが町の高校には近隣の町からも生徒が通ってきているので、二百人以上の最上級生がいる。「二十万ドルも稼いでるってこと？」

「そういうわけじゃないわ」ヘンナは言った。「一枚だけ買ってドラッグストアでコピーする人もいるから。でもとにかくオパールにとってはかなりお金になるのよ。それをデニースといっしょにやるとなると大打撃だわ」パレットに白いペンキを注ぎ、そこに小さなペンキ用のブラシを浸した。「でも、彼女はそんなこと絶対にしない、人を殺すなんてこと」

オパールのことはよく知らないが、ホリデーシーズンなどにときどき顧客に送るチョコレートを買ってくれていた。お酒好きで、地元のバーで飲むのを楽しんでいるパーティ好き中年のひとりだ。彼女たちはときどき羽目を外すらしく、わたしも店でゴシップを耳にしたことがある。既婚男性を引っ掛けようとしたとか、終夜営業のダイナーの外で吐いたとか、レディ・ゴダイヴァ・デー（重税に抗議するため裸で馬に乗り、町を巡ったという伝説のある十一世紀英国のゴダイヴァ伯爵夫人の命日で、地元コヴェントリーでは祭りがおこなわれる）だと言い張って、裸で外を歩いたとか。きっと見ものだっただろう。とても見られたものではなかったかもしれないが。

ここに来たのはヘンナを調べるためだということを思い出した。「ところで、このあたりではハツカネズミとかドブネズミに悩まされてない？　先週ゴミを捨てに出たとき、何かが動くのを見た気がするんだけど」

ヘンナは不自然に話題を変えたわたしをけげんそうに見た。「ここにはネズミが食べるようなものは何もないわよ。一度、巻いた布地のなかに一匹隠れているのを見つけたけど、両端をふさいで外に持っていって、通りに放してやったわ」

「じゃあ、わたしと同じで殺さないようにしてるのね」わたしは言った。

「カルマのためには気をつけないと」彼女は言った。

ポケットのなかで携帯電話が鳴ったので音を止めた。

ヘンナはぎょっとしたようだった。「そんなものをここに持ち込まないで！」

「えっ？」

彼女は立ち上がって両手で追い出すしぐさをした。「電磁波は健康に悪影響を及ぼすのよ。わたしの創作過程が台無しになるわ」

わたしはドアロのほうに一歩下がった。「携帯電話を持ってないの？」

「ええ」彼女は言った。「あなたもやめたほうがいいわよ。若いんだから。免疫系をやられたくないでしょ。婦人科系方面も。DNAそのものがダメージを受けるのよ。次世代にどれだけ影響を及ぼすことになるか、だれにもわからないんだから」

まるでタイミングを見計らったかのように、わたしの携帯電話がまた鳴った。ヘンナは恐怖に目を見開いた。「出ていって！」

危険な電磁波からヘンナを守るように電話を手で覆い、外に出るまで電話が鳴るにまかせた。

「ミシェル」エリカがやけにやさしい声で言った。「今グウェン町長がいらしてるんだけど、わたしたちに話があるそうよ」

「ほんと？　すぐ戻る」

グウェンはほとんど空き家ばかりの住宅地——その開発計画のせいで町長は無一文になった——のど真ん中に住んでいた。町の反対側のずっと遠くにあるので、帰宅途中に寄ったわけではないだろう。急いで家に戻りながら、デニースのことで何かニュースがあるのだろうかと思った。

ドアを開けるやいなや、グウェンが勢いよく立ち上がった。エリカは彼女を共用のリビングルームに通していた。「たいへんだったわね」町長はわたしの両手をにぎって言った。「ニュースを見て急いで戻ってきたのよ」

「ありがとうございます」わたしは手を抜き取り、ソファに座るよう町長に身振りで示した。エリカとわたしはその向かいの椅子に座った。「警察署長とはもう話されました？」

「ええ」町長は話しながら両手をしきりに動かした。彼女らしくなかった。「最初にしたのがそれよ。この件をいつも以上にすばやく解決するようにと言っておいたわ」

テーブルにほこりが積もっているのに気づいた。この部屋はいつもパーティがあるときに掃除するのだが、忙しくてもう何カ月もパーティをしていなかった。

「あなたたちが彼女を発見したなんて恐ろしいことだわ」グウェンは言った。「たいへんだったわね」

「わたしたちなら大丈夫です」わたしは言った。

「このことで、この町史上最高のファッジ・コンテストとアートフェスティバルを実行しようという、あなたたちの熱意が消えないといいんだけど」彼女は言った。

それがここに来たほんとうの理由ってわけね。町長の熱意に引いているのがわたしの顔に表れていたらしく、彼女の手がまた忙しく動いた。

「熱意は消えていません」わたしは明るく言った。

「懸命にエントリー作品を作ってくれているご近所さんたちをがっかりさせるわけにはいかないわ。旅行者が落としてくれるお金をあてにしている、町のすべての産業もね」

町長はつづけた。「エリカにも話していたところなんだけど、できるだけ早くこの混乱を収束させるよう、署長によく言っておいたわ。メモリアルデーの週末に問題なくはいれるように。彼の几帳面な仕事の進め方はみんな評価しているけれど、今回はもっと早く進めてもらわないとね」

「署長はなんて言ってました？」わたしはきいた。

彼女は唇を引き結んだ。「この町では殺人事件が十年以上起きていなかったから、どれぐらい時間をかけるか決めるのは州警察だと言っていたわ。でも、州警察と協力しながらの捜査になるんだから、きっとスピードを上げさせることはできるはずよ。とくに、メモリアルデーの週末にはいることになっている売上税は、この町にとってきわめて重要だし、あなたは町に雇われているんだから、と言っておいたわ」

「わたしたちがいつ店に戻れるか、署長は言ってましたか？」エリカがきいた。

「ええ、いい知らせよ」町長は言った。「鑑識の調査は明日終わるわ。でも、再開するのは週末まで待つべきじゃないかしら。もちろん、万全を期すにはね。それに、清掃も必要だし」

わたしは身震いし、その考えを頭から消した。「捜査がまだ終了していないのに、みんなわたしのチョコレートを食べたがると思いますか？」

町長がひどく憤慨しているようなので、わたしは元気づけられた。「もちろんよ！　店が再開したらわたしが列の先頭に並ぶわ」

8

町長が帰ったあと、ヘンナが言ったことをエリカに報告した。とくに、スター写真家のオパール・ウィルキンズについて。ウェストリバーデイルのスターという意味だが。

ふたりで計画表を更新していると、玄関からビーンがはいってきた。「いるのかい？」と開いているキッチンの戸口で声をかける。

「はいってきて」エリカがノートパソコンに情報を打ち込みながらうわのそらで言った。わたしは同じことを壁の紙に書き込んでいた。

「エリカ！」わたしはペンで紙を指し示した。すべてが終わるまではだれもキッチンに入れるわけにはいかないのに。

「いっけない」彼女は言った。

ビーンはわたしたちの新しいアート作品に驚いたようだったが、すぐに理解した。「これがいい考えだと思うのか？」

「どうしてだめなの？」とエリカがきくと同時に、わたしは「ええ」と言った。ふたりともむきになっていた。

彼は眉をつり上げた。「デニースは意図的に殺されたんだ。犯人はまたやるかもしれない」

「危険なことは何もしないわ」わたしは言った。「質問をするだけよ。控えめに」

「いとこのためのプロジェクトと同じくらい控えめに？」

わたしは彼をにらんだ。エリカは微笑んだ。動画を見たらしい。

「なんにしろ」エリカは言った。「いくつか質問をするぐらいいいでしょ。警察の手助けをしてるんだし」〝別にたいしたことじゃないわ〟と言いたげに肩を上げる。

「〈耳《イヤー》〉ではどんなニュースを仕入れたの？」わたしはきいた。「オパール・ウィルキンズはいた？」

「どうして？　彼女は容疑者なのか？」まるで妹をからかう兄のようだ。

エリカは容疑者の欄にあるオパールの名前を指した。

「みんな彼女のことを話していたよ。最近スコッチをかなり飲んでるとか」

ふうむ。罪悪感にかられているのかも。

「全部話してよ、ビーン」エリカが言った。「いろいろ質問したんでしょ。町の人たちによると、いちばんあやしいのはだれ？」

「オーケイ、ボス」彼は言った。「ハワードとベアトリスのダンカン夫妻は、町議会に建築許可をもらおうとしている大規模小売店だと思ってる」

「どんな動機があるっていうの？」わたしはきいた。

「何か違法なこと、おそらく町議会議員への贈賄にデニースが気づいたとか。法案に賛成票を投じた人間は全員調べるべきだと思っているようだった」

「ほかには？」エリカがきいた。

「きみの友だちのトーニャはリースだと思っている。本物の記事を書こうとしてやったんだろうと」

「彼女ならやりかねないわ」

「心霊術のウィジャボードで幽霊だという答えが出たという客もいた。あるいは吸血鬼か。はっきりとはわからなかったらしい」


午前一時まで寝つけず、ふたりの人間が上階を走りまわる音で五時に起こされた。なんとかドアまで行くと、エリカとビーンが階段を駆けおりてきた。

「マークが事情聴取のために州警察に連れていかれたの」エリカが叫んだ。

コリーンの夫が？「なんのことで？」意味がわからない。

ビーンが暗い顔で通りすぎた。「警察署で会おう」

わたしはパジャマから服に着替えた。くつろぎウエアが膝に穴の空いたフランネルのズボンと、すりきれて縫い目がほどけてきているウェストリバーデイル高校のTシャツだということを、ビーンに気づかれなかったようなので、どこかでほっとしていた。

警察署に向かう途中で脳が目覚め、最近のコリーンの様子について考えてみた。いつもの三児の母のストレスレベルよりもさらにぴりぴりしているようだった。彼女の人生では何か別のことが起こっていたのだろうか？　何かマークと関係があることで？

メインストリートはまだ眠っており、地平からやっと夜が明けはじめたところだった。シダー通りに出た。通りの突き当たりにあるのが警察署だ。一九六〇年代には町長の住まいだった白い下見板張りの建物で、いつもならまどろんでいるところだが、今は明かりがともり、活気にあふれていた。わたしは大きく深呼吸をしてからなかにはいった。

待合所の木の椅子に並んで座っているエリカとコリーンとビーンは、よく似ていながらひどくちがって見えた。同じ鼻、同じアイルランド系の肌、同じまじめなハシバミ色の目。コリーンは丸みがあっていくぶんやわらかな印象だ。だが、三人とも不安そうだった。

ボビー警部補が暗い表情でカウンターの向こうに立っていた。わたしは彼にうなずくと、きょうだいたちの向かいの椅子に座った。

「弁護士は来るの？」わたしはきいた。

エリカがうなずいた。「ビーンが友だちに電話した。もうすぐここに来るわ」

「弁護士が来るまで何も話さないようにマークに言った？」わたしはきいた。

「その時間はなかった」コリーンが言った。表情からそのことはもうきかれたらしいとわかった。

「何があったの？」わたしはきいた。

エリカは肩越しにとがめるようにボビーを見た。「ビーンがここでは話しちゃだめだって。わたしに言えるのは、コリーンが泣きながら電話してきて、ロケット刑事がデニース殺害事件に関して事情聴取するためにマークを連れていった、と話してくれたことだけ」

「なんてこと」わたしは言った。「何を根拠に？」

エリカは首を振った。「あとで」

「ボビーも来たの？」

「いいえ。ロケットとヌーナンだけ」

ヌーナン署長はエリカたちの家族を昔から知っているはずだ――この小さな町に秘密などない――だからボビーをはずしたのだ。でも、こんな早朝にこんな情け容赦のないやり方をするなんて、いったい何があったのだろう？

ボビーはいかにもおれは警官だぞという怖い顔をしている。署長に腹を立てているのだろうか、それともマークに？

エリカが何かほかのことを言おうとしたとき、DCのトップレベルの政治家たちを顧客に持つ有名な刑事弁護士アントニー・マリーノが、側近とともにやってきた。テレビで見るときのようなフェドーラ帽にオーダーメイドのスーツ姿で、自信満々な様子だ。足りないのはいつも持っている凝った装飾つきの杖だけだった。昔ながらのフラッシュをたく一九二〇年代風のパパラッチを引き連れているのではないかと、半分期待してしまった。

コリーンはビーンの友だちがだれなのか気づいてぎょっとしたようだ。「わたしにはとても……」とつかえながら口を開いた。

「心配いらないよ」ビーンは妹の腕に手を置いた。「彼はただでやってくれる。ぼくに借りがあるから」

それはおもしろい事情があるにちがいない。

「すぐに依頼人に会いたい」弁護士は要求した。法廷用の声が小さなホールに響いた。

ボビーは顔をしかめてビーンのほうを見ると、弁護士を奥の〝取調室〟に案内した。刑事ドラマに出てくるのとはまるでちがう、小さなオフィスだ。マジックミラーはなく、彫り模様のはいったマホガニーのテーブルがあり、ランチルームとしても使われているので、ウェストリバーデイル商工会議所が警察署のために最近購入した、すばらしく快適な人間工学に基づいた椅子もあった。

数分後、マークがロケット刑事に付き添われて出てきた。マリーノが満足げなうすら笑いを浮かべてそのうしろを歩いてくる。マークは夜明けまえに起こされたからだろうが、なんともだらしない格好だ。コリーンを見ると顔つきが変わり、恥ずかしさで赤くなった。彼がなんらかの罪を犯したことは、だれの目にも明らかだった。

長年連れ添った夫婦ならではの、ことばを介さないある種のコミュニケーションがなされ、コリーンが怒りで顔を赤くした。ただの怒りではない。激怒だ。マークに向かっていこうとしたコリーンの両腕をビーンがつかみ、あわてて耳元で話しかけながら外に連れていった。

女性をあれほど怒らせることはそれほど多くない。マークは浮気をしていたのだろうか？

わたしたちがついていくと、マリーノと側近はビーンを脇に連れていって、リムジンのそばで話をはじめた。残りの者たちはそれぞれの車のそばで待たされた。コリーンはマークをにらみつけ、マークは心を奪われたように地面の上の何かを見つめ、エリカは両手をにぎりしめながら、心配のあまり顔を引きつらせていた。

この居心地の悪さはなんなの？　コリーンの怒りが爆発して、リアリティ警察番組のように暴力沙汰になるのではないかと心配だった。彼女は長身だが、おそらく引き離すことはできるだろう。わたしは小柄だがタフだし、ずっと運動をしてきた。あ、でもコリーンはあの双子の相手を一日じゅうしているんだった。もしかしたらわたしに勝ち目はないかも。それに彼女には怒りのパワーがある。

マリーノがビーンといっしょに歩いてきた。「一日以内に無実を証明します。だれも警察とは話をしないように。あのシムキン警部補ともです」

彼はつづけた。「地元の判事が目覚めしだい、署長は自宅と職場の捜索令状をとるでしょう。犯行をほのめかすようなものは何も存在しないとわたしは信じています。その場にいて協力してください」

弁護士がリムジンに飛び乗ると、彼の側近もつづき、運転手がドアを閉めるより先にどちらかはノートパソコンを開いていた。

ビーンはコリーンの殺気立った顔つきに気づき、つぎにどうするべきかわからず途方に暮れているように見えた。だが、それも一瞬のことだった。「ミシェル、コリーンを家まで送ってくれるかな。エリカとぼくはマークと行くから。車のなかでマリーノのつぎの手について相談したいし」

彼はコリーンの肩に手を置いた。「話が終わったら電話するよ。心配しなくていい。このことはみんなで考えよう」

マークはビーンといっしょに行くことにかなり不安そうだったが、おそらくエリカの車のほうがまだ害は少ないと気づいたのだろう。ビーンが力いっぱいドアを閉めたことだけが、死ぬほど怒っているという証拠だった。

わたしは危険なほうの片割れを担当することになってしまった。激怒した女性のほうを。一瞬、わたしのバンを破壊して逃げ出す超人ハルクのイメージが頭をよぎったが、すぐに消し去った。コリーンはバンに乗り込んでシートベルトを装着した。

車が動きはじめても、コリーンは静かに座っていたが、その両手は怒りかアドレナリンのせいで震えていた。

「これだけは伝えておくけど、もしわたしにできることがあれば言ってね」わたしは思い切って言った。

どういうわけかその悪気のないことばが水門を開けてしまったらしく、コリーンはダッシュボードを両手のこぶしでたたき、そのあまりの激しさに顔のまえでエアバッグが開くのではないかと心配になった。

「あの裏切り者の下衆《げす》野郎」彼女は叫んだ。ひとつ悪態をつくたびに強調するようにダッシュボードをパンチしながら、ひとしきり悪態をついた。

口を閉じていればよかった、と思ったとたん、コリーンがわっと泣きだし、片手を胸に当てた。恐ろしく痛むのだろう。

わたしは圧倒されてなすすべもなく車のスピードを上げた。コリーンがマークから受けたような仕打ちは経験したことがなかったし、彼女が受けた痛みは想像もできなかった。

コリーンの家に着いても、彼女はすぐに車を降りなかった。素朴な美しい家だ——二階建ての赤レンガのランチハウスで、ドライブウェイにはおもちゃが置かれ、白い杭柵まである。

「どうしてこれを台無しにできるのよ？」彼女は問いかけた。

「まだわからないでしょ、彼が……」

彼女は家を見つめたままうなずいた。「わかってるの。妻はいつもわかってしまうのよ。知るまいとしてもね」

もしマークのやましそうな顔を見ていなかったら、信じなかっただろう。マークがこの小さな町で浮気をすることができたのだとすれば、どんなことでも起こりうる。

「つまり、彼はデニースと浮気してたの？」わたしは困惑してきいた。

「ちがうわよ！」そんなばかなことがあるわけないとばかりに、コリーンは笑った。「何かあるなとは思ってたの。二週間まえ、デニースがカメラの交換会か何かで行くことになったホテルが、マークの会社がコンベンションを開くことになっているホテルだったのよ。それで、彼を調べてもらうことにしたの」

キリンのように背の高いデニースが、ホテルのバーの隅で、おそらくは偽物の木の陰に隠れながらマークを監視しているのを想像した。

「尾行するとかそういうんじゃないのよ」コリーンは言い訳するように言った。「あやしい行動をしてないか、こっそり見てもらっただけ。戻ってからデニースは、彼のことは見かけなかったと言ってたけど、どうやら彼女、浮気の証拠をとらえていたみたいなの。あのクズ野郎」彼女は首を振った。怒りながらも声には悲哀がにじみ出ている。

「相手はクライアントのひとりよ」彼女は言った。「でなきゃあのむかつくアシスタントね。いつもわたしを見下してるのよ」

どうも本筋から離れてきているようだ。ロケット刑事はマークが殺人事件の容疑者かもしれないと思っている。そして、被害者はデニースで、コリーンの親友。これが本筋だ。

「それであなたはマークが……デニースに……何かしたと思ってるの？」コリーンがさっと向きを変えてわたしを見たので、あわてて言い換えた。「だってほら。ヌーナン署長が……」

「何ばかなこと言ってるの？」彼女は怒りをもっと身近なターゲットに向けた。「まさか。ありえないわよ」

ぽっちゃりして、生え際が後退しつつあり、三児の父であるマークが浮気をしているなんて想像できなかった。したくもなかった。

「そう、よかった」わたしは自分を安心させるために言った。「それならどうしてロケットはマークを連れていったの？」

「デニースがわたしに送ったメールのせいよ」彼女は言った。「早めに来てというメールが届いていたのに、わたしったら今朝まで気づかなかったの。いくらなんでも遅すぎたわ」

コリーンははいりたいのか自分でもわからないように、また家を見た。太陽はぐんぐん昇り、遠くの赤い雲は消えつつあった。彼女の怒りは消えたらしく、今は途方に暮れているようだった。

やがてコリーンは意を決してドアを開けた。「錠前屋に電話しなきゃ」

9

自分のうちに着くと、コリーンがしていたように住まいを見てみた。前庭に倒して置かれた自転車はない。わたしの居住スペースで待っていてくれる人はいない。初めて一瞬動揺を覚えた。ワオ、これって成長したってこと？

せつない思いを振り切ってなかにはいった。コリーンの状況を見てごらんなさいよ。エリカの居住スペースには明かりがついていたが、修羅場に巻き込まれたくないというもっともな願望が、階上で何が起こっているか知りたいという好奇心とまだ闘っていた。もっと正確にいえば、デニース殺害事件とどういう関係があるのか？　マークはほんとうにデニースを殺したの？　わたしのチョコレートを使って？　とても信じられなかった。

それに、エリカとわたしはチームであり、これはそのチームの危機だ。

こっそり階段をのぼってエリカのホームオフィスをのぞいた。エリカは今にも泣きそうだ。ビーンの顔は怒りにゆがんでいる。マークは椅子に力なく座り、打ちひしがれると同時に開き直っているようにも見えた。門限がきびしすぎると反抗するティーンエイジャーのように。

「ぼくはデニースを殺してない」とマークが言ったとき、わたしが部屋にはいってきたので、彼はわたしを見た。「コリーンはどんな様子?」

わたしは彼の必死さを無視した。「今ごろ錠前屋のフィッツィーが来てるんじゃないかな」

ビーンは妹のささやかなプライドに笑みを浮かべた。マークをちょっといい気味だと思っているのかもしれない。「オーケイ。きみはデニースを殺してない。じゃあ、浮気もしていなかったのか?」

マークはまたうなだれた。「いや、それはほんとうだ」

ビーンはうんざりした声をあげて、窓に向かった。エリカは衝撃だったようで、妹を思って心を痛めていた。

「相手はアシスタント?」代わりにわたしがきいた。たぶんキッチンの壁の計画表に書くために。コリーンのために。そして少しは、どこにでもいる裏切られた女性たちのためでもある。

「なんだって? ちがうよ」マークは抗議したあと首を振った。「彼女は営業職だよ、ぼくと同じ。一年まえ、コンベンションで会ったんだ」

「一年も関係をつづけてたのか?」ビーンがかっとして尋ねた。

「ちがう」マークは言った。「友だちだった。彼女は……おもしろい人だった」

もうコリーンをおもしろいと思う人はいない。

「それで一、二カ月まえに、その」彼は口ごもった。「それ以上の関係になった」

彼は赤くなり、ただの浮気ではないとわかった。恋しているのだ。

「それで、〝追加の研修〟に行ってるときは、彼女といっしょだったのね」エリカが言った。

彼はうなずいた。「コリーンにはそう言っていた」

詮索好きとしてはそのあさましい話をもっと掘り下げたかったが、わたしたちがいちばん知りたいのは警察のことだ。「どうしてロケットはあなたを事情聴取に呼んだの？」

マークはうめき、うなだれて頭を抱えた。「二週間まえ、デニースはコンベンションでぼくとグレッチェンの写真を撮ったんだ。そして、コリーンに話さないなら、自分が話すと言ってきた。その週のあいだじゅうメールしてきて、最後通告を突きつけられたよ。昨日の朝、彼女はコリーンに話すつもりでいたんだ」

エリカは目を丸くして彼を見た。「昨日の朝？」彼女はきいた。「デニースが殺されたとき？」

彼はわたしたち三人にさっと視線を向けた。「ぼくはやってない！」

わたしたちの目に疑いを見たのだろう。「今週末コリーンに話すつもりだったんだ。でも、双子は手に負えないしプルーはダンスの発表会で朝からナーバスになってたから、ぼくは……」お手上げのジェスチャーをした。「何が起きるにしろ、起きるにまかせようと決めたんだ。そうすれば少なくとも……終わってくれる」

ビーンが一歩近づいた。「きみには自分で伝えようという気概もなかったのか。コリーンの親友のデニースに、きみが浮気していると伝えさせるつもりだったのか」

「ああ」マークは打ちしおれて言った。「そうすればコリーンはどうしたいか決められる」

ビーンはマークをぼこぼこにしたそうにこぶしをにぎり締めたあと、ドアに向かった。

「きみに最高の弁護士がいてよかったよ」

「どこに行くんだ?」マークが声に絶望感をにじませてきいた。

「コリーンにもひとり見つけてやらないと」ビーンは険しい顔で言った。


エリカとわたしはマークを連れて階下におり、電話を耳に押しつけてリビングルームを行ったり来たりしているビーンの横を通りすぎた。「町から出るなよ」ビーンは電話を手で覆いながら叫んだ。「そしてすべてのことをやれ、いいか、すべてだぞ、マリーノにやれと言われたとおりのことを。この泥沼から出るチャンスをにぎっているのは彼なんだからな」

エリカはマークの友だちが迎えにくるまでいっしょに待った。わたしは窓から彼を見て、いったい何を考えているのだろうと思った。浮気? この町で? いつまでしらばっくれていられると思ったのだろう? マークが浮気をしていたというなら、ウェストリバーデイルではほかにどんなことが起こっているのだろう?

気をきかせてキッチンの壁の計画表を更新することにした。エリカが義理の弟を容疑者欄に書き込まずにすむように。彼はわたしたちが考えたプロフィールにぴったりだ。セキュリティコードを知っている。わたしのチョコレートを入手できる。そして、本物の動機がある。

それでも、温厚なマークが冷血な殺人者だとは思えなかった。

わたしは朝食を作った。まだ朝だし、料理をするといつも頭が働くからだ。パンケーキを作って、超カリカリのベーコンも焼いた。エリカは心配のあまり額にしわを寄せて食べ物をつつくだけだった。

わたしたちがいかにお互いの人生にはいりこんでいるか、今まで気づかずにいた。ビジネスパートナー、ハウスメイト、友だち。

みんな超知性派のエリカにはあまり感情がないと思っているが、それはちがう。エリカは表には出さなくても、とても感受性が強い。兄と同じく正義感のかたまりだし、世界をよりよいものにするためにがんばっている。

わたしは知っている。エリカが妹とその子どもたちの行く末を案じていることを。デニースが死んで震えあがっていることを。そして、わたしと同じく、ビジネスがどうなるか不安に思っていることを。

それなのに自分勝手にも、エリカになぐさめ役を一任してきたのだ。「ごめん」わたしは言った。

彼女とわたしの目が合った。「あなたがコリーンを裏切ったわけじゃないでしょ」

「そのことじゃないわ」わたしは言った。「今度のことではあなたもわたしと同じくらいつらい思いをしてたのに気づかなくて」

「いいのよ」彼女は言った。「あなたの何より大事なチョコレートが調べられているんだものね」

「あなたのビジネスにも影響してるでしょ」わたしは言い張った。「それに今度はコリーンが……」

エリカは陰鬱《いんうつ》にうなずいた。「きっとまた上向きになるわよ。わたしたちふたりとも」壁の計画表に目を通した。「そして、犯人はだれなのか明らかにしましょう。父親が人殺しだと思いながら天使ちゃんたちが大きくなるなんていやだもの」

天使という部分は聞き流した。

ビーンが電話を切りながらはいってくると、ベーコンをつまんで座った。「何かニュースは？」

エリカは首を振り、新しい話題に飛びついた。「専門家によると、人間関係ははじまった段階ですでに決まってるんですって。知ってた？」

「じゃあコリーンとマークは大学生のときにもう行き詰まってたってこと？」わたしはビーンのためにマグにコーヒーを注ぎ、彼のまえに置いた。

ビーンは感謝してうなずいた。「それぞれが成長すれば、ちがう方向に向かうこともあると考える人もいる」

「つまり、どんなことでも起こりうるってこと？」わたしはきいた。「それがあなたとボビーに起こったことなの？」

エリカは顔をしかめた。「ちがうわよ」

わたしはつづけた。「というのはね、今朝わたしが見たところでは、コリーンの心はもう離れてるみたいだから」

地元レポーターのリースの車がやってきて、全員が窓の外を見た。彼女は玄関に来てベルを鳴らした。もちろんわたしたちは無視した。

「そこにいるのはわかってるのよ、ミシェル」リースは言った。

両手をカップの形にして目の横に当て、窓からなかをのぞかれているのではないかと半ば思った。

「情報源によると、警察はあなたの店で毒を発見したらしいわね」リースはどなった。はっきりとした口調は明らかに動画を撮っているからだ。「あなたの側からみんなに話したくない？」

「うそつき女め」わたしはつぶやいた。「わたしの店で毒が見つかるはずないじゃない」そのとき、ロケット刑事に厨房に殺鼠剤は置いているかときかれたのを思い出した。警察はほんとうに何か見つけたのだろうか？　だれかがわたしに責任があるように見せかけたの？

「興味深いね」ビーンが言った。リースに聞かせまいとするように小さな声で。「彼女、警察署に知り合いがいるのかもしれないよ。それか、何か掘り当ててくれるんじゃないかと、ロケットがあえて彼女に情報を流したとか」

さらに何度か断固としたノックをしたあと、リースは帰っていった。おそらく意味深な笑みを浮かべて。

わたしはビーンを見た。「何かわたしの知らないことを知ってるの？」

彼は首を振った。「ロケットが彼女を使っているんじゃないかって、ちょっと思っただけだよ」

「どういう意味？」わたしはなおもきいた。

「彼がきみに毒のことをきいたのは理由があってのことだ」ビーンは言った。「彼を見くびらないほうがいい」

十分後、コリーンからエリカに電話がかかってきた。リースがドアをノックしていて帰ろうとしないという。

「彼女、今どこにいる？」わたしはきいた。

「フロントポーチ」エリカが仲介する。

「個人の敷地内よ」わたしは言った。「警察に通報するわ」


ボビーが不法侵入だと警告すると、リースはしぶしぶ帰っていった。案の定、三十分後、うちとコリーン宅への訪問およびボビーとのやりとりを収めた動画が、リースのブログにアップされた。見出しは〝地元警察、殺人事件の容疑者をかばう〟。

そしてもちろん、X指定のチョコレートが宙を舞う動画も再掲載されていた。

〝ビッチ〟では生やさしすぎる。

少ししてコリーンから電話があり、ボルティモアの現場捜査員が家宅捜索令状を持ってきたと知らされた。たまたま学校に早い時間から教員がいる日で、子どもたちを預けることができたので、何も見せずにすんだという。

「迅速だな」ビーンがつぶやいた。

わたしは自分の家を見まわした。家のなかのものを、個人的なものだろうとおかまいなく、すべて他人に調べられるなんてひどすぎる。エリカはコリーンのそばにいようと出かけ、ビーンは何本か電話をするために階上に行った。

何をすればいいかわからず、リビングルームのほこりを払ってキッチンに戻った。

自分がいかに店にかかりきりだったか、つい昨日の朝までいかに幸せだったかに気づかされた。

これまでさまざまな仕事をしてきた。子どもたちに水泳を教えろと言われるまでYMCAでライフガードをし、レイバーデーのソフトボールトーナメントのための休みがもらえなくなるまでダイナーのウェイトレスをし、両手が荒れて真っ赤になるまで夏のリンゴ摘みもやったし、カーショップの受付もやった。

わたしに向いている仕事はあまりなかったし、フレデリックのコミュニティカレッジも授業にひとコマ出ただけで、わたし向きでないとわかった。そのせいでレオとわたしはこれまでにない大げんかをした。わたしは自分が何をやりたいのかわからなかったが、やりたくないことは明確にわかっていた。レオのために言えば、兄は一度も罪悪感を利用してわたしを思いどおりにしたり、わたしを育てるためにあきらめなければならなかったことを持ち出したりもしなかった。そうすることもできたのに。

十八歳ならではの理想主義で、やりたいことは見つかると思っていた。

それでも、働きもせずに友人たちとぶらぶらしていた時期はあった。それも隣町のチョコレートショップの売り子になる道を選び、自分のやるべきことを見つけるまでのことだった。当初、そこで働きたいと思ったのはチョコレートを食べられるからだ。だが、あるときチョコレート作りのレッスンを受けて、美しくてしかもおいしいものを生み出す芸術性に魅了された。

わたしは店のオーナー、アストリッド・トレントンに弟子入りし、熱意を気に入られて、鋭すぎる嗅覚を武器にすることを教えられた。彼女が引退すると、地元に戻って自分の店を開いた。幸せを作ることがわたしの仕事になった。

壁の計画表がわたしを呼んでいた。オパールを見つけるつもりだとエリカにメールした。すると返信が来た。〝彼女のスタジオに行ってみて。ファッジ・コンテストでヒラリー・パンキンの写真を撮る人が必要で、その場合はフォトクレジットも出ると言うのよ〟エリカは架空の口実まで考えてくれていた。

オパールのスタジオはジャスパー通りの奥の小さなショッピングセンターにあった。町の多くの建物に比べると何世紀ぶんも新しい建物だ。だが、八〇年代の初めに建てられたので、うちの店のように最新式の除湿機を使うために電気系統をすっかり新しくする必要はなかっただろう。

わたしたちのリノベーションは想定していたよりもはるかに費用がかかった。建物検査官は大家のユーリ・ゴルシコフのためにかなり便宜をはかっていたのだろう。リノベーションの費用を持つかわりに二年間家賃を値下げしてもらうという契約をユーリと交わしたときは、これほどさまざまな新しい規定が、大家が知っていながらまだ実施していなかった規定があるとは知らなかった。

ショッピングセンターの駐車場に車を停めたとたん、失敗に気づいた。彼女のスタジオから通りを隔てて真向かいに、地元の警官がよく立ち寄るコーヒーショップがあり、正面ウィンドウ越しにヌーナン署長がじっとわたしを見ていたのだ。コーヒーショップの駐車場は通りすぎてしまったし、ショッピングセンターにはいっているほかの店舗といえば、飲酒運転専門の格安弁護士の事務所から、納税日以降数カ月は営業しない税理士事務所、眉毛の脱毛サロン《アイブロウ・スレッディング》ぐらいなので、わたしがオパールに会いにきたことはヌーナン署長にバレバレだろう。

「どうかしましたか?」彼はぶらりと歩いてきて言った。

「えっと」読書用眼鏡越しに見つめられ、頭のなかでエリカが考えてくれた架空の口実がごちゃごちゃになった。

「ファッジ・コンテストで写真を撮ってほしいとオパールにたのもうと思って」罪のない雰囲気《バイブズ》を出そうとしてみたが、効かなかったようだ。

「はあ、そうですか」彼はズボンのポケットに両の親指を入れてそっくり返った。脅そうとしているように見せるつもりはないのだろうが、そう見えた。

「ボランティアをたのむときは、電話より直《じか》に会うほうが効率がいいと学んだので」賢い知恵を授けるかのように、わたしは言った。

彼は〝お先にどうぞ〟のジェスチャーをした。「では行きましょう」

わたしは署長と並んでオパールのスタジオに向かった。「ヒラリー・パンキンが来るので、写真を撮るのはプロの写真家じゃないとだめなんです」とうそをついた。「それも契約の一部なので」

署長の顔つきがやわらいだ。「うちの妻がヒラリーのファンなんですよ」

わたしはドアを開けようとした。施錠されていたので、ノックした。返事はなかった。署長に張りつかれたままオパールに質問するわけにはいかないので、留守でよかった。

「あら。こんなものが」わたしは〝本日は閉店しました〟と書かれた看板を指差した。「またあらためて来てみます」

「そうですか、では」彼はまだ警戒している様子でわたしを見送った。

10

ほこりを払ったリビングルームで、ファッジ・コンテスト委員会の緊急ミーティングが招集された。空には雲がたれこめ、小雨が降っており、このあと土砂降りになるという気になる予報が出ていた。

無理もないことだが、陰鬱なムードだった。集まったメンバーを見ると、デニースの不在がかえって強く感じられた。

エリカはベアトリス・ダンカンに、もし金物店の仕事の合間に時間がとれるなら手伝ってほしいとたのんでおり、ベアトリスは快く承諾してくれた。実のところ、ベアトリスがどうやってこの新たな役割をスケジュールに組み込んだのかわたしは知らない。パレード委員会のほかにも、定期的に図書館と教会と隣町の動物愛護協会でボランティアをし、そのうえ息子の店で働いているのだから。だが、何かを成し遂げなければならないときは、忙しい人にたのむのがいちばんだと、エリカは信じていた。そういう人は何をどのようにすればうまくいくか知っているからだ。

今、ベアトリスはうれしそうではなかった。「フィッツィーをどう扱えばいいのかわからなくて。まだ七十五歳なのに、ボルト錠で留めておかないと頭をどこかに忘れてきちゃうのよ」彼女はくすくす笑って、〈ダンカン金物店〉のブルーのゴルフシャツを、ベージュのカプリパンツのゴムのウェストバンドから引っ張り出した。「どう？　錠前屋だから頭をボルト錠で留めるって」

エリカは礼儀正しくしようと微笑んだが、年配者を意地悪くからかうのは好きではなかった。

「とにかく」ベアトリスはつづけた。「今年彼はパレードを担当すべきじゃないと思うの。もうお歳だし、ときどきひどいけいれんを起こすことがあるから。みんな彼のためにすごく気をつかってるけど、ちゃんとやれるかどうかわからないし」

「何も問題ないように気をつけてくれるすばらしいチームがいて、彼はとてもラッキーね」なだめると同時に上から目線でエリカは言った。

ジョリーンがわたしの横に座った。「あなたに言われてあの猫を探したけど、どこにもいなかったわ」

「そう、でもありがとう」これから大雨になりそうなのに、と思いながらわたしは言った。あの猫は数日まえにどこからともなく現れたわけではないだろう。きっと家があるのだ。心配するのはやめなければ。

出すチョコレートがないので、わたしが忙しくピザの準備をしているあいだに、エリカが資料を取り出した。普通の人なら、あれほどつらい状態にある妹と一日すごしたあとは疲れ切ってしまうだろうが、エリカはいつものように元気いっぱいだった。

「だれがなんと言っても」エリカは話しはじめた。「このコンテストは開催するし、きっと最高のものになるわ」

みんなの顔にためらいがちな笑みが浮かんだ。

「いいニュースと悪いニュースがあるの」エリカは言った。「どっちを先に聞きたい？」

ジョリーンが手を挙げた。「わたしはいつも悪いニュースから聞くことにしてる」今日、彼女とスティーヴは空手のレッスンのあと急いで来たので、ジョリーンは白の空手着、スティーヴは〝DFTBA《Don't Forget To Be Awesome》つねに最高でいよう〟と書かれたいつものようにみすぼらしいTシャツを着ていた。

「悪いニュースのましなほうは、すべてのホテルにいくつかキャンセルがはいってること」エリカは言った。「ボルティモアのある局が、デニース殺害事件のニュースを報道したの。おかげでウェストリバーデイルはあまり魅力的ではなくなったみたい」

あまり魅力的ではなくなった？　冗談でしょ。

「もっと悪いほうのニュースは？」スティーヴがきいた。

エリカは間をおいた。「ヒラリー・パンキンがコンテストの審査員を断りたいと言ってきてる」

「なんですって？」わたしは甲高い声を上げた。最初に感じたのはほのかな安堵だったが、すぐに怒りが勝った。

「彼女の〝スタッフ《ピープル》〟はわたしたちのSNSをフォローしてるし、リースのブログのせいもあって、ヒラリーは関わるべきじゃないと思ってるみたい、その……汚染された……チョコレートに」エリカが言った。

わたしは恥ずかしさで真っ赤になった。汚染された、だなんて。

「ヒラリーが参加するとまだはっきり決まっていたわけじゃないから、どんな形にしろ参加しないという発表はしないと思うけど」エリカは言った。「彼女のスケジュールは空けておくと言ってたから、まだどっちに転ぶかわからない」

「いいニュースは？」ベアトリスがきいた。

「保健局の検査が延期になったの。警察の調査結果が出るのを待って決めるそうよ」

「結果はいつ出るんだい？」スティーヴがきいた。

「非公式に？　鑑識が大量に持っていったサンプルの検査は明日には終わると聞いてるわ。サンプルに問題がなければ、店の再開についてもっと明確な計画を立てられる」エリカはノートをめくった。「町長の希望としては、たぶん早ければ土曜日にでも」

エリカはつぎの話題に移った。「特別集会と記者会見をしたいと思ってるの。コンテストとフェスティバルの関係者全員――スポンサー、アーティスト、売店、広告関係者に加えて、希望する報道関係者やコンテスト参加者たちも呼んでね。グウェン町長にはもう許可をもらってるし、よろこんでみんなを安心させる手伝いをしてくれるそうよ。みんな、明日の夜までがんばってもらえる？」

「どこでやるの？」ベアトリスがきいた。「コミュニティセンター？」

「それがいいでしょうね」エリカが言った。

「きっと警察署長も、捜査は進んでいるという声明を出すんじゃないかな」スティーヴが言った。「みんなを安心させるために」

みんながさらに話し合っているあいだに、わたしはキッチンに避難した。たぶんこのミーティングにも出るべきじゃないのよね、と思いながら、トレーにスライスしたピザのお代わりを盛った。こんなことになった理由を思い出させる存在なんだから。

スティーヴが水のお代わりをもらうふりをして、わたしのあとからキッチンにはいってきた。「持ちこたえてる？」

わたしはため息をついた。「なんとかやってるわ」壁の計画表にはシーツを被せて画鋲で留めてあった。幸い、礼儀正しいスティーヴはそれについてきかなかった。

「きみじゃないことはみんなわかってるよ」彼はそう言うと、わたしの手からトレーを取った。「きみの店が無関係なことは」

思いがけず涙がこみあげた。

「ごめん、泣かせるつもりはなかったんだ」と言いながら、彼の茶色の目も少しうるんでいた。「この町は百パーセントきみの味方だからね」

彼はドアのほうに向かった。「なんとしてでも警察に見つけてもらわないとな、このクソ野郎を」最後のことばはささやき声で言った。

「スティーヴ・ロクスベリー、あなた今悪態をついた?」わたしたちが合流すると、ジョリーンがきいた。

ミーティングが終了してもまだ七時で、わたしとエリカは〈イヤー〉で一杯やることにした。オパールのことがたまたま耳にはいればイエイだ。

「だれがX指定のチョコレートをほしがってると思う?」車でバーに向かいながら、わたしはエリカにきいた。

彼女は笑った。「だれ?」

「ベアトリス」

「ほんとに? なんのために?」

「ブリッジクラブで仲間を驚かせたいんですって」カードテーブルを囲んでブリッジをしながら、小さいけれど解剖学的に正しいチョコレートを食べる老婦人たちを想像してみた。

「でも、ハワードには知らせないでくれって」

「彼がよろこばないのは想像にかたくないわね」彼女は言った。「ベアトリスにはなんて言ったの?」

「考えておくって」

「待って」エリカが言った。「玄関でジョリーンがあなたに話があるって言ったのもそのことだったの?」

「うん」わたしは笑った。「教員仲間への笑えるギフトにしたいんだって」

「それで女の子のパワーがどうとかいう話をしてたの？」

「そう」わたしは言った。「X指定チョコレートのビジネスはつづけるべきだし、誇りに思うべきだと言われたわ」誇りに思うわけにはいかないだろうが。車は〈イヤー〉のある通りにはいった。

ヘンナと話をしたあと、どうしてオパールが秋になるたびにみんなに一杯おごるのかわかった。学校がはじまると、最上級生の親たちからポートレートの注文がはいって、大金を稼げるのだ。わたしはうちの店のお客さまから、オパールは〈イヤー〉に入り浸っており、あそこは彼女のたまり場で、だれもが彼女の名前を知っている、と聞いたことがあった。ひと月かふた月に一度は、飲みすぎて酔っ払いならではの問題を起こし、翌日店で話題になっていた。彼女がまたバーで仲間と顔を合わせられるようになるまで、一、二週間かかった。しばらくはダイエットソーダを飲んでいるが、すぐにテキーラを飲み干し、いつものパーティの流儀に戻るのだった。

雨が少し強くなっており、半分埋まった駐車場のアスファルトは濡れて光っていた。エリカは出入り口に近いスペースに電気自動車をバックで停めた。

「急いで退散しなくちゃならなくなったときのため？」わたしはきいた。

「用心に越したことはないでしょ」彼女は車から降り、だれが来ているのか確認するかのようにほかの車を見た。記憶力がいい彼女のことだから、何人かはわかったのだろう。

ている。あちこちペンキがはげていたが、いかがわしいバーのように見せたくて、わざとそうしているようにも見えた。ラッパーのようにパンツを腰穿《ば》きにした郊外の若者が、マクマンション（景観に調和しない大量生産の豪邸）から出てくるように。

〈イヤー〉は道路から奥まったところに建つ、背の低い白い木造の建物で、大きな節だらけの木々のあいだにはさまっており、その木々は今、煙草を吸う常連客たちを雨から守っていた。〈イヤー〉の看板が古風な赤いネオンの輝きを点滅させている。あちこちペンキがはげていたが、いかがわしいバーのように見せたくて、わざとそうしているようにも見えた。ラッパーのようにパンツを腰穿《ば》きにした郊外の若者が、マクマンション（景観に調和しない大量生産の豪邸）から出てくるように。

風になびくのぼりが〝イヤーでプレイジーになろう！〟と人びとを誘っていた。

ドアを開けると、人びとの話し声や笑い声の向こうに、裏切った恋人の車にルイヴィル・スラッガーをお見舞いすると歌うキャリー・アンダーウッドの声が聞こえ（『Before He Cheats』）、古くなったビールとピーナッツと汗のにおいがした。

わたしたちがはいっていくと、バーテンダーのジェイク・ヘイルが笑顔で「いらっしゃい」と言った。そして、わたしにウィンクして、彼から六缶パックのビールを買おうとした十六歳のときのことは忘れていないぞと知らせてきた。

オパールは四十から五十代の女性たち数人と奥のブースにいて、背中を丸めて座っていた。ソーダらしきものがはいったグラスを見つめ、小さな赤いストローで氷をつついている。友人たちは自主的に孤立感に浸っている彼女に気づいていないようで、ジョークにけたたましく笑い、マルガリータのグラスをチリンチリンと鳴らしていた。

バーの残りのスペースにはテーブルとブースが点在していたが、にぎやかな音の多くは奥のビリヤードルームから来ていた。

エリカとわたしは無言の合意により、オパールと騒々しいビリヤードルームからできるだけ離れたバーの奥に座った。

「ふたりのすてきなレディに何をさしあげましょう？」ジェイクは人懐っこい近所のバーテンダー役のオーディションでも受けているように見えた。長身でのんきな性格のハンサムで、カットの必要な無造作な茶色の髪に、緑色のチェックのフランネルシャツを色落ちしたジーンズの上に出して着ている。

わたしはビールのタップのラベルを見た。「１６３４はどう？」

「すばらしい選択だ」彼は陽気に言った。「地元のビジネスを支えてくれてありがとう。味もいいよ。こちらのお嬢さまは何がよろしいですか？　シャルドネかな？」

エリカは彼のからかいを無視し、オパールを見つめないようにした。「同じものを」

「兄貴は元気？」ジェイクはタップのまえからわたしに声をかけた。

「元気よ」わたしは言った。ジェイクとレオは高校時代、フットボール仲間だったのだ。

「調子を取り戻してきてる」

「シドニーとアレックスは元気？」エリカがきいた。彼女はあらゆる人物とその名前、親戚、おもな経歴の百科事典でもあるのだが、ジェイクの子どもたちの名前まで覚えているとは驚きだった。

「元気元気」彼は言った。わたしたちに飲み物を出し、酒瓶の置かれた棚から家族写真のはいった写真立てをおろした。「このまえフロリダに旅行したときの写真なんだ」

「すてきね」とエリカが言い、わたしは適当なことをつぶやいた。

彼は写真を棚に戻すと、数分かけて彼そっくりのウェイトレスからはいった注文をこなした。ジェイクの家系は大家族で、たいてい少なくとも数人のいとこを一度に雇っていた。

「どうやってオパールと話すつもり？」わたしはひそひそ声でエリカにきいた。

「無理っぽいわね」彼女はオパールのテーブルのほうをうかがって顔をしかめた。「あのご婦人たちのまえではあからさますぎる」

「彼女がトイレに行くときなら」とわたしが言ったあと、すぐにジェイクが戻ってきた。

「デニースのこと、ほんとうに残念だよ」彼は言った。「まだ信じられない。彼女、つい二週間まえにそこに座ってたんだ」入り口近くの小さなテーブルのそばの、空いているケインバックチェア（背面が籐編みの椅子）を指した。

「ほんと？」背筋に震えが走るのを感じた。デニースの幽霊が今そこに座っているかのように。「よくここに来てたの？」驚きを声に出すまいとした。デニースにはダンスフロアがあって画一的なインテリアの、隣町の気取ったバーのほうが似合いそうだったからだ。

ジェイクは肩をすくめた。「たまにね」

「だれかといっしょだった？」わたしはきいた。

あまりさりげなくなかったらしく、エリカが話題を変えた。「ファッジ・コンテストのプログラムにこの店のクーポンをつけるべきよ」彼女は言った。「費用はそれほどかからないし、旅行者がたくさん立ち寄ると思う。〈ベスト・ウェスタン・ホテル〉はメモリアルデーの週末じゅう満室だって聞いた？」

ジェイクは驚いた顔をした。「あのイベント、まだやるつもりなのか？」

「もちろん」エリカは言った。「町の多くの産業の期待がかかってるんだから」

「中止になるんじゃないかってみんな言ってたよ、だってほら……デニースが」彼は言った。

「きっとヌーナン署長が犯人をつかまえて、みんなの不安を解消してくれるわよ」エリカは言い張った。動揺するといつも尊大な言い方になるのだ。

「みんなはだれが犯人だと予想してる？」わたしはきいた。「いろいろ耳にはいってくるでしょ、ここでいろんな人たちに囲まれていると」

彼はビール醸造会社ＢＡＳＳのラベルが刻まれたパイントグラスを取って拭きはじめた。

「あの日デニースはここで、だれかと言い争ってた」彼はしぶしぶ言った。ある種のバーテンダーの掟を破ることになるのを気にしているようだ。

わたしは緊張の震えを隠そうとした。あるいは興奮の。「だれと《ウィズ・フー》？」

エリカはわたしをにらんだ。〝フー〟ではなく〝フーム〟だと訂正したくてたまらないのだ。

「どこかの男だよ。すごく怒ってた」

「見たことある人？」エリカがきいた。「マークだった？」

「もちろんちがうよ。マークとコリーンはデートの夜ここに来るからね」

わたしが「なんのことで言い争ってたの？」ときくと同時に、エリカは「どんな男だった？」ときいた。

わたしたちは一瞬顔を見合わせ、やがてエリカがうなずいて、わたしに先をゆずった。

「ふたりは口論してたのよね？」わたしはきいた。

ジェイクは優先権をめぐるわたしたちのやりとりに微笑んだ。「デニースが男に何枚か写真を見せたら、男がカンカンに怒ったんだ。彼女は写真をわしづかみにする男を笑った。それで男はさらに怒った」

ビリヤードルームからやかましい歓声が響いてきて、わたしは声を大きくしなければならなかった。「それからどうしたの？」

「彼女のことをどうかしてると言って、出てったよ」

「彼女を脅してた？」エリカがきいた。あの派手な殺人事件調査用ノートを取り出したくてうずうずしているのだろうが、こらえていた。

「言ってることはあんまり聞き取れなかった――ビール一杯三ドルの夜だったし、混んでたからね――でも、デニースはやけに動揺しているように見えたな。男のまえではやたらと強がってたのに、いなくなったとたん、なんていうか、崩壊したんだ」

「崩壊した？」

「いや別に、床の上に倒れたとか、そういうんじゃないよ」彼はなんとか説明しようとした。「何かをしようと覚悟を決めていたのに、思ったより悪い結果になったというか」

「どうかしたのかって、声をかけた?」エリカがわたしの先を越してきいた。

「もちろんだよ」彼はちょっとむっとしているようだ。「でも、彼女は話したがらなかった」

「それからどうなったの?」わたしはきいた。

「車まで送ってほしいと言われた」

そんなに不安だったの? 「外にまだ男がいたの?」

ジェイクは首を振った。「いいや。とっくに帰ったあとだった」

「どんな写真だったか見た?」エリカがきいた。

ただのうわさ話をしているのではないと気づいたかのように、彼は首をかしげた。「かなり遠かったからね」

エリカはペースを落とさなかった。「その男の外見は?」

「普通だよ」

「特徴がないってこと?」エリカはこらえきれずにノートを取り出した。

ジェイクはおもしろがった。「きみたちなんのつもりだ? 署長の手伝いかい?」

「いいえ。もちろんちがうわ」わたしは言った。

彼は〝きみは未成年のときおれからビールを買おうとしたんだぞ〟という顔でわたしを見た。どうしてバーテンダーはうそを見抜けるのだろう?

エリカはなんとか熱意を隠そうとした。「理解しようとしてるだけよ。あんな姿のデニースを見つけてつらかったから」

ジェイクの落ち着かない表情からすると、同情というカードを使うことで注意をそらす作戦は成功したようだ。「その男はどんな外見だったの？」わたしはきいた。

「実をいうと、ちょっとイタチに似てたな。それに、顔にあの俳優みたいな傷があった。ミッキー・ロークだっけ？」

「あばたのこと？　ニキビのあとみたいな？」エリカがきく。

「そうそう。そういうやつだ。あとは、大きなダイヤモンドのイヤリングをしてた。おそらく偽物だろうな、ほかの部分から考えると」彼ははいってきたばかりのカウボーイハットの男性ふたりの給仕をするために歩き去った。

「ラリーみたいだと思わない？」わたしはきいた。外に停めた車のなかでデニースを待っている彼を遠くから見たことがあるだけだが、たしかにラリーはイタチに似ていた。

「可能性はあるわ」エリカはオパールのほうを見た。動きはないし、ソーダをちびちび飲んでいる様子からすると、すぐにトイレに向かいそうにはない。「オパールはまた今度にしましょう。ラリーのことを調べたいわ」

わたしたちはビールを飲み干し、バーカウンターにお金を置いて、ジェイクにさよならと手を振った。

「かなりの収穫だったわね」濡れた駐車場を歩きながらエリカが言った。ボタンを押してドアのロックを解除する。雨雲が密集して、月の光を完全に隠していた。

視線の端で、〈イヤー〉の窓のひとつでカーテンが動くのに気づいた。窓にはひとりの男性が立っていたが、明かりを背にしているのでだれなのかわからなかった。男性は窓から離れて見えなくなり、わたしは不安な気分を振り払った。

「ラリーの写真があればジェイクに見せてたしかめられたのに」わたしは言った。

車に乗り込んで、互いに顔を見合わせた。「デニースならきっと持ってるわ」エリカが言った。

「あなたがボビー警部補にたのんでくれてもいいのよ」わたしは言った。「逮捕されたときの顔写真があるはずだから」

彼女は冷ややかに笑った。「そうね」

「わたしたちでデニースのアパートを調べるという手もあるわよ」わたしはバッグからキーチェーンを探り出し、コリーンも町を離れていて植木の水やりをたのまれたときに、デニースからわたされていた鍵を掲げた。

「でも、そんなことはすべきじゃないわ」と言うエリカの声は「ええ、そうすべきよ」と聞こえ、車は町に向かいはじめた。

道中ずっと雲は雨を吐き出しつづけ、わたしたちに帰れと警告するように、ときおり爆発的に激しく降った。デニースはスタジオからほんの一ブロックのところにある毛糸店〈ニット・ウィッツ〉の二階に住んでいた。一ブロック離れたところからでもわたしたちの店を見るのは胸が痛んだし、なかにはいれないのもわかっていた。

「待って」わたしは言った。「店の裏を通ってもらえる？　雨のなかに猫がいるかどうかたしかめたいの」

ゆっくりと通りすぎてもらったが、ココの姿は見えなかった。

レストランをのぞけば、メインストリートの店はすべて閉まっていた。毛糸店の裏に車を停め、フードを被った。こそこそと建物に近づいていく姿は、きっと刑事ドラマの悪役のように見えるだろう。緊張のあまり呼吸が浅くなり、くすくす笑いを抑えなければならなかった。

デニースのアパートメントにつづく階段のいちばん下から、犯罪現場を封印するものがあるか見ようとしたが、確認できなかったので、階段をのぼりはじめた。ここには数回しか来たことはないが、雨で濡れているにもかかわらず、古い階段がこれほどきしるとは知らなかった。わたしの手のなかで鍵がひどく耳障りな音を立て、エリカはわたしにシーッと言ったあと、自分の神経質な反応にくすくす笑った。

階段をのぼりきったとたん、部屋のなかから何かがぶつかる大きな音が聞こえた。エリカの目がアニメのキャラクターのようにまん丸になり、ふたりとも踵《きびす》を返して急いでそこから離れようとしたとき、いきなりドアが開いた。デニースのノートパソコンを手にした負け犬のラリーがいた。わたしたちを見て、彼を見たわたしたちと同じくらい驚いているようだった。

「ラリー?」わたしが思い切って言うと、彼はフットボール選手のように腕をまっすぐに突き出して、わたしを押しのけた。

11

わたしはよろけて木の手すりにぶつかったあと、反射的に彼を追って階段を駆けおりながら、「それを返しなさい！」と叫んだ。エリカもすぐあとから追いかけてきた。

ラリーはわたしたちを振り返ったせいで濡れた縁石で足を滑らせ、ノートパソコンが手からすっぽ抜けて、派手な音を立てて地面に激突した。わたしは身をすくめた。なんにせよあのなかにあったものは、コンピューター・ネットワークの天国に消えてしまっただろう。ラリーがノートパソコンのほうに近づこうとしたとき、警察車両が飛ぶように角を曲がってきて、彼は木々のあいだを抜けて走り去った。

ボビー警部補が大急ぎで車から降り、ラリーを追いながら、わたしたちに向かって叫んだ。

「きみたち、大丈夫か？」

「ええ」わたしは叫び返し、手を振った。「彼をつかまえて！」

階段を何段か駆けおりただけなのに、何マイルも走ったかのように、わたしはあえいでいた。エリカはノートパソコンをじっと見ている。

「無理よ」彼女が中身を死ぬほど知りたがっているのはわかるが、わたしは言った。「ボビーに殺される」

しまった。まずい言い方だった。エリカは眉間にしわを寄せて顔をしかめた。彼女がパソコンに向かいかけたとき、木立からボビーが出てきた。

「見失ったの？」わたしはきいた。ラリーは見た目と同じくらい動きもイタチに似ているのだろう。

「すぐそこの路地に車を停めていたらしい」ボビーはいくぶん言い訳がましく言った。そして、何があったかを無線で報告し、そのあいだまるで信用できないと言いたげにわたしたちをじっと見ていた。

「いったいここで何をしていた？」報告を終えると彼はきいた。

「えーっと」とわたしが言いかけたとき、署長が車で到着した。

署長がゆっくりと近づいてきた。ズル休みがばれた子供になったような気分だ。「一日に二度もあなたがかぎまわっているのを見つけるとはね、ミズ・セラーノ。今回はミズ・ラッセルもいっしょですか。ふたりで〈スクービー・ドゥー〉（アメリカのアニメ。犬が飼い主たちとともにミステリを解決する）ごっこでもやっていたのかな？」

「いいえ、サー」わたしは言った。「わたしたちは――」

エリカが割り込んだ。「デニースのアパートの捜索が終わったかどうかどうしても知りたかったんです。コンテスト委員会の緊急ミーティングがあって、デニースがイベントのために撮った写真が必要だと気づいたので」

この人ってほんとに頭の回転が早い。

「現場保存のテープがまだ張ってあったらはいらないつもりでした」そうではないと思われたのなら心外だとでもいうように、エリカは言った。

尊大な言い方のせいでどういうわけかよけいに説得力があった。が、ボビーのほうをうかがうと、少しも騙されていないようだった。

「そうしたら、あの恐ろしい男がミシェルを突き飛ばして、彼女はもう少しで階段から転げ落ちるところだったんです」彼女は小さく身震いして言った。

大学で演技の授業を取っていたのかしら？

わたしは黙ったままでいた。署長はうなり、勢いを削《そ》がれたようだった。

「それに、ささやかながら警察の捜査を手伝ったんですよ」エリカは言った。「もしわたしたちがここにいなかったら、あれを持って逃げおおせていたはずです」コンピューターを指し示す。

「デニースのアパートはもう捜索したんですか？」わたしはきいた。

署長は顔をしかめた。「ええ、しましたよ」そして、ボビーに言った。「州警察の相棒に電話して、ここに来るよう伝えろ」

そして、わたしたちを指差した。「おふたりは帰ってください。あとで聴取にうかがいます」

ボビーはにやにやしながらわたしたちを見た。これで話を合わせる時間ができたな、とばかりに。

ロケット刑事とボビーが来るまでそれほど時間はかからなかった。ボビーはドアをノックしたくせに、開けてもらうのを待たずにはいってきた。キッチンの壁の新しいアート作品を見られないように、わたしたちはリビングルームのソファに座って待っていた。

ふたりは本降りになりはじめていた雨を振るい落とし、エリカがエステートセールで買ったアンティークのコート掛けに、しずくのたれるコートを掛けた。ロケットは張りぐるみの椅子に座り、ボビーは戸口の脇柱にもたれて立った。

ロケットは両手を膝に置いて前のめりになった。「きみたち、どういうつもりだ?」

エリカが話すということでわたしたちはすでに合意していた。「署長に説明したとおり、あそこの捜索が終わっていれば、デニースが撮ったファッジ・コンテストの別のエントリー作品の写真を取ってこようと思ったのよ。プレスリリースのために必要だから」

ロケットが今にも〝ばかな〟と言いたそうにじっとわたしたちを見つめたので、わたしは目を伏せるしかなかった。彼は椅子の上で座り直した。「これならどうだろう。きみたちが呼ばれもしないところに現れるのをやめてくれれば、邪魔をされないように向こう二週間拘置所にぶちこむなんてことはしない」

わたしは両手が震えないようににぎり合わせたが、エリカは落ち着いて彼を見た。「どうしてわたしたちを脅しているの?

いったい何をしてるのよ?」

「なんだって?」彼は威嚇するように言った。

「わたしたちは何も罪を犯していないわ。逮捕する法的根拠はないはずよ。ということは、別の理由があるのね」

ボビーは立ったまま体重を移動させて姿勢を変えた。にやにやするまいとしているようだ。

ロケットの目が細くなった。ハッタリを見抜かれるのが好きではないらしい。

「よかったら手を貸してあげましょうか」あたかも彼が同意して、話が先に進んでいるかのように、エリカはつづけた。「わたしのアシスタントはコンピューターのエキスパートなの。彼ならあのノートパソコンをちょっと見ただけで、ラリーがあれほど必死で手に入れようとした理由を見つけ出せるわ」

ロケットは含み笑いをした。「幸いとても才能のある技術者がいて、必要な情報は手にはいる」

「それならけっこう」エリカは言った。「でも、もしできなかったときは、彼を使ってくれてもいいわよ」

「覚えておくよ」ロケットは言った。「それで、あのノートパソコンには何がはいっていたと思う?」

「ラリーが警察に見つけられたくないものでしょうね。デニースを殺す動機かもしれない。彼女は写真家だったから、何かの写真とか」

ロケットは計算高い顔つきになった。「ほかには?」

エリカは椅子に座ったまま身を乗り出した。「今夜デニースのところに現れたということは、ラリーはノートパソコンが警察に見つかっていないと確信していたんでしょうね。つまり、とても巧妙に隠されていたにちがいないわ。ああいう古い建物には思いもよらないところに隠し場所があるし、おそらくふたりの関係からすると、彼は隠し場所を知っていたのよ。彼がどうしてあれほどノートパソコンを手に入れたがっていたかがわかれば、動機もわかるでしょうね」

「それはなんだ？」彼はせっついた。

「まだわからないわ」彼女は言った。「でも、おたくの熟練技術者なら見つけ出すでしょ」そして、ボビーのほうを向いた。「どうして今夜あんなに早くあそこに来られたの？」

ロケットが代わりに答えた。「ラリーが押し入ったとき、近所の人から電話があったんだ」

エリカは首を傾げた。「ところで、わたしたちの店を調べて何か成果はあったのかしら？」

彼は〝なんなんだ、この女は？〟という顔でボビーを見たが、ボビーは無表情だった。

「わかった、これは先行情報だ。朝には公になることだから話してもいいだろう。毒物が見つかったのは、テーブルの上のチョコレートからだけだった。きみたちの店はクリーンだ。明日引きわたす」

圧倒されるほどの安堵を感じ、涙があふれた。ロケット刑事に気づかれた。彼はなんでも気づくのだ。

立ち上がって彼らを送り出そうとしたとき、エリカがだめ押しした。「今朝リース・エバーハードが言いにきたわ、店で毒物が見つかったたって。反応を見るためにうそをついていたのかしら？　それとも彼女は警察が知らないことを何か知っているの？」

ロケットの顔がこわばった。「彼女はもう言ったのか？」

エリカが目を丸くした。「じゃあ彼女はほんとうのことを言ってたのね。警察は店で毒物を見つけたと」

「それは公表しない情報だ」彼は言った。

「だれにも言わないわ。それに、あなたはばかじゃないから、それがもともとそこにあったものじゃないとわかってるのよね。仕込まれたものだと」エリカはそこで間をとった。「なんて……計画的なの」

わたしはぽかんと口を開け、話ができるようになるまで少し時間がかかった。「だれかがわたしをはめようとしたってこと？」

「そうとはかぎらない」ロケットが言った。「事故に見せかけようとしたという可能性のほうが高い」

「事故？」わたしは立ち上がった。「わたしがすごく愚かで、すごく不注意だから、チョコレートに毒を入れてしまうこともあるだろうってこと？」

エリカがわたしの腕に手を置いた。「冷血な人殺しよりましでしょ」

「毒物はどこにあったの？」わたしはきいた。

「それは話すわけにはいかない」刑事は言った。この殺人者を追い詰めることを楽しんでいるかのように、目がきらりと光った。

ボビーはドア口でもぞもぞし、刑事は自分の手帳を見おろした。

エリカはまだ座っていた。「ほかに場ちがいなものはなかった？」

ロケットは立ち上がった。「以上だ。くれぐれも内密に」

わたしたちは玄関まで彼を送った。

「ミズ・エバーハードと話すよ」ボビーとともにコートを着ながら、ロケットは言った。

「おやすみなさい」これが社交上の訪問だったかのように、エリカは言った。「ひどい雨だから運転は慎重に」

ふたりとも帰っていったことを確認すると、急いで壁の計画表に新しい情報を書き込みにいった。ラリーはたしかに第一容疑者だ。警察は彼が探していたノートパソコンを持っているし、わたしたちよりはるかに人材豊富なので、おそらく先にラリーを見つけるだろう。

寝るときになってようやく、今夜は恐ろしいことになっていたかもしれないのだと気づいた。ラリーはわたしたちを傷つけようとしたかもしれない。もっとひどいことになっていたかもしれない。

眠れずにいつまでも寝返りを打つことになった原因は、彼についていかに誤った判断をしていたかということだった。ラリーがデニース殺しをやってのけ、警察は騙せなかったにしても偽装のために証拠を仕込むことまでしていたなら、彼はわたしたちが思っていたよりも頭が切れるにちがいない。

水曜日はその別名のとおり〝週の山場《ハンプ・デー》〟であってほしかったし、その山を乗り越えられることを願った。エリカが見つけた業界トップの清掃会社が店をぴかぴかにしているあいだ、わたしは新たに補充するものや店の再開に向けて必要なものをすべて買い、エリカは今日このあとファッジ・コンテストのテコ入れ企画としておこなわれる集会の準備をした。不安を覚えた大勢の住民たちが、捜査の進捗具合やコンテストの計画がどこまで進んでいるのかを知るために、集会に詰めかけるだろうということはすでに聞いていた。

　コナは電話してきて、明日から仕事をはじめたいと言ってくれた。わたしはもうひとりのアシスタント、ケイラに電話した。「明日は暇だから店で働けると言って」

「明日は暇だから店で働ける」ケイラはロボットのように言った。

「よかった」わたしは言った。「待って。ほんとに暇なの？　それともわたしが聞きたいことを言ってるだけ？」

「落ち着いてよ」彼女は言った。「ほんとに暇よ。ちゃんと行くから」車のギアチェンジの音がした。「待って。明日って木曜日よね？」

　ケイラは本人がいつも言っているように注意欠陥多動性障害《ADHD》なので、一度にひとつの仕事だけではやっていられなくて、チョコレート店の店員と、ヨガのインストラクターと、ハイエンドなスポーツカーを運転して裕福なコレクターのもとに届ける仕事を兼業しているのだ。

「今どこにいるの？」

「もうすぐジョージア州のサヴァナ」彼女は言った。「この車をフォートローダーデールに届けたら、今夜飛行機で戻る」

「それなら、なんで電話で話してるのよ？　電話を切って運転に集中しなさい！」

「いつもそうしてるわよ」と言って、彼女は電話を切った。

コリーンが立ち寄って、土曜日の午後におこなうデニースの葬儀の相談をした。遺書は残していないようなので、費用を賄《まかな》うために会費制にすることも含めて。デニースの家系は代々ひとりっ子がつづいているとコリーンは聞いており、癌で亡くなるまでは母親が唯一の家族だった。デニースはひとりっ子家系の呪いを解いて、結婚して子供をたくさん産みたいと思っていた。そう思うと彼女の死がよけいに悲しかった。家系はデニースで途絶えてしまったのだ。

デニース殺害事件の〝容疑者〟と結婚しているコリーンが、どうして彼女の葬儀を取り仕切るのかとささやく声もあった。だが、町の多くの人びとにデニースとコリーンが親友だったことを指摘されると、その声も消えた。

土曜日は通常の時間に店を開けるが、試験営業ということで一時までに閉めて、葬儀に出席する予定だった。

土曜日の夜はボルティモアのピムリコ競馬場でプリークネス・ステークス（アメリカクラシック三冠の第二冠にあたる競馬大会）があり、これはウェストリバーデイルでは一大イベントだった。レース観戦のためのテレビがない店は閉店するしかなかった。

ご近所さんに会ってしまうのを避けるため、わたしははるばるフレデリックまで行って、クリームや砂糖やその他の品物を仕入れた。ココが店に戻ってきたときのために、グルメな猫缶までカゴに入れた。ウェストリバーデイルの町を囲むなだらかな丘を縫いながら、長時間ドライブできるのがありがたかった。帰る途中、多くの家でソーラーパネルが設置されつつあることに気づいた。これほどグリーン・テクノロジーに入れ込んでいるなんて、ウェストリバーデイルの住人は進んでいる。

家のまえに車を停めたとたん、怖い顔をしたヘンナがすごい勢いでやってきた。「ミシェル・セラーノ！」

うわ。母親にどなられてるみたい。「ヘンナ？ どうしたの？」おバカ作戦がうまくいくことはめったにないが、やってみる価値はある。わたしは車から降り、クリームや砂糖でいっぱいの買い物袋をつかんで緩衝物にした。

「わたしがデニースに腹を立ててたって警察に話したの？」ヘンナは激怒しており、わたしを殴るのをがまんしているように両手のこぶしをにぎりしめていた。

「わたしが？ もちろん話してないわよ」と言ってみた。

「だれにも言わないってことで話したのに。警察が来て、日曜日の夜どこにいたかきかれたわ。このわたしがよ！」

「ごめんなさい」わたしは言った。「きっとわたしの話を誤解したんだわ。すごくショックだったから、あの日のことはあんまり覚えてないんだけど、デニースとうまくいっていなかった人はいるかとたしかにきかれた気がする」

ヘンナはあんぐりと口を開け、わたしは急いでその先をつづけた。

「もちろんあなたは無関係だと言ったわ、きっと通常の手順か何かなのよ」

彼女が少し落ち着いたようなので、わたしはもうひとつの袋を持った。「これを冷蔵庫に入れないと」一拍おいてから言った。「じゃああなたは、日曜日の夜仕事をしてたのね」

ヘンナは一瞬狼狽《ろうばい》したようだが、すぐに言った。「ええ。ええ、してたわ」

彼女は何か隠しているのだろうか？「面倒をかけてしまったならごめんなさい」わたしは言った。「あんまりちゃんと考えてなくて」

彼女は許すべきか迷っているようにうなずいた。

わたしはミニバンに寄りかかった。「警察は何か手がかりがあるようなこと言ってた？」

彼女は首を振った。「いいえ。わたしをつらい目にあわせただけ」

「でも、何も心配することはないんでしょ」安心させるように言った。「きっと警察が犯人をつかまえてくれて、事件は解決するわよ」

大うそをついていることにならないといいけど。

近隣住民たちがウェストリバーデイル・コミュニティセンターに続々と集まっていた。大げさな名前に似合わず、ピーチ・レーンに立つ地味な建物で、基本的には大きな納屋なのだが、床が板張りの独立した部屋がひとつだけあった。裏にある金属製の小屋にはテーブルや椅子が収納されていて、使う人が運ばなければならない。借りた人があとで掃除をするなら、使用料は取られないことも多かったが、資金力のある企業の場合は別だった。

コミュニティセンターから店まではほんの二ブロックだ。ココを探しているのだと自分に言い訳をして近くまで行ってみようかと思ったが、単に店を見たいからでもあった。長らく離れていた故郷を懐かしく思うように心がうずいた。

町じゅうの人たちがいるような気がしたが、フェスティバルとは無関係だと思われる知らない人たちもたくさんいた。コーヒーとクッキーのテーブルのそばに立っていたら、最初にはいってきた何人かは、わたしをじろじろ見てよけていった。クッキーに毒を入れたと思われたのだろうか？　たぶん気にしすぎだと思うが、みんなに糖質オフダイエットをさせるわけにもいかないので、奥の反対側の隅にそっと移動した。

エリカのスーパー・ヒーロー・オタク・チーム・クラブの面々が、お金を持って裏口からはいってきたので驚いた。エリカが覆いをかけたテーブルの下から箱を引き出して、コミック本を配り、お金を集めてありがとうと告げた。コミック本好きたちは店が再開するまで待てなかったらしい。

ヘンナは自分の無実を証明するように、背筋を伸ばして最前列に座っていた。すぐ隣にはリース・エバーハードがいて、わたしの不安は増した。記事のためならなんでもよろこんで言ったりやったりするに決まっている。何列かうしろでは、ベアトリス・ダンカンがサミーを相手に一方的な会話の最中で、金物店でやらなければならないことについて熱弁をふるい、ハワードは部屋の隅のほうをじっと見つめていた。パラダイン校長が、高価なビジネススーツを着て髪をうしろになでつけた男性といっしょにはいってきた。男性は校長に親しげな笑顔を向けていたが、話し合いの内容は気に入らないようだった。校長も不機嫌そうだったが、わたしを見ると笑顔になり、ビジネスマンを残してこちらにやってきた。

「元気かい、ミシェル？」校長はいつもわたしの名前をなんともかわいらしく発音する。うしろにフランス語風の陽気な響きのある〝ミー・シェル〟と。彼は励ますようにわたしの肩を軽くつかんだ。「なんとか持ちこたえているかな？」

「大丈夫です」わたしは言った。「いつでも仕事に戻れます」

彼はうれしそうにうなずいた。「きみらしいな」

パラダイン校長は、両親を失って以来、わたしのお気に入りの大人のひとりだった。やたらと機嫌をとったりせず、悲しみから救おうとしてくれた人だった。レオの代わりを引き受けたり、親代わりになろうとはしなかった。一度わたしを校長室に呼んで、必要なときはどんなことでもして助けると言ってくれた。ずっとあとになるまで気づかなかったが、わたしが授業中に感情を爆発させたり、宿題をやってこなかったりして、教師たちが手を焼いていたとき、いちばん親身になってくれたのは校長だった。わたしはあまり勉強が好きではなかったし、両親が死んだことによる悲しみで〝人生は一度きり〟精神に拍車がかかり、好き勝手にやっていた。卒業できたのは奇跡だったが、校長のおかげもあったのかもしれない。

「さっきの男の人はだれですか？」わたしはきいた。「見たことないけど」

「学校にソーラーパネルを設置してくれる会社、〈ゲット・ミー・サム・ソーラー〉の社長だよ」校長は言った。

「何か先生ともめてたみたいですけど」たしかにわたし、詮索好きになってる。

「いや、そんなことはないよ。細かいことを詰めていただけだ」

「すばらしいプロジェクトですね」わたしは言った。

「ああ。何ワットもの電力が節約できる」

わたしが高校生のとき学校の秘書だった年配の婦人が椅子から手を振り、校長は離れていった。

一瞬淋しさを感じたが、すぐにレオが横に来て立った。

「裏から忍び込んだの？」わたしは兄がそばにいてくれるのがうれしくて微笑んだ。

「今夜ここは人気の場所みたいだから」彼はどんどん席が埋まっていく会場を見わたした。

勲章をもらった退役軍人の兄という目に見えるサポートはありがたかった。わたしは兄のそばに少し移動した。警察の代表団——ヌーナン署長、ボビー警部補、ロケット刑事——が時間ぴったりにドアからはいってきて、入り口の横の壁際に立った。

エリカは彼らにうなずいてみせたあと、小さなステージの壇上に立った。背後には、ファッジ・コンテストの開催を告げ、すべてのスポンサーが派手に列記されたのぼりが掲げられている。〈ゲット・ミー・サム・ソーラー〉のためにチタンスポンサーというまったく新しいカテゴリーを作ったので、その社名は一番上に書かれていた。千ドルはしそうなスーツを着ている社長を見ているので、もっとお金を出させればよかったと思った。

エリカはみんなを歓迎し、自分たちは一丸となって、メモリアルデーの週末のイベントが問題なくおこなわれるようにしなければならないということを思い出させた。彼女はすばらしく簡潔に町長を紹介し、町長は心地よい集まりの勢いにのって、元気いっぱいのスピーチをした。

つぎにグウェン町長がヌーナン署長を紹介すると、場の空気が変わった。

「みなさん、お集まりくださってありがとうございます」署長はロケット刑事とボビー警部補を紹介した。「このたびの恐ろしい事件のことで、みなさんには知りたいことがたくさんあると思います。われわれは州警察との連携のもと捜査にあたっており、必ずや犯人を見つけ出します」

ヌーナンは咳払いをした。「質問を受けつけますが、現在捜査中の事件のため、くわしいことはお話しできませんのでご了承ください」

「手がかりはあるんですか?」前列から質問があがった。「地元民が事情聴取に呼ばれたと聞いていますが」

マークのことを言っているのだろう。わたしは緊張したが、署長は言った。「数人の参考人から話を聞きましたが、これまでのところ容疑者は確認されていません」

レオと反対側の隣にビーンが現れた。彼は記者会見に集中していたが、わたしはすぐ隣にいる、肩のあたりが引き伸ばされた黒いTシャツ姿の彼のかっこよさを意識せずにはいられなかった。

デジタルレコーダーとメモ帳を手にした男性がビーンを二度見し、席を立って話をしに来た。「やあ、ラッセル」男性はそう言うと、眼鏡を頭の上に押しあげて、ビーンと握手した。「取材か？」

「オリヴァー」ビーンは言った。「いいや、ここが地元なんだ。犯罪事件担当になったのか？」

男性はふっと笑った。「いいや。おたくの町長のことを調べにきてる」

ビーンの目が細められた。「彼女がどうかしたのか？」

「まだ確認はできていないんだが、特別政治行動委員会のある人物が、来年の下院選挙に彼女が出馬する可能性に興味を持っているという情報をつかんだんだ」

立聞きをしていると思われたくないので、わたしは驚きを顔に出すまいとした。

「どうして特別政治行動委員会が小さな町の町長に興味を示すんだい？」ビーンはきいた。

「こっちがききたいよ」オリヴァーは言った。「聞くところによると、党はこのところ候補者集めに苦労しているらしい。政治的環境が悪いからね。おれは何かわかるんじゃないかと思って、金の流れを追っているだけだ」彼は計算高い顔つきをした。「きみはここの重要人物たちを知ってるだろ。だれに話をきくべきかな？」

ビーンは首を振った。「まだわからない。ぼくも町に来たばかりなんだ」少し考えて言った。「何かわかったら知らせるよ、それでいいか？」

「彼女の弱みを見つけたのか？」記者の声に熱がこもった。

ビーンはまた首を振った。「清廉潔白だよ。何も見つからないんじゃないかな」

記者は鼻を鳴らした。「いつだって何かあるさ。だからおれは暮らしていけるんだ」彼は席に戻って質問した。「フィックス町長に質問です。あなたが下院選に出馬するといううわさがありますが、この町での最近の暴力犯罪がどのように影響すると思われますか？」

観客たちからぼそぼそとささやく声があがったが、町長は驚いているようにすら見えなかった。一歩まえに出て署長からマイクを受け取った。「任期のあいだずっとそうであったように、今はウェストリバーデイルの安全を守ることに集中しています」彼女はもとの位置まで下がった。つぎの質問は署長に向けられたものだった。

われらがグウェンのほうを見ると、どこまでも町長然としていた。小さな町であるウェストリバーデイルから国会議員が出るかもしれないことが誇らしかった。もしかしたら、DCの有力な友人たちに配るためにうちのチョコレートを買ってくれるかもしれない。

やせたクモザルのような両腕をずっと振っていたのに指名してもらえないリースが、業《ごう》を煮やして立ち上がった。胃が重くなった。「ミズ・コバーンはミシェル・セラーノが作った毒入りチョコレートのせいで亡くなったと言われています」彼女は後方の隅にいるわたしを指差した。「それなのに彼女は近いうちに店を再開させるつもりです。彼女のチョコレートは安全なんでしょうか？」

「それは」と署長が話しはじめようとすると、ロケット刑事が演壇にいる彼のまえに進み出た。

「州警察の鑑識が入念な検査をおこなった結果、毒物がはいっていたチョコレートは、箱のなかにあったものと、被害者の体内にあったもののみと確認しました。よって問題の店は衛生的に問題がないということで、疑いは晴れています」

涙がぽろぽろこぼれ、かすかに洟《はな》をすすると、レオがお尻のポケットからバンダナを出してわたしてくれた。これだけみんなが見ているまえでロケットが援護してくれたことがありがたかった。レオがわたしに腕をまわして、男らしく抱き寄せた。

「興味深いな」ビーンの目は刑事に向けられたままだった。

だが、リースはあきらめなかった。「刑事さんなら彼女のチョコレートを食べますか?」

そのとき、マイクがいらないくらいの大声でグウェン町長が言った。「リース・エバーハード、まったくあなたって人はどうしていつまでも成長しないの?」わずかに鼻にかかった南部訛りが響きわたる。「これだけ年月がたってるっていうのに、バスケットボールチームを州大会の決勝に導いたミシェルをまだうらんでるのね?」一歩まえに出て全観衆に向かって言う。「みなさん、これは現在の合衆国政府にも言える問題です。ここにいるリースのように、みんな高校で止まっているんです。今こそ先に進《ムーブ・オン》むべきです」

「やるなあ、彼女」ビーンの友だちがつぶやいた。「地元愛、忠誠心、プロらしさのすべてがある」

もしグウェンの意図が彼のにらんだとおりなら、それは彼女の選挙運動のスローガンのように聞こえた。今からのぼりが見えるようだ。〝グウェン・フィックスと先に進《ムーブ・オン》もう〟

12

高揚感に包まれたまま、家へと車を走らせた。嵐の前触れの強い風も、その気分を消すことはできなかった。明日は店を再開する。大勢のご近所さんや常連客たちが近づいてきて、集会がはじまるまえのような勝手な思い込みなどみじんも見せずに、おやすみなさいと言ってくれた。レオは帰れるとみるやすぐに帰ってしまったが、ビーンはわたしのそばに残ってくれた。ときどき腕が触れ合い、地元教会の牧師が温かいことばをかけてくれたときなど、触れた腕から体じゅうにまったく不適切なうずきが走った。

リースは町長にさらに何か言われて恐れをなしたらしく、早々に退散していた。これからはわたしを放っておいてくれるかもしれない。

ロケット刑事は公式発表のパートが終わると、そのあとのクッキーとコーヒーとうわさ話のパートには出ず、すぐにドアから出ていった。ビーンは出ていくロケットから目を離さずにいた。どうにも信用できないというように。

翌日はどんなチョコレートの魔法を使おうかと早くも考えていたわたしは、家のまえの通りの向こうに停まっていた車がまったく目にはいっていなかった。リースがその車から降りてきて、ミニバンのドアのまえに立ち、わたしの行く手を阻むまでは。押しのけることも考えたが、そうでなければ彼女が言いたいことを言って帰るまで待つしかない。

「どうして町長はあなたをかばうの？」いらだちに顔をこわばらせて、リースがきいてきた。きまりが悪いのかもしれない。「彼女の何をつかんでるの？」

「へえ、出た答えはそれだけ？」わたしは怖気《おじけ》づくまいとしながら冷ややかに笑った。

「なんですって？」

ウィンドウ越しのうえ、うちのまわりの巨大なオークの木のあいだを吹き抜けていく風のせいで、わたしの声は届かなかったらしい。ほんの少しだけ窓を開けた。「あなたどうかしてるわよ、リース。町長があんなことを言った理由はただひとつ、あなたがばかなことを言ったからよ。陰謀のないところに陰謀をでっち上げることはできないわ」

「そうよね」リースは言った。「だから州警察の刑事は、あなたのチョコレートは安全だとみんなのまえで言ったのね、あそこの厨房で毒物が見つかったのに。だから町長は、あなたを放っておかないなら、地域教育助成金を取り上げるとわたしを脅したのね」

わたしの顔に不信感が表れていたのだろう。彼女は声を張り上げた。「それに、ハリス家に隠されていた注射針について警察が話さないのも」と言ってから、彼女はたじろいだ。話すつもりではなかったかのように。

なんですって？　コリーンの家で注射針が見つかった？「警察が見つけたもののことをどうして知ってるの？」わたしはきいた。「警察署にスパイでもいるの？　それがインターネットのジャーナリズム講座で教わったこと？　それとも、あなたがうちの厨房に毒物を仕込んだのかしら」ミニバンのドアを開けると彼女が飛びのいたので、わたしは車を降りた。「一度くらいは本物の記事を書きたくてデニースを殺したの？　それでばかげた復讐《ふくしゅう》のためにわたしに容疑がかかるようにしたの？」

リースはショックを受けたなどというものではなかった。立ったままうしろにのけぞり、何度か口をぱくぱくさせた。もとからコウノトリに似ている者にとって、あまりいい見た目ではなかった。今はむしろペリカンに似ていた。

やがてがばっと口を閉じた。「いいこと、ミシェル・セラーノ。お友だちの大きな翼のうしろに隠れられると思ってるのかもしれないけど、こっちには報道の力があるのよ。あなたがやったと証明してやる」

「あなたはまちがった木に吠えてるのよ」それも、ばかみたいにね。「そして、真犯人を見つけるチャンスをふいにしてる」〝おばかさん〟とほのめかす口調でわたしは言った。

リースが足を踏みならして自分の車に向かったとき、ちょうどエリカの車がやってきた。

「何があったの？」去っていくリースの車をわたしといっしょに見送りながら、エリカが尋ねた。

「リースはわたしたちが町長やロケットと共謀して、デニースにほんとうは何があったのかを隠してると思ってるの」とわたしは言ったが、怒りは困惑に変わった。「彼女が言うには、警察はマークとコリーンの家で注射針を見つけたそうよ」不安でうなじがちくちくした。

エリカは呆然とした。「そんなばかな」

「そう思うわよね」わたしは言った。「どうしてボビーは教えてくれなかったの？」

「彼と話さなくちゃだめよ」彼女は言った。「でなきゃ、レオにきいてもらうとか」声が小さくなっていったが、すぐに気を取り直したようだ。「とりあえず、それについてはあとで考えましょう」エリカは何かぴかぴかぴかしたものを掲げた。「これはなんだと思う？」

わたしはそれをじっと見た。「フラッシュドライブ？」皮肉っぽい調子できく。

「どこで見つけたと思う？」まえの座席からバックパックを引きずりおろして肩にかけた。

「クイズ形式はやめて」わたしは言った。「いいから教えてよ」

「デニースがあなたに言った本のなか」彼女は少し得意そうに言った。「『エコービーチの八〇年代』よ」

「えっ？店に行ったの？どうだった？」わたしは第二の故郷とも言える場所に行きたいと焦がれながら、デニースが死んだ場所に直面しなければならない恐怖も同じくらい感じていた。

「問題なかったわよ」彼女は言った。「清掃も終わってた。予定どおり明日は店に行って、土曜日には営業再開できるわ。今夜ロケット刑事が言ったことをプレスリリースに使うつもりなの。あなたもクライアント全員に送ったほうがいいわよ」

エリカのことばに、また少しストレスが消えていった。

「ところで、ココを見た？」彼女が困惑しているようなので、わたしは説明した。「何日かまえ、今度のことが起こるまえに、あそこで迷い猫を見たの。それで、ココと名づけたのよ」

「茶色のトラ猫のこと?」

「そう。あそこにいた?」

「あの子の名前はパックよ」

わたしは驚いて眉をつり上げた。「シェイクスピアの? ほんと?」

「ほんとよ」エリカは言った。なんとも間抜けな名前をつけてしまったと後悔しているようだ。「えさと水をあげておいたわ」

「今夜?」なんだか裏切られたような感じがした。

「ええ」彼女は言った。「これを見つけたときに」彼女はフラッシュドライブを掲げた。

「何がはいってるの?」わたしはきいた。

「わからない」彼女は言った。「でも、見つけ出すわ」

わたしたちは家にはいった。すると、エリカがキッチンのドア口で立ち止まったので、わたしは彼女の背中に激突することになった。

「うわ」彼女は言った。

わたしは彼女をまわりこんで見た。キッチンはめちゃくちゃにされていた。

「うわ」とわたしも言った。何か——砂糖? 小麦粉?——がカウンターや床じゅうに散らかされた光景と、破り取られた計画表の残骸に殴り書きされた〝くたばれ!〟の文字を見て、胃が沈みこんだ。

「警察に電話する」エリカが言って、携帯電話を取り出した。

「いいえ、待って」わたしはこの意味を考えようとした。「まずこれをだれがやったのか考えてみなくちゃ」エリカは思い当たらないようなので、わたしは言った。「マークだとしたら？」

エリカは電話をポケットに戻し、震える息を吸い込んだ。「リースかもしれない」

「ありうる」わたしは言った。めずらしくわたしのほうが冷静だ。「どうなるか考えてみて。警察に電話したら、計画表を見られちゃうし、向こうもおもしろくないはずよ」

エリカはうなずいた。「でも、あのメッセージは脅迫よ」

「ラリーかもしれない。その場合は警察に証拠を集めてもらわないと。そうすれば、マークが無実だと証明するのに役立つわ」今やわたしはさっきと反対のことを言っていた。しばらくふたりで現場を見たあと、エリカがまた携帯電話を取り出した。「写真と動画を撮るわ」

「マークに電話して、彼がやったのかきいてみる」わたしは言った。「そして、警察に電話すると警告する」

マークは荒らされたキッチンのことなど何も知らないと言った。

つぎはビーンに電話した。彼は記者会見のあと、記者の友だちと出かけていたが、何もきかずにすぐに帰ると言ってくれた。

エリカは壁から離れずに大量の写真を撮った。その写真をどうすればいいのかはわからなかったが、写真を撮るのはいい考えのように思えた。「ミシェル」彼女は言った。「あなたのパソコンはどこ？」

「えっ？」わたしはオフィス代わりにしているダイニングルームに駆け込んだ。友だちが大勢来たら、すべてのものをテーブルから移動させるだけでいいので楽なのだ。パソコンは置いたままの場所にあった。

ビーンがはいってきてドア口に立った。「おやおや」彼は穏やかに言った。「だれかが腹を立てたようだな」

「警察に電話すべきか話し合ってたの」エリカが言った。

もう一台車がやってきて家のまえに停まった。「あら、すてき」わたしは言った。わたしは言った。「パーティになりそう」外を見てパニックになった。「まずい。ボビーよ」

ビーンは肩をすくめた。「はいってもらえばいいじゃないか」

「殺人事件調査の計画表が壁に貼ってあるのよ」わたしは語気荒く言った。

「出ないとあいつはドアをぶち抜くぞ」ビーンは言った。

ボビーがノックした。わたしは深呼吸をして玄関扉を開け、彼がはいってこられないように戸口に立ちはだかった。「こんばんは、ボビー」わたしは最高にさりげなく言った。「どうしたの？」

ボビーは疲れているようだったが、キッチンの戸口にビーンが立っているのに気づくと、警戒する目つきになった。「エリカはいるかな？　いくつかききたいことがあるんだが」

「今はちょっとまずいの」わたしは言った。「明日また来てもらえる？」扉を閉めようとすると、ボビーがさっと手を出して止めた。キッチンからつづいている床の足跡に目をやる。いまいましい刑事の観察力め。

「何があった？」彼はきいた。

「なんにも」わたしはいかにもうそをついていますという甲高い声で言った。「エリカにはあとで電話させるわ」

彼は片手で扉を押し開けてはいってくると、足跡が乱されていないことをたしかめた。

「彼女はどこだ？」

ビーンがキッチンに向かって〝お先にどうぞ〟のジェスチャーをした。

惨状を見てボビーは立ちすくんだ。そして、その端に立っているエリカを見て。

「なんだこれは？」彼は一歩部屋にはいって、計画表を目にした。暗い顔つきでまたビーンのほうを見た。

「きみはこれのことを知っていたのか？」ボビーはビーンにきいた。

「これ？」ビーンは床の惨状を指差した。「それともあれ？」壁を示す。「ああ、そうだ。あれのことは知っていたよ」

「あのね」とエリカが説明しようとしたが、ボビーが手を上げて黙らせた。そして、かんしやくをこらえているかのように目を閉じた。

エリカは彼を無視した。「帰ってきたらこうなってたの。ちょうど警察に電話しようと思ってたところで……」ボビーの顔つきに気づいて口ごもった。彼女らしくない。

「エリカは電話したがってた」わたしは助太刀した。「でも、わたしが待つように言ったの。なぜって……」

「殺人事件の調査をしていることを警察に知られたくなかった」ボビーは言った。

「まあ、そうとも言えるかも……」とわたしは言った。

まるでわたしが寝返ったかのように、エリカはわたしをにらんだ。「あのね、ボビー。わかると思うけど、この事件はわたしたちにとって意味があるの。ロケットよりもね。わたしたちはみんなにいくつか質問をしてるだけよ」

「警察が同じ人たちに同じ質問をするかもしれないとは思わなかったのか？　それとも、警察はばかだからそんなこと思いつかないとでも言うのか？」

エリカはひるみ、それが彼の勢いを削いだようだった。ボビーはエリカに一歩近づき、彼女は下を向いた。

わたしは字幕なしでスペイン語のメロドラマを見ているような気分だった。何かが進行中なのに、それを読み解くことができない。残念ながら、高校時代ふたりのあいだに何があったのか、わたしはいまだにエリカから聞き出せずにいた。

わたしはあいだにはいった。「わたしたちは警官じゃないわ。みんな警察には話さないことでも、わたしたちになら話してくれるかもしれないでしょ」

ボビーは髪をかき上げて、警官の顔になった。「こんなことはやめるんだ」

わたしは息を吐き出した。「何も悪いことはしていないわ。あの計画表は考えをまとめるためだけのものよ。でも、見せられるものが手にはいるまで、ロケットや署長には知られたくないの」

彼は惨状を示した。「これは見せられるものみたいだけど。どうやらきみたちのやっていることを知っている人物がいるようだな」

「だからあなたに電話しようと思ってたのよ。指紋とかをとってもらうために。たぶんラリーのしわざだと思う」

ボビーは計画表に書かれた〝くたばれ〟というメッセージを示した。「きみたちのリストにある人物なのは明らかだ。マークだったらどうするんだ？　起訴するつもりなのか？」

「彼じゃなかったわ」わたしは言った。

「マークに電話してきいたんだな？」ボビーのあごがこわばった。「きみたちの電話の発信履歴を調べる令状を出せることは知ってるよな？」

「彼がわたしたちに腹を立てて、ばかなことをしたわけじゃないとたしかめたかったのよ」わたしは言った。

「あいつはそれほどばかじゃないよ」ビーンが言った。

エリカが声を上げた。「とりあえずそれをはずして、鑑識班を呼んで指紋をとってもらったほうがいいと思う」

「何かを運び出したらばれるぞ」ビーンは言った。「それに、はずすにしても、どうやってそこまで行くんだ？」

「こうやってよ」エリカはそう言うと、幅のせまい靴跡を残しながらそこまで移動した。彼女が笑いながら肩越しにボビーを見ると、彼の顔が意に反してほころんだ。「何も言わないで」

鑑識班の最後の一人が帰ったのは、それから一時間後だった。ロケット刑事は何かほかのことで忙しかったらしく、署長に供述を取られたあと、わたしは小麦粉と砂糖を買い足すために出かけることを許された。エリカは足跡について、携帯電話がキッチンの奥側にあったので、うっかり歩いていってしまったのだと説明した。計画表の残骸はミニバンに隠した。箱にはいったままのチョコレートの材料を、侵入者に気づかれずにすんだのはありがたかった。さらに取り寄せるとなるともう一日かかっていたはずなので、土曜日に店を再開できなくなっていただろう。

家に戻ると、ボビーが車に乗り込もうとしていたので、頭の奥に引っかかっていることについて尋ねることにした。リースから聞いた話に関することなので、エリカやビーンのまえでは話題にできなかったのだ。「あなたにずいぶんと迷惑をかけてるのはわかってる」わたしが話しはじめると、彼は大声ではっきりと〝ほんとかよ？〟と言っている目つきでわたしを見た。

「でも、あとひとつだけきいていい？　コリーンは容疑者なの？」

「ここだけの話だぞ」彼はエリカが見ていないことをたしかめるように家のほうを見やった。

「いいわ」わたしは言った。幸い、わたしは記者ではないので、ジャーナリストの倫理について気にする必要はない。

「リストには載っているが、コリーンが朝までデニースのメールを開けていなかったことがはっきりした」彼は言った。「われわれの知るかぎり、デニースは彼女の夫の浮気についてコリーンに話すつもりだったが、マークに自分で妻に告げる最後のチャンスを与えることになった」

「そう、ありがとう」わたしは言った。「なんてことかしら」

「そうだな」彼はそう言って警察車両に乗り込んだ。

「何か」わたしは家のほうを示した。「わたしたちが心配すべきことってある？」すぐに弱虫のような気分になった。

彼はためらったあと、また車から降りた。「立ち寄ったのは、何者かがマークをはめようとしていたのがはっきりしたからなんだ。彼の家で新たな証拠が発見された。だから、きみたちが何か知っているなら話してほしい」

「注射針のこと？」わたしはきいた。

「どうしてそれを知っている？」彼は詰問した。

「リースが怒ってわたしにぶちまけたの。言うつもりはなかったんだと思う。じゃあほんとうなのね？」

彼はうなずいた。

「ボビー」わたしは言った。「もちろんわかってるわよね、殺人に使った注射針を自分の家に残しておくほどおめでたい人なんていないって」

「いないともかぎらない」

「そうね、でもマークとコリーンはそんなおバカじゃないわ」わたしは言い張った。「だれかがふたりをはめようとしたのよ、とても下手なやり方で、とつけ加えてもいいけど。それも、わたしをはめようとしたあとで」

ボビーの目が微笑んだ。「探偵ごっこはやめてくれよ」エリカの影が窓に映り、彼は視線を上げた。「もし逮捕が……近くなったら知らせるよ」

わたしは彼の車が走り去るのを見送りながら、コリーンがマークの携帯電話でデニースのメールを見た可能性はあるだろうか、と頭の片隅で思った。そして、もしそうしていたら、たとえ相手が親友であっても何かできただろうか、と。

家のなかにはいると、ビーンとエリカは掃除をはじめていた。みんなで手早く掃除をすませたが、しばらくのあいだ思いがけない場所で小麦粉と砂糖が見つかるだろうということはわかっていた。アリの季節が思いやられる。

犯人は家にはいってくると、一階を家捜しし、立ち止まってわたしのパソコンを調べたのだろう、とボビーと鑑識班は推測した。調べれば、わたしたちのだれのものでもない指紋が発見されるだろうと。その指紋がラリーのものだとは教えてくれないだろうが。

指紋がほんとうにラリーのものなら、彼はデニースのアパートの外で落としたノートパソコンを探していたのだろう。それですぐにちがうパソコンだとわかったのだ。わたしのパソコンにはおいしそうなトリュフのステッカーがそこらじゅうに貼ってあるから。

鑑識班が帰ったらすぐにデータをバックアップすること、と自分に念を押した。だが、悲しいかな、自動バックアップされた日曜日以来、売り上げに変化はなかった。

ある時点で、侵入者は上階に行き、エリカのデスクから現金二百ドルを盗み、彼女の書類をぱらぱらとめくってから、最後にキッチンに来たらしかった。

そして、彼だか彼女はキッチンを災害区域にし、小麦粉と砂糖だらけの足跡によると、そのあと出ていった。ボビーは知っていて、鑑識班は知らなかったが、わたしたちのささやかな計画表は、とりわけその彼だか彼女の逆鱗《げきりん》に触れたらしかった。

もしラリーなら、なんとしてでもパソコンを手に入れようとやけくそになっていたにちがいない。町中が彼を探しているのに不法侵入を犯すほどに。でなければ、だれもが集会に行っていて留守だと知っていたのかもしれない。

幸い、エリカは調査を進めながら自分のノートパソコンにも記録を取っていたので、ビーンが階上に行ったあとで、壁の計画表を作り直すことができた。

「フラッシュドライブ！」エリカは言った「忘れていたなんて信じられない」彼女はポケッ

トからドライブを取り出して、自分のパソコンのサイドに挿した。わたしは計画表に最後のテープを貼ると、彼女の背中を見た。

パスワードを尋ねるボックスがスクリーン上に現れた。

「残念」エリカは言った。いくつかことばを試してみたが、どれもだめだった。「ゼインなら突破できるかも。ほら、ウェブサイトのことでデニースを手伝ってたから。みんないろんなところで同じパスワードを使ってるでしょ。もしかしたらパスワードそのものを知ってるかもしれないし」彼女は携帯電話を出して、メールを送った。「明日店に来てもらうわ」

「ボビーにわたすという手もあるわよ」わたしは言った。「コピーしたあとなら。彼がいい子にしてたらね」

彼女は〝はいはい〟と言うように冷笑した。

「ねえ、あなたたちいったい何があったの？」わたしはきいた。

「だれのこと？」と彼女はきき返したが、顔がこわばっていた。

「とぼけないで。あなたとボビーのことよ。なんだかまだやり残したことがあるみたい」

エリカの顔から表情が失われた。「望んでも過去は取り戻せない（ゲーテのことば）」

「何かの引用？　ボビーとの過去を望んでるってこと？」わたしはきいた。「話してよ」

「たいしたことじゃないわ」やけに強調するところをみるとうそだろう。

わたしは奥の手を出した。「デニースは死んでしまった。二年近く隣で仕事をしていたのに、わたしたちは彼女のことをほとんど知らない。どうしてそんなに写真家になりたかったのか、単刀直入にきいていればよかったと思わない？　あるいは、どうしてワルい男たちに惹かれてしまうのか、とか。どうすれば小さなピンひとつで全部の髪をまとめておけるのか、とか。それに、だれがあのチョコレートを見つけて食べていてもおかしくなかったのよ」そこで口をつぐんでにせの身震いをした。

「わたしはずっとあなたとボビーが別れた理由を知らなかった」あつかましいのはわかっている。でも、そろそろ話してくれてもいいころだ。「これだけ時間がたってもまだ許せないということは、そうとうひどいことがあったんでしょうね」

エリカはしばらく考えてから、心を決めたように大きくひとつ息をした。「高校の最終学年のときだった」彼女は話しはじめた。「わたしは全額支給の奨学金をもらってスタンフォードに行くことになっていた」

「それで、ボビーは何をしたの？」町のみんなと同様、わたしもしくじったのは彼だと思っていた。

「何も」

「えっ？」わたしは驚いて言った。「ほんとに？」

彼女は間をおいてからまた話しはじめた。「みんな彼が悪いことをしたんだと思ってる」エリカはちょっと途方に暮れているように見えた。全然彼女らしくない。「でも、悪いのはわたしだったの」

「何があったの？」わたしはきいた。

「入学を許可された生徒がキャンパスを体験できる週末があった。両親はわたしをそれに参加させてくれた」

「なるほど」わたしは言った。

「それで」彼女の声は静かになった。「ある人に会った」

「うわ」そしてもっと長く、「うわー」

「実際、世界中から来ているたくさんの人に会ったの。とても頭がよくて、教養のある人たちに」そこで間をおく。「洗練された人たちに」

「ふんふん」わたしは励ますように言った。

「それで、地元高校のボーイフレンドといつまでもつきあってる場合じゃないという、ばげた考えが浮かんだの」彼女は十八歳の自分に心底むかついているようだった。「それで彼と別れたのよ」

「あらら」

「卒業の直前に」

「えっ」

「そうしたら、彼は卒業式にオートバイで保護者席に突っ込んで、留置所にはいることになっちゃって、メリーランド大学の奨学金をもらえなくなったの。だからね、彼がわたしを見てるとしたら、あなたが思っているような理由で見てるわけじゃないのよ。彼の人生を台無しにしたからわたしを見てるの」

「うーん」わたしは言った。「彼の人生はそれほど台無しになってない気がするけど。ウェストリバーデイルのボビー警部補としてすごく幸せそうだし」

エリカはわたしの言うことを信じていないようだった。

わたしはつづけた。「それに、彼があなたを見てるとき、人生を台無しにされたことなんか考えていないのはたしかよ。あなたが着てる服を台無しにしたいと思ってるんだから」エリカは困惑しているようだった。「服をはぎ取って、あの女神のベッドに引きずりこみたいってね」

エリカは赤くなった。

「あなたがきいてみないかぎり、真偽のほどはわからないけど」

彼女はわたしの視線を避けたが、興味の炎が見えた気がした。「もしかしたらきいてみるかもね。それで、あなたとビーンはどうなってるのよ？」

「何もないわよ！」仕返しするなんてひどい。

13

翌朝、わたしは店の外に停めた車のなかにいた。まだ明け方で、これまでで初めて、自分が店にはいりたいのかどうかわからなかった。

店は早朝の薄暗さのなかで暗く閉ざされ、可能性に満ちているというより威嚇的に感じられた。デニースを殺したのはだれ？　わたしの知っている人？　どうしてわたしのチョコレートが使われたの？　ほんとうはマークだったという可能性は？

深呼吸をした。

店は以前とちがう感じがするだろう、とエリカに言われていた。彼女は業者に掃除をたのんだとき、わたしの道具類をすべて家から持ちこんでいたが、厨房の棚と引き出しは空にしてくれと言われたので、清潔な調理器具や鍋、ボウル類は、わたしが元の場所にしまえるようにテーブルの上に積んであるはずだ。倉庫室はがらんとしているだろう。デニースが死んでいたダイニングエリアがどうなっているかは考えたくなかった。

そのとき、わたしを迎えるのを待っていたように、ココがポーチに飛び乗った。わたしは車から降り、朝露で湿っているポーチに座った。ココが膝によじのぼってきて、やかましくのどを鳴らしたので、気分がましになった。しばらくなでていると、猫は〝食べるものは？〟と催促するように親指を噛んだ。エリカの車が近づいてきた。猫は車をひと目見て走り去った。

エリカが〝ミシェルのチョコレート〟と書かれたTシャツ姿で車から降りた。「ランニングに行ったのかと思った」彼女は言った。「そうじゃなかったらもっと早く来てたのに」わたしは勢いよく立ち上がって彼女を抱きしめた。また一台車が近づいてくる音がした。コナだった。ハイビスカスの転写シールで飾られた、十年もののホンダ車の助手席にはケイラも乗っている。

変わらずに支えてくれる友人たちに涙があふれた。

コナはあくびをしながら車から降りて、バッグを肩にかけた。「準備はいい？」彼女の脳が作動した。「たいへん。コーヒーは捨てられちゃったかな？」

わたしは笑って、新品の〈ダブリン・ロースター〉のコーヒー豆の五ポンド入り袋をコナの両手のなかに押し込んだ。「あなたの最初の仕事は、できるだけ濃いコーヒーを淹れることよ。わたしたちにはそれが必要になるから」

「その動議に賛成」ケイラは目の上に落ちてきた愛らしいカールを押し上げて言った。モップのようなくるくるヘアは、いつにも増して乱れていた。

エリカが先導してドアを開けた。すぐにチョコレートの香りがしなくなっていることに気づいた。だが、わたしのクレジットカードにとって大きな痛手だった、チョコレートやそのほかの材料がはいった袋をミニバンからすべて運び込むころには、それらしい香りになりはじめていた。わたしの第二の故郷だ。

四人でダイニングエリアに行き、しばらく無言で立った。清掃会社はソファを運び出して、家具の配置を変えていた。ほとんどの人は配置が変わったことに気づかないだろうが、わたしの心はかき乱された。「なんかいやな感じ」わたしは言った。

「いいじゃない」エリカはなだめるように言った。「仕事に取りかかりましょ」

何もかも清潔なのはわかっているが、全部もう一度洗いたい気がした。そのうち戻ってくることを期待して、まずココのための食べ物を外に置いた。コンロの火でチョコレートのテンパリングをはじめながら、みんなですべての道具をごしごし洗い、そのあともとあった場所に戻した。

調理をする段階になると、わたしはエリカに書店のほうの開店準備をしてくれと言った。コナとわたしはずっとまえに効率的な作業のリズムを開発していたし、ケイラはその手順の流れを理解しつつあった。

エリカは厨房で細部に気を配るのは苦手だったので、よろこんで書店の準備に向かった。「もうすぐゼインが来るはずよ」彼女は厨房を出ていきながら言った。「彼、昨日エステートセールで『アリバイのA』の初版本を見つけたの。状態はそんなによくないけど、かなり価値はありそうよ」

業務外のささやかな計画については大事《おおごと》にしないと決めていたので、フラッシュドライブのことはわたしのアシスタントたちには言わなかった。

エリカのことばに呼び出されたかのように、ゼインが八〇年代のラルフローレンのコマーシャルのような服装で、裏口からぶらりとはいってきた。アーガイルのセーターにバミューダパンツ、足元はデッキシューズという姿は、高校の年鑑で〝最もパパの事業を継ぎそうな人物〟に選ばれる、東海岸の裕福な家庭の子息のようだ。

実際のパパはオーガニックのヤギを育てる農家の仕事をしており、ゼインがその事業を継ぐつもりとは思えなかった。むしろヤギを避けるためならなんでもするだろう。

ゼインはエリカのアシスタントと、古書・稀覯書ビジネス全般におけるＩＴ関係の技術者という、彼にぴったりの仕事を見つけていた。彼の母親は長年町の図書館司書をしていたので、本への愛は遺伝なのかもしれない。コンピューター科学の学位も取ろうとしていて、わたしのチョコレートのすべてと、エリカの書店の新刊と、稀覯本のオークションサイトも見ることができる、とてもいかしたウェブサイトを作ってくれた。メインストリートの多くの店舗のウェブサイトも手がけていた。

プレッピーな服装はコンピューター・キッズのあいだではやっているのかもしれない。年をとるにつれ、まったく知らないサブカルチャーが山ほど存在することに気づかされる。

エリカはスツールから勢いよく立ち上がった。「持ってきた？」

「もちろん」ゼインは言った。「そのまえに手袋をはめないと」ふたりはゼインのオフィスに向かった。基本的には倉庫室のクロゼットを改造したものだ。

キャラメルが跳ねたときのために、オーブンミットのなかに長袖をたくし入れたあと、コナは熱した鍋に砂糖を入れてかき混ぜはじめた。厨房で最も骨の折れる作業だ。ひたすら集中していなければならないのだから。わずかな失敗でけむりがもうもうとたちこめることになる。派手に失敗すると火が出て、何日も厨房が焦げ臭くなる。

わたしはテンパリングしているチョコレートの温度を調べ、ガナッシュを作るために別のコンロに大きな鍋を置いた。クリームを注ぎ入れてかき混ぜる。チョコレートが毒のように感じられるのではないかとちょっと心配だったが、今週になって初めて心の平和を感じていた。

二時間おきに休憩をとって、少しのあいだ背中と腕と肩の筋肉を伸ばし、足を投げ出した。通常サイズのフルール・ド・セル・キャラメル数百個と、〝ゲートウエイ・ドラッグ〟の小さな試食用キャラメル数百個を作るのに充分なキャラメルの準備ができた。キャラメルフィリングはひと晩冷やす必要があるので、仕上げに特別なシーソルトを振りかけるところまで明日の午前中に終えなければならない。

秘密はばれてしまったので、いとこのバチェロレッテ・パーティ用のチョコレートについてはコナに一任したところ、最高のプロジェクトだと思ってくれたようだ。もう見なくてすむように発送するところまでやると申し出てくれた。

甘ずっぱいラズベリー・サプライズのダークとミルク、さわやかなミント・ジュレップ・

ミルクが完成しており、今は冷蔵庫の棚で冷やしているところだ。わたしの小さな世界はすべてこともなしだった。

二度目の休憩にはエリカが合流した。もちろん、話題はデニース殺害事件のことになった。

「それで、だれがやったと思う？」コナがチャイティーをひと口飲んできいた。

「デニース殺しのこと？」エリカが事務的にきき返す。「あなたはどう思う？」彼女は少しまえにわたしを脇に呼んで、ゼインに知っているデニースのパスワードをすべて試してもらったが、そのどれでもフラッシュドライブは開かなかったことを話してくれていた。今はハッカーがパスワードを破るのに使うプログラムを使用しているという。それが合法なものなのかどうかは知りたくもなかった。

コナは紙袋からサンドイッチを取り出した。「みんなずっとウェストミンスター出身の元彼のことを話してるわ」

「彼がいちばんあやしいと思う」わたしは言った。

「強力な容疑者よね」コーヒーをひと口飲んでエリカも言った。「でも、ウェストリバーデイルの知り合いが犯人ではないと思いたいだけなのかも」

「ほかにはだれのことが話題になってるの？」わたしはコナにきいた。

コナはおどおどしながらエリカを見た。「ええと、みんな知ってるみたい……マークのことは」

エリカはうなずいた。「そうでしょうね。ほかには？」

ケイラが口をはさんだ。「〈ジャイアント・イーグル〉の駐車場で写真を撮ってるデニースを見て、オパールが怒ったみたいよ。彼女が殺される何日かまえに。三脚をひっくり返してカメラを壊したんだって」

「オパールは最上級生のポートレートの仕事のことで怒ってたの？」わたしはきいた。

「そう聞いてる」ケイラは言った。「教育委員会のだれかと寝てその仕事をもらったんだろうって非難したの。そうしたらデニースは、あなたとちがってそんなことをする必要はないって怒鳴り返したのよ」

「おだやかじゃないわね」エリカが言った。「オパールはほんとにそうやってその仕事をもらったの？」

ケイラは肩をすくめた。「大昔のことでしょ？　だれも知らないんじゃない？」

「ほかには？」エリカがきいた。

コナが横目でわたしを見た。

「わたし？」わたしはぞっとしてきいた。「なんでわたしが？」あのいかれたリースが陰謀説を持ち出すならわかるけど、わたしのご近所さんがわたしを疑ってるの？　毎日会ってる人たちが？

「本気じゃないわよ」コナはあわてて言った。「刑事ドラマの見すぎで、ほんのちょっとでも被害者と関係があると容疑者かもしれないと思っちゃうのよ。それに、ほら、毒物は女性の武器だって言われるし」

「みんなが住んでるそのフィクションの世界では、わたしにどんな動機があるっていうの？」わたしはきいた。

コナはうつむいた。どうやら答えたくないらしい。

「教えてよ」わたしはせっついた。

「それが」彼女はしぶしぶ話しはじめた。「ひとつは、あなたが密かにラリーを愛していたという理由」

わたしはあきれてぐるりと目をまわした。「デニースだってあの極悪人を密かに愛してなんかなかったのに」

「もうひとつは、彼女のスタジオのスペースを手に入れたかったから」ばかばかしいというように、彼女も目をぐるりとまわした。

「そのためには殺人も辞さないってわけ？」

「みんなばかなのよ」シニカルな二十歳は言った。

「ほかには？」エリカがきいた。

「怒りの蝶々おばさん」ケイラが言った。「あのアホなアートグループに入れてくれなかったからって、ヘンナがデニースにむかついてたのはみんな知ってる」

「どうしてあなたが知ってるの？」エリカがきいた。

コナが眉をひそめた。「デニースは写真家だった。だれかが何かいけないことをしている写真を撮ったんじゃないかしら」

もしかしたらマークにしたみたいに、と考えずにはいられなかった。

エリカが厨房に顔を出した。パソコンを抱えて「これを見てよ」と言った。「ゼインがついにやったの――フラッシュドライブのパスワードを破ったのよ」

わたしは来《きた》るプリークネスのために、競走馬のシルエットの型を使ってミルクチョコレートのコインに金色のココアバターを塗っているところだった。

「五分待って」わたしは言った。

「待てない」彼女の顔は大真面目だった。「大事なことなんだから」

わたしはブラシを置いた。「見せて」

彼女はパソコンをこちらに向けた。画面いっぱいに映っていたのは拡大した二枚の写真で、ラリーが夜間にある家からコンピューターのモニターを、さらにふくらんだ袋を運び出しているところが映っていた。

「これって例の人物？」

「そうよ」エリカは言った。「あと、これも見て」別のページに飛ぶと、この地域で起きた犯罪についてまとめられた文書が現れた。新しい開発地区のひとつで起きた侵入窃盗事件に印がつけられている。「ゼインが写真のジオタグから該当する家を見つけたの」

「ジオタグって？」

「デジタル写真に自動的に記録される情報よ」エリカは説明した。「デニースは自分の写真にたくさんの技術的データ《メタ》を記録していたの。写真家はよくそうするのよ。写真がどういう状態で撮られたか確認できるから。彼女は時間、日付、緯度、経度も記録していた。それで、泥棒にはいられた日付と時間でその家がわかったの」

「すごい！」わたしは言った。「だからラリーはデニースのパソコンを探していたのね。その家で盗みをした証拠を彼女が持っていたから」

「そして、彼女がこの写真を持っているとラリーが知っていたなら」エリカは言った。「彼女を殺す動機には充分かもしれない」

14

「フラッシュドライブのなかにほかの写真はなかったの?」わたしはきいた。

「あったわよ」エリカは最後の写真をクリックした。それは、ラリーが荒れ果てた小さな家にはいろうとしているところで、ポーチの上のワイヤーからさがる裸電球が唯一の光だった。

「それと、別のパスワードが必要な写真がひとつ。ゼインがまだ解読中」

「この家に住んでるのかも」わたしは言った。「そのジオタグにはなんて出てるの?」

「フレデリックのひどく荒れた地区」彼女は言った。「フレデリック自体、治安が悪くなってるけどね。ラリーの住所として登録されてるから、警察はもう目をつけてると思う」

「ボビーにこれをわたすべきよ」わたしは言った。

「そうね」彼女は言った。「ゼインがもうコピーをとったし」

「〈イヤー〉のジェイクに見せられるように、このなかの一枚を引き伸ばさないと」デニース殺害事件の調査をするのは気が進まなかった。せっかく安全な厨房に戻ってきたばかりなので、離れたくなかったのだ。

「わかった」エリカは言った。「ボビーに電話して写真を送るよう、ゼインに言うわ」

わたしはひじをぱたぱたさせて、コッコッと鶏の鳴き真似をした。

「何よ、忙しいんだけど」彼女が言い放つ。

「つまり、デニースがこの写真を使って……ラリーを脅迫していたかもしれないってこと?」わたしは言った。なんだかばかげているような気がした。

「〈イヤー〉のジェイクからきいたことと、ヘンナがデニースの財政状態が急に上向きになったと言っていたことから、論理的に結論を出せばそうなると思う」彼女は言った。「デニースが家賃を滞納していたというヘンナの情報については、ユーリと話すべきかもしれないわね」

ユーリ・ゴルシコフはわたしたちの大家だ。彼の家族は一九四〇年代にロシアから移住してきてから——彼のロシア語訛りはまだ消えていない——メインストリートの建物のほとんどを買い占めていた。みんなユーリは八十代だと思っているが、わたしが小学生のころから八十代に見えた。

「何かユーリに来てもらうための口実はない?」わたしはエリカにきいた。「ここに確認に来ているあいだに彼から話を引き出せれば、デニースの財政状態について何かわかるかもしれない」そんなにうまく話をさせられるほど運がいいとは思えないけど。

「厨房の外の床板がゆるんでるから、調べてほしいとたのむのはどう?」エリカが提案した。

「だれかがつまずくんじゃないかってあなたが心配してるって言うわ」

「火傷《やけど》しそうに熱いチョコレートを運んでるときに転びそうになったとも言っといて」

エリカは心配そうな顔をした。「ほんとなの?」

「いいえ、でも充分ありうるわ」わたしは言った。「床板がゆるんでなくてもね」

「すぐ彼に電話する」彼女は言った。

ユーリがほとんどの時間を自宅の庭ですごしていることはよく知られていた。「天気がいいから」わたしは言った。「きっと出ないだろうけど」


もちろん、ユーリは電話に出なかったが、エリカがメッセージを残したところ、片づけをはじめようとしたころに彼が店に現れて、わたしをびっくりさせた。コナとケイラとわたしはその日のぶんの板チョコ作りを終えていた。わたしはへとへとだったが幸せだった。

ユーリは古い道具箱を引きずって裏口からはいってきた。すぐに逆立つ白髪頭と猫背、花咲く庭から自分を引き離すあらゆるものに向けた、永遠に不機嫌な表情とともに。

店頭に置いてあるワインクーラーにチョコレートを運ぶ最中だったわたしは、ダーク・パッションフルーツ・トリュフを満載したトレーを持ったまま、もう少しで彼にぶつかるところだった。長年あぶなっかしいトレーで曲芸の経験を積んできたおかげで、ほとんどは落とさずにすんだが……八十代の老人を突き飛ばすわけにもいかなかったので、それでよしとしよう。

「ペットは禁止だ!」ユーリは言った。

「えっ?」

彼は節くれだった指を上げた。「外であんたたちのだれかが猫にえさをやっとるだろう。ペットは禁止だぞ」

「ああ」わたしは言った。「わかりました」彼が来るまえにえさの容器を回収しておくべきだった。つぎはもっと注意しなければ。

ユーリは縁が少し持ち上がっている床板を見おろした。「これか？」

「そうです」ココのことを忘れてもらおうと、わたしはできるかぎり感じよく言った。「ハンマーでたたいても、すぐに持ち上がっちゃって」

「おそらく乾腐《ドライ・ロット》だろう」彼は不機嫌そうに言った。

「なんですって？」〝ロット〟ということばにはなんであれいやな響きがある。乾腐《ドライ・ロット》、根腐れ《ルート・ロット》、フォックストロット。

ユーリは手を振ってみせた。「大丈夫だ。直してやるから」彼はがしゃんと音をたてて道具箱を置き、難儀そうに膝をつく。老人にこんなことをさせるのは申し訳ない気がした。彼はまず膝用クッションを取り出してその上に膝をついた。つぎにバールを取り出して、床板の縁を持ち上げ、その下をのぞきこんだ。

「お手間をとらせて申し訳ないんですけど、カートが引っかかるんです。それに、ここを通って外に行くときはいつも心配で。何かお持ちしましょうか？」わたしはきいた。「あなたの好きなバナナ・タフィーはまだないんですけど、ラズベリー・サプライズ・ミルクもおいしいですよ」

「いらん」ユーリは背中に手を当てて、苦労しながら立ちあがった。「すぐに戻る《アイル・ビー・バック》」

そのアクセントでそのセリフを言うと、映画『ターミネーター』のように聞こえることは知っていたはずだ。

引き止めようとしたが、彼は道具箱を脇に置いていったので、ほんとうに戻ってくるつもりなのだとわかった。

厨房のリノリウムの床から乾いたチョコレートのしずくをこそげ落としていると、ユーリが戻ってくる音がした。スクレーパーをケイラにわたして廊下に戻ると、ユーリがまた床の上に這いつくばっており、かたわらには〈ダンカン金物店〉の袋があった。

「直せそうですか？」わたしは彼の手の届くところにラズベリー・チョコレートの皿とコーヒーのはいったカップを置いた。

彼はうなるように礼を言うと、チョコレートをひとつ食べ、音をたててコーヒーをすすった。

「ああ」彼は言った。「これは、なんというんだったかな？」手をまえに出して手首を曲げた。

「反った？」

「それだ」

「ところで、大家さんのお仕事のほうはいかがですか？」わたしは壁に寄りかかってきいた。

ユーリは床からわたしをにらんだ。ふさふさとした眉がけげんそうに寄っている。「家賃は下がらんぞ」彼は大声で言った。

「そんなつもりできいたわけじゃないです！」わたしは言った。でも、うまい具合に彼のほうから家賃の話を出してくれた……わたしは自分を奮いたたせ、役目に集中した。

彼は床板の縁を持ち上げて、その下に黄色い接着剤を吹きかけた。

「ほかの店子に家賃の値下げを要求されたことはありますか？」

「ないね」彼は釘を取り出して、ハンマーで何度かたたいて打ち込んだ。

木の表面がなめらかになったことを確認するためにハンマーの音がやんだとき、わたしはすかさず言った。「デニースは財政問題を抱えていたそうですね、以前に、ってことですけど」

彼はわたしをにらんだ。「あんた家賃遅れずに払うか」

「もちろんです」

「ならいい」彼はもう一本釘を取り出し、何度かハンマーでたたいた。

他人のことには口をはさむなという意味だろう。獲物が逃げるまえにエリカを探しにいこうと向きを変えると、ビーンにぶつかった。

「何をしてるんだい？」彼はおもしろがってきいた。わたしの腕に置いたままの手が、背筋に甘やかな震えを送り込んでくる。

「デニースが死ぬまえに金銭問題を抱えていたのかどうか調べようとしてるの」わたしは弁解するようにささやいた。

「ぼくがやってみよう」ビーンはわたしの横をすり抜けてユーリのところに行き、ロシア語のように聞こえることばですばやく何か言った。

ユーリは明るい顔になり、あいさつを返して立ち上がると、ビーンの両肩をつかんで抱きしめた。

ビーンは何をしたの？　ユーリが微笑むのなんて、これまで一度だって見たことなかったのに。ロシア語を習うべきかもしれない。ふたりは早口で会話をはじめた。途中、ユーリはわたしのほうを示して疑わしそうに尋ねた。「パドルーガ？」

ビーンがわたしに笑顔を向けて何か言うと、ユーリは笑った。

「ちょっと待ってて」ビーンはわたしにそう言うと、ユーリとふたりで裏口に向かった。ユーリがそこに置いていたらしいセメントブロックをビーンが持ち上げるあいだ、ユーリがドアを押さえていた。

「いらないタオルはある？」とビーンに言われ、わたしは肩にかけていたタオルをひとつ取った。

「それを床板の上に置いて」そう言うと、彼はその上にセメントブロックを置いた。

ユーリはそれを望む位置に移動させた。「二日間動かすな」ときびしい声でわたしに言ったあと、ロシア語に切り替えてビーンと楽しそうに話した。

ビーンには情報を出し惜しみしないのね、と思ったら、エリカが合流して彼女もロシア語で会話に加わった。

「もちろんあなたはロシア語を話せるわよね」わたしは彼女に言った。

「ほんの少しだけね」彼女は認めて言った。「ビーンはペラペラだけど」

「パドルーガってどういう意味？」

「ガールフレンド」ビーンとユーリの会話に集中しながら、エリカは上の空で答えた。

ガールフレンド？　なるほど。アフリカへの長期取材に出かけるまえ、ビーンはいまいましいモデルたちとつきあっていた。ただのモデルではない。脳みそが半分しかないモデルたちだ。

わたしは仲間にはいるのをあきらめて、セメントブロックの上にかぶせる〝スリップ注意〟のフロアサインを探しにいった。二日間この状態になるが、問題が解決したことのほうが大事だ。

ユーリが荷物をまとめるあいだ、わたしたちはそばをうろうろしていた。ビーンがユーリのピックアップトラックまで道具箱を運んだ。

「彼はなんて言ってた？」ビーンが戻ってくると、風で乱れた髪がすごくすてきなことに気をとられまいとしながら、わたしはきいた。

ビーンはわたしたちに手を振って、厨房から離れた裏の廊下に呼んだ。「デニースは家賃を三カ月滞納していた」彼は静かに言った。

わたしは息をのんだ。「立ち退きを要求されていてもおかしくないわ」

「ユーリは警察に話したの？」エリカがきいた。

「いいや」ビーンは言った。「ほかの店子に知られて家賃を滞納されたくなかったらしい。ところが二週間まえに、彼女は滞納分を全額支払ったそうだ」

「うそ」わたしは言った。「そうとうな額じゃない」

「どこでお金を手に入れたのか、ユーリはきいた？」とエリカ。

「ああ」ビーンは言った。「銀行強盗でもしたのかときいたら、ちがう、金を貸していた昔の友だちがようやく返してくれたんだ、とデニースは言ったらしい」


わたしはエリカのレジ横のコーナーに板チョコを再補充していた。「お金を貸していた昔の友だちというのはだれだと思う？　当然負け犬ラリーよね」

「わたしの脅迫説に信憑性《しんぴょう》が出てきたわ」エリカが言った。「ふたりは親友だったんだから」

「コリーンにも事情をきくべきよ」わたしは言った。

「コリーンに何をきくって？」背後で声がした。

「うわさをすれば《スピーク・オブ・ザ・デビル》」エリカが言った。

「わたしがその言い回しを嫌いなの知ってるでしょ」コリーンは不機嫌そうな声で言った。友人を失ったのだから悲しいのは当然だ。夫の浮気のこともある。しかも彼は容疑者だ。さらに悪いことに、盛大に洟をたらした双子の片割れを腰抱きにしている。彼は母親の方に頭をもたせかけて親指をしゃぶり、見るからに具合が悪そうだ。どうやらコリーンは店を手伝うためにここに来たのではないらしい。

わたしは一歩あとずさった。「デニースが家賃を滞納していたと聞いたの。理由を知ってる？」

すでに疲れている顔でさらにうなだれながら、コリーンはうなずいた。「だれにも知られないようにしてた。ビジネスがますます痛手を負うことになるからって」

「スタジオはうまくいってなかったの？」エリカがきいた。

「うまくいってたわよ、あの最低な元彼に五千ドル盗まれるまではね」コリーンは言った。

「五千ドル？」驚きが思わず声に出た。

「そう」コリーンは息子を反対側の腰に抱き替えた。「貯金を残らず持ち逃げされたの」

どちらに対しても激しい怒りを覚えた。デニースは何が楽しくて犯罪者と関わったりしたのだろう？「でも二週間まえ、彼女は滞納していた家賃を全額払ったそうよ」

コリーンは驚いた顔をした。「それは聞いてなかったわ。でも、最近あんまりわたしと話してくれなかったから」一瞬顔をくもらせたあと、エリカのほうを向いた。「ところで、今夜、子守をお願いできる？」

お願い、だめって言って。得体の知れないウィルスを持った子を預かる余裕なんてないんだから。

「再オープンの準備ですごく忙しいんだけど」エリカは言った。「ビーンは？」

コリーンは〝冗談でしょ〟という目つきをして待っている。

「わかったわよ」エリカは言った。

やめてーーー！

コリーンは姉に感謝し、あとで子供たちを連れてくると言った。疲れているのは否定しようがない。

「よくやる気になるわね」わたしはコリーンが角を曲がって建物の裏に向かうのを見送った。

「何が？」エリカはマイクル・コナリーの最新ベストセラーをディプレースタンドに置いた。

「子守のことよ」

エリカは何を言ってるのという顔でわたしを見た。「やるに決まってるじゃない。かわいらしい子たちだもの」

かわいらしい？

そのとき、奥からゼインが飛び出してきた。「やったよ！」彼は本で覆われたカウンターにわずかな空間を見つけてノートパソコンを開いた。

「最後の写真を開《ひら》けたの？」エリカがきいた。

「うん」彼はそこで口をつぐみ、ノートパソコンの向きを変えた。「ちょっとR指定っぽいんだけど」

「大丈夫よ」と言ってから後悔した。裸のラリーがうつ伏せに寝ている写真が画面に現れた。

「やだ！」わたしは両手で目を覆った。「もう遅いわ、見ちゃった！」

「ごめん」ゼインが言った。

エリカは手を伸ばしてキーボードに触れた。何度かクリックすると、ラリーのお尻が大写しになった。

「何してるのよ？」わたしは言った。「目が腐るじゃない！」

「タトゥーを見たいのよ」彼女は言った。とても裸の男の写真を見ているとは思えない冷静さだ。「〝悔いはない《No Regrets》〟のつもりなんだろうけど、スペルが〝Regerts（彫ったばかりのタトゥーにスペルミスがあると気づいたときの気分の意）〟になってる」思わず笑ってしまった。

「絶対リガート《regert》してると思う」わたしは言った。「この写真をプリントアウトしてジェイクに見せたいの？」

「そいつはハダーカじゃないか？」わたしたちの背後からビーンが言った。

わたしは飛び上がった。「ドアをロックするようにしなきゃ」

「さっきまでコリーンがいたのよ」エリカが話題を変えようとして言った。「あなたに子守をしてもらいたがってた」

「知ってる」彼は近づいてきて言った。「だから彼女を避けてるんだ」

「アフリカの部族軍長たちは扱えるのに、二歳児は扱えないの？」わたしはきいた。

「そのとおり」彼はそこで黙った。「ぼくの本を読んだの？」

「もちろん読んだわよ」読めないとでも思ったのかしら？

ビーンは微笑み、写真を指差した。「それはだれ？」

エリカはあきれて目をまわした。「ラリーよ」計画表でわたしたちがラリーを疑っていることは知っているはずなので、ラリーが不法侵入窃盗をしている写真をゼインがフラッシュドライブから見つけたことを話した。「デニースのスタジオに押し入ったのはラリーだとずっと思ってた。コリーンによるとラリーはデニースのお金を盗んだそうよ。きっとデニースはこの写真を使ってお金を取り戻したのよ」

わたしはつけ加えた。「ジェイク・ヘイルの話によると、デニースは〈イヤー〉で男と写真をめぐって口論していたそうなの。ジェイクのところに写真——といってもこれじゃないわよ——を持っていって、その男がラリーかどうかたしかめるわ」

ビーンは考え込んでいるようだった。「彼女に脅迫なんてできたと思うか？」

「だれだって追い詰められればけっこういろんなことができるものよ」エリカが言った。

不安がちくりとうなじを刺した。

ビーンは写真の隅に写っている、鮮やかな色のものを指差した。「この部分をよく見えるように拡大できる？」

「もちろん」ゼインが言った。いくつかクリックすると、ネオンサインの一部が現れた。ぼやけているが、ウェストリバーデイルのふたつ隣の町、ノーマルにあるトコジラミで有名な安モーテルのものだとはっきりわかった。

ビーンは興味をそそられたような顔をした。「今夜そこに行ってみるべきかもしれないな」

「どうして？」エリカがきいた。「〈ザ・ガーディアン〉の電話インタビューがあるんじゃないの？」

「そういう宣伝のための取材は退屈でたまらないんだよ」彼は写真をじっと見た、今度は獲物を狩る捕食者のような目で。「たのみがあるんだけど、フラッシュドライブをボビーにわたすのは明日まで待ってもらえないかな。ボビーより先にラリーと話せるかどうか試したいんだ」

わたしは自分が息を止めてエリカの返答を待っているのに気づいた。

「どうして？」エリカがきいた。

「ラリーから話を聞けるかもしれないだろ」ビーンは言った。

エリカは引き下がらなかった。「ローカルネタは書かないくせに」

「すべてのニュースはローカルニュースだよ」彼は言った。「それに、町にいるあいだやることがなくてね」

「仕方ないわね」エリカは言った。

わたしは小さくヒューと息を吐いた。

「でも、わたしもついていくわよ」エリカはそう言って、わたしを驚かせた。

「なんですって？」意気地なしのように感じながらも、わたしは言った。彼女は何を考えているの？ビーンは危険な状況でうまくやるのに慣れているけれど、エリカはちがう。「わたしも行く」不安で胃が震えるのがわかった。

ビーンはエリカに言った。「おまえは子守をしなきゃならないだろ」そしてわたしに言った。「八時に行くから準備しておいて」

顔がこわばるのがわかり、当然エリカに気づかれた。「あなたは行かなくていいわよ」

ビーンはわたしににやりとして見せた。あえてしているようだった。「行こうよ。きっと楽しいよ」

「行くわ」わたしは言った。いったい何を考えているの？

出ていくビーンのエネルギーレベルは数段階あがっていた。当然わたしがいっしょに行くものと思っているのだ。

「本気なの？」わたしが冒険好きでないことを知っているエリカはきいた。

「わたしたちの店なのよ」わたしは言った。「それに、わたしたちのファッジ・コンテストよ」わたしは深呼吸をした。「デニースはわたしたちの友だちだし。それに、ラリーだって同じモーテルに戻るほどばかじゃないわよ」

15

エリカに戸締りをまかせ、チョコレートにスプレー塗装するための新しいエアフィルターを買うために、車で金物店に行った。多色使いのものがあると、ディスプレーケースがもっと華やかになるので、いくつかのトリュフは明日まで作るのを遅らせることにした。チョコレートの型は無限にあるわけではないので、風味のちがいは色を変えることで区別していた。なかに何がはいっているかを覚えるのも簡単だし、お客さまもお気に入りのチョコレートを楽に思い出せる。

金物店にはいろうとしたとき、脇の駐車場から聞き覚えのあるしわがれ声が聞こえた。

「それをよこせ」

わたしはこっそり近づいて角からのぞいた。ハワード・ダンカンが〈ダンカン金物店〉の赤いエプロンのポケットから折りたたんだ分厚い封筒を取り出して、わたしが心底嫌っている男、建物検査官にわたすのが見えた。あの男はわたしたちのリノベーションを可能なかぎりつらいものにした。あいつは絶対にサイコパスだ。他人の不幸をよろこび、その不幸が起こるようにするのにもってこいの仕事をしているのだから。

ハワードの顔にやましそうな表情が浮かび、わたしは彼に見られないように壁に体をぴったり寄せた。もう一度角からのぞくと、建物検査官が封筒に手を伸ばし、札束を引き出した。

どういうこと？

彼は札束を扇形に広げて数えるように指先で触れると、また封筒に戻した。

ベアトリスが店の脇のスクリーンドアをぱっと開けてどなった。「ハワード！ 梯子《はしご》をおろしてちょうだい！」長年連れ添った者同士に特有の〝ほんと、ばかなんだから〟という調子で。

「すぐ行く！」ハワードがどなり返した。

「お客さんが待ってんのよ！」彼女が返した。

建物検査官は鼻を鳴らし、亭主関白がどうとか言いながら、自分の車に乗り込んだ。ハワードは店に戻った。

わたしは荒い息をしながら、調査官の車が行ってしまうまで待った。

これほどエアフィルターが必要でなかったら、すぐに戻って今見たことをエリカに話すのに。代わりに気分を落ち着かせて、正面のドアから金物店にはいった。「こんばんは、ベアトリス！」と大きすぎる声であいさつしたが、彼女はお客さんの会計をするのに忙しくて気づいていないようだった。「新しいフィルターがほしいんだけど」

「オーケイ」ベアトリスはレジのブザー音に重ねて言った。「あなたたち、今日は忙しそうね」

「ええ」わたしは言った。「ちょっと待ってて」目当ての通路に行って、フィルターをふたつ取った。店の奥のほうを見ると、ハワードが梯子を棚に戻していた。結局お客さんは買わなかったようだ。

「例のヒラリーさんのニュースはないの？」店の前方に戻ると、ベアトリスが尋ねた。

「まだ何も」わたしは言った。「今はオープンの準備で手一杯よ。デニースのお葬式のこともあるし」

彼女は舌打ちした。「惜しい人を亡くしたわね」彼女はわたしのフィルターを袋に入れた。「わたしも顔を出すつもりだけど、すごく悲しいからあんまりチョコレートは買えないかも」彼女はハワードのほうを振り返った。「このところ経済的にきびしくて」

店に戻ると、エリカがまだいた。彼女はニュースをよろこばなかった。ハワード・ダンカンはみんなに好かれている。彼が何か便宜を図ってもらうために建物検査官にお金を払っているということはありうるだろうか？　チョコレートで検査官の機嫌を取ろうという作戦は、彼のような人間相手にはうまくいかなかったが。

デニースはそのことを知ってしまったのだろうか？　考えすぎなのかもしれないが、デニースの脅迫の相手はひとりだけではなかったのだろうか？

犯罪傾向のあるラリーの居場所を突き止めることに体を張るまえに、じぶんたちが追っているのは正しい人物なのかたしかめたかったので、エリカとわたしはジェイクにラリーの写真を見せるために〈イヤー〉で夕食をとることにした。オパールとも話せれば一石二鳥だ。会えなかったあと電話をしたが、彼女からはまだ折り返しの電話をもらっていなかった。何をきけばいいのかは依然としてわからなかったが。「デニースを殺したの?」ではたぶんうまくいかないだろう。

わたしたちがはいっていくと、ジェイクは温かく手を振ってくれた。バーカウンターはがらがらだったので、そこに座った。夕食になる前菜を注文する。わたしに言わせれば天国のような料理だ。わたしはチョコレート以外の食べ物にこだわりがない。オパールはどこにも見当たらなかったが、おそらくまだ早すぎるのだろう。

ジェイクがビールを運んできたとき、エリカが見やすく拡大したラリーの顔写真を取り出した。「ねえ、ジェイク」彼女はできるだけさりげなく言った。「デニースと言い争っていた男ってこの人だった?」

彼は写真を見た。「そう、こいつだ」ナプキンの上にグラスを置いたあと、わたしたちのしていることに気づいた。「待てよ。どこでその写真を?」

「たまたまファイルにあって……」わたしはことばを濁した。

「きみたち何をやってるんだ? ナンシー・ドルーごっこか?」彼は小さなボウルを出して、スパイシーなミックスナッツを入れ、わたしたちのまえに置いた。

「どういう意味?」

「みんなに質問をしてるらしいじゃないか」彼はおもしろがっているようだった。「そういうことは警察にまかせておけよ」

「もちろんそうしてるわよ」エリカが言った。「わたしたちは警察のために情報を集めてるの。仮説の裏付けをしたいのよ」

「へえ、どんな仮説だい？」ジェイクが皮肉をこめてきく。

「証明できたら教えるわ」彼女は言った。「ところで、オパールはおたくのお得意さまじゃん？」

じゃん？　わたしは〝まじで？〟という目でエリカを見た。

ジェイクは微笑んだ。「まあね。ときどき来るよ」

「日曜日の夜は来てた？」

彼の笑みが消えた。「なあ、おれは常連客に関しては、ここはラスベガスと同じだと思ってる。〈イヤー〉で起きたことは〈イヤー〉にとどまる」

「それは立派だこと」エリカは言った。「でも、この質問に答えてもだれも傷つけることにはならないわ。むしろオパールを助けることになるかもしれない。彼女はいつまでここにいたの？」

「遅くまでいたよ」ジェイクは渋々言った。「日曜日は早じまいってことになってるけど、ビリヤードのトーナメントをはじめただろう、あれが閉店後まで長引くことがあるんだ。ブルー法（日曜日の労働を規制する法令）では夜中の十二時までってことになってるけど、お客たちがうるさいとご近所さんに迷惑がかかる。だから十時にドアをロックして、常連客以外は入れないようにしてるんだ」

「ここにはだれがいたの？」わたしはきいた。

「なんでそれを知りたいんだよ？」彼は文句を言った。

「ここにいたならデニースを殺せなかったから」わたしは言った。声に出すと頭のなかよりはるかにものものしく聞こえた。

ジェイクがひるむと、エリカがつづけた。「容疑者リストから消せるということよ」彼女は理性的な口調で言った。

「どうしてきみたちは容疑者やら何やらにそんなにのめりこんでるんだ？」質問というより不平に近かった。

「オパールがデニースのことで暴言を吐いたと聞いたの」わたしは言った。「日曜日に彼女はデニースのことを話してた？」

「ああ」彼は言った。「涙ながらにね」

「なんて言ってた？」エリカがノートの上でペンをかまえながらきいた。

彼は肩をすくめた。「デニースがだれかと寝て学校の仕事を手に入れたとかなんとか、ひどいことさ」

「彼女に注意を払ってる人はいた？」わたしはきいた。

「いいや。まったく手に負えない状態だったからね。ピーターが落ち着かせようとしてた」

「ピーターって？」わたしはきいた。

「パラダイン」ジェイクが言った。

「校長が？」それほど驚いたわけではない。校長の交友関係を目の当たりにしてなんだか変な感じがしただけだ。

「ああ。ときどき来るんだ、奥さんがクリニックの夜勤のときに」

「なんて言って落ち着かせたの？」エリカがきいた。

「そこまでは聞いてないよ。おれにもやらなきゃならない仕事があるからね、一応」

「ちょっとぐらいは聞こえたでしょ？」わたしはきいた。

「ああ。ピーターは調べてみると彼女に言ってたよ」

「そうしたら落ち着いたの？」

「最後には」ジェイクは言った。「デニースと寝たのはピーターなんじゃないかと言い出したときをのぞけばね。ほかの客にたしなめられて黙ったよ。彼女はスコッチを飲むといつも面倒なことになるんだ」

「オパールは何時に帰ったの？」エリカがきいた。

「十時を少しすぎたころかな」彼はわたしたちを見ずに答えた。

「運転はできたの？」わたしはきいた。

「まさか」ジェイクは言った。「家まで送ってやってくれと人にたのんだんだよ」

「つまり、彼女は何もできる状態ではなかったわけね」エリカが言った。

「ああ、そうさ。あの夜はできあがってた。かなりね」

「だれが送っていったの？」

「何が言いたい？」彼がきいた。「彼女の車は朝になってもまだここにあったから、送ってもらったあと、家で意識を失ったんだろう。あの状態じゃ何もできなかっただろうから」

「じゃあ、まちがいなくその気は……」

「ああ、デニースを殺す気はなかっただろう」彼はつづけて言った。そして、すっかり機嫌をそこねて、バーの反対側に行ってしまった。

これで二番目の容疑者はシロだ。

パラダイン校長がバーカウンターの片隅でビールをちびちび飲んでいるところなど、どうにも想像できなかった。肘にスエードのつぎ当てのあるスポーツジャケットを着ていたのだろうか？

ジェイクはふっくらしたクラブケーキ（カニ肉で作るハンバーグのような料理）と、チーズをしたたらせた皮つきベイクドポテトスキン（中身をくりぬいた皮つきのジャガイモにチーズなどを詰めた前菜）を運んできてぴしゃりと置いた。

「つぎにオパールが来たら教えてくれる？」エリカが尋ね、彼はうなずいた。

わたしは最後にもうひとつきかずにはいられなかった。「ピーターがここにいることをみんなはどう思ってるの？」パラダイン校長と呼ばないようにするのはむずかしかった。「居残りをさせられるんじゃないかと心配にならない？」

ジェイクは微笑んだ。「最初はおもしろくなさそうだったけど慣れたよ。彼がいるあいだはね。帰ったあとはいつものように行儀が悪くなるけど」彼は愛情たっぷりにそう言い、わたしは冗談だとわかった。

八時になってもビーンはまだリビングルームで電話中だった。コリーンが双子を連れて到着してからそこに退散したのだ。十分まえから行ったり来たりしはじめたところをみると、早く出かけたくてたまらないのだろう。

エリカが双子たちと二階にいるあいだに、コリーンとマークは弁護士に会いにいった。DCにある事務所に車で行ったので、交通事情を考えると、子どもたちを迎えにくるのは明日になってしまうのかもしれない。あるいは明後日に。

ラリーを追い詰める試みが遅れるのはうれしいかぎりで、わたしはせっせと計画表の更新をしていた。最新の容疑者、建物検査官にして目の上のたんこぶのウェイン・チョーンシーについては、エリカと嬉々として話し合った。エリカに言わせると、彼はできるだけ多くの人を苦しめたいと思っているだけで、反社会性パーソナリティ障害《ソシオパス》ではないという。少なくとも、〝偏屈親父〟の定義にどんぴしゃではあったが。あの男はよくある請負業者のあらゆる手口に通じていて、最新式、最新式と百回ほども呼びながら、わたしの最新式の機械をどうしても信用してくれなかった。

湿度の高いメリーランドでチョコレートを作るのにどうしても必要な、最新型の除湿機を承認するのに三回も訪問しなければならないなら、明らかにこの仕事に向いていない。わたしは町議会の協力を求めることさえし、いかにすばらしい機械であるかを議員たちに示して、チョーンシーに承認させてほしいと訴えた。

だが、温厚で普段から妻の言いなりのハワード・ダンカンに殺人ができるとは想像できなかった。若いころからずっと町の便利屋をしてきたハワードは、いやになるほどの正直者として知られていた。請け負った作業が予想以上にむずかしかったり時間がかかったりしても、最初の見積もりに固執した。彼とベアトリスはウェストリバーデイル・ロータリークラブの特別地域奉仕賞に輝いたばかりで、これはめったにない名誉なことだった。ウェストリバーデイルの社会の柱石となれる人がいるとすれば、それはハワード・ダンカンだ。

小さな怪物たちから自由になりしだい、ハワードはウェイン・チョーンシーの検査がはいるようなどんな仕事をしているのか、エリカがリサーチすることになっていた。デニース殺害と関係があるかどうかはわからない。ただ、何も見落としたくなかった。

ビーンがやる気まんまんな様子でわたしの部屋のドアをノックした。「準備はいい？」

「と思う」わたしは全身黒で決めていた。「必要なものは？」

彼は上から下までわたしを見て微笑んだ。「携帯電話は持った？」わたしがうなずくと、彼は言った。「よし。じゃあ行こうか」

ビーンは帰省中レンタカーを利用しており、ダークブルーのフォード・フォーカスの車内はわたしのミニバンに比べるとせまく感じられた。シートベルトを締めると、彼の腕がわたしの肩をかすめた。呼吸が少し速くなっているのは、冒険に興奮しているせいなのか、それともすぐ近くにいる彼のスパイシーな香りのせいなのかわからなかった。

彼に軽く膝をたたかれても役には立たなかった。「落ち着いて。ラリーはいないかもしれないんだから」彼は言った。「しばらく張り込みをしよう」

店での一日についてきかれ、作ったすべてのチョコレートについて話した。わたしの気をそらそうと、あえてそうしてくれているのだと気づくのにしばらくかかった。

今度はこちらから質問した。「ところで、どうしてこんなことをするの？　わくわくするから？」

ビーンは首を振ったが、やがて認めた。「それもある」

「ほかには？」わたしはきいた。

彼は少し考えてから言った。「えらそうで嫌なやつと思われずに説明するのはむずかしいんだけど、不正を暴いて白日のもとにさらし、ときには撲滅させることができるからかな。悪いやつらを罰したいんだ。ひとかけらの情報を得ることですべてがつながり、これだと思える瞬間がある」追体験するように間をとる。「するとすべてがあるべきところにぴたりとはまる。あとはそれを書いて発表するだけでいい」

彼は笑った。「わかったことを表現するのがいちばんむずかしいときもあるけどね。でも、それだけの価値はある」

「じゃあ、不正を暴いたら、撲滅させるの？」わたしはきいた。

「いつもというわけじゃないけど」彼は言った。

「えらそうでも嫌なやつでもないわ」わたしは言った。「むしろエリカのスーパー・ヒーロー・オタク・チームの正式会員みたい」ビーンの肩幅のほうが、あのコミック本クラブのメンバーのだれよりもずっと広いけど。

彼は笑った。「ああ、たしかに似てる」

彼の思いを見下しているとは思われたくなかった。「なんかかっこいい」

「かっこいい？」からかっている声だ。

「感動的」

彼は微笑んだ。

「賞賛に値する」わたしは言った。「ちょっと褒めすぎかも」

「もう充分だよ」

「よかった。わたしの類語辞典はもうネタ切れよ」

ラリーの写真で見たモーテルに向かうため、ノーマルの中心街を通りすぎた。ウェストリバーデイルの中心街を小さくしたような感じだが、環境はあまりよくなかった。ビーンはモーテルを通りすぎて角を曲がったところで車を停めた。心臓がどきどきしはじめた。いったいどうしてついてきてしまったのだろう？

ビーンは運転席のドアを開け、明らかに試すようにわたしを見た。「いっしょに来る？」

「ええ」言わされた感があるが、わたしは車から降りた。ひとつしかない街灯が点滅していて、よけいに暗さが際立つ。老朽化した建物の上に張り出した木々のあいだを風が吹き抜け、風は暖かいのに体が震えた。

モーテルのオフィスに近づくと、ビーンはわたしに脇にどいていろと指示した。オフィスのドアを開けると大きなブザー音がして、彼はなかにはいった。なかをのぞきたくてたまらなかった。きっとこういう寂れたモーテルの受付係は、劇場公開されないゾンビ映画役者のような、やせて筋ばった長髪の男だろう。

わたしは専門家ではないが、このモーテルはすばやく逃げるために設計されているようで、建物に沿って裏の駐車場まで表廊下がつづき、二階につづく階段がいくつもあった。

ビーンは興奮しながら出てきた。「新しい親友のクリスが、彼は裏側の一一六号室にいると思うって」

「新しい親友にはいくらかかったの？」私の声は不安のせいで少し高くなっていた。「二十ドル？」

「皮肉屋だな」と言っただけで、彼は答えてくれなかった。

彼のあとからトンネルのような通路を抜けて裏の駐車場に向かった。ピンクがかったモーテルのネオン看板がないのでかなり暗かった。心臓がどきどきして、さらにビーンのそばに寄った。一一六号室のまえには錆《さび》の浮いた古いフォード・フィエスタが停まっていた。カーテンは閉じられていたが、そのまわりからかすかに明かりがもれている。ビーンがノックしようとしたとき、わたしたちはドアがほんのわずかに開いているのに気づいた。彼は唇のまえに指を立てた。アドレナリンが血管をめぐっているせいだろう、一瞬それがすごくセクシーに感じられた。

ビーンは肘でドアを押し開けてなかにはいった。長いこと逡巡《しゅんじゅん》していたわたしの腕をつかんで引き入れ、袖を引っ張って隠した手でドアを閉めた。

そこはほとんどベッドで占められたせまい部屋だった。汚れたベッドスプレッドは泥のような色で、ベージュに塗られた壁にはスーツケースがうっかりつけたいくつもの黒い傷があり、こぶしで打ち抜かれたあとも少なくともひとつはあった。バスルームの外に欠けた洗面台があり、シャワーを浴びたばかりらしく、湿気が透明なカーテンのように反った鏡を包み、映ったわたしたちの姿をぼやかしていた。カーペットを調べるのが怖かった。

部屋は大急ぎで家探しされたらしく、スーツケースの中身が床に散乱し、引き出しは開けっ放しで、マットレスは脇にのけられていた。

まちがいようのないアイリッシュ・スプリングのせっけんのにおいに混じって、どこかなじみのあるにおいがした。

「ラリー？」とビーンが呼びかけたので、わたしは震えあがった。

全世界共通の〝いったい何をしてるのよ？〟という顔をして見せると、彼はにやりとした。この状況を存分に楽しんでいるらしい。ビーンはバスルームに向かい、袖口でドアノブを回した。するとドアが開いた。

ラリーの裸の体が床に滑り落ち、タトゥーがすっかりあらわになった。頭をひどく殴られていた。

16

気を失っていないかたしかめようと、ビーンがわたしのそばに戻ってきた。たしかにいくつか星が見えていたが、首を振って深呼吸をすると見えなくなった。「大丈夫よ」

「ほんとに？」彼がきいた。

「ええ。ここから出ましょう」

「まだだ」彼は言った。「急いでもここにいる相棒を助けるためにできることは何もない。一分待ってくれ」

ビーンはカメラを出して大量に写真を撮った。すっかり夢中になり、遺体をまたぐことまでして、バスルームのなかのあらゆるものを記録した。「外で待ってる？」彼はわたしのほうを見ずにきいた。

「いいえ」と言いつつ、本心はイエスだった。だが、度胸をかき集めて手を袖で覆い、部屋のなかで唯一開けられていないナイトテーブルの引き出しを開けた。何もなし。だが、ベッドの下から紙切れがのぞいているのに気づいて、それをつかんだ。

「あらら」わたしはそれをビーンに見せた。

ったようだ。

「なんだい?」彼は写真を撮ろうとそばに来た。「ほう」

わたしたちの計画表の切れ端だった。わが家を破壊していった訪問者はやっぱりラリーだったようだ。

「いったいどういうこと?」わたしはちょっと乱暴に両手を広げた。「ラリーは第一容疑者だったのよ。それがどうしてここでこんなことになってるの? どうして死んでるの?」

ビーンは車のキーを寄越してわめくのをやめさせた。「ミシェル」彼はやさしく言った。

「きみは車に乗ってうちに帰れ。ぼくはロケットに電話する」

「なんですって? だめよ!」

彼はいらいらと首を振った。「匿名で情報をもらってここに来たと言うよ。でも、きみを巻き込みたくない」

考えてみれば、立ち去れるのはこの上なくうれしかった。

キッチンテーブルに座って、呪われた計画表を眺めた。死んだラリーの姿が頭から消えなかった。エリカはまだ階上にいたが、ひどく静かなところをみると、双子は帰ったか眠っているかのどちらかだろう。

ラリーの死ですべてが変わってしまった。彼を殺せたのはだれなのか? そしてその理由は? 頭のなかで壊れた衣類乾燥機のように疑問がぐるぐる回りつづけた。

家のまえで車が停まったので、急いで窓から外を見ると、ボビーの警察車両からビーンが降りてくるところだった。わたしは玄関で彼を迎えた。「大丈夫?」と彼にきかれた。

わたしは一瞬目をぱちくりさせて彼を見た。「わからない」

ビーンが家にはいり、わたしは先にたってキッチンに戻った。「この恐ろしいものを見ていたら、何がなんだかわからなくなって」わたしは計画表のラリーの欄を指した。「彼はいちばんあやしい容疑者だったのに、死んでしまった」

「大丈夫か?」ビーンはもう少し強めに繰り返し、わたしの腕に触れた。

わたしはそれを振り払った。「ええ」頭を割られたラリーのイメージが頭に浮かび、身震いした。どうしてデニースよりもラリーの死に強く反応しているのかわからない。彼のことなど知りもしなかったのに。でも、割られた頭を見たのは初めてだった。願わくは、これが最後にしてほしい。

「気にしなくていい」ビーンはわたしを椅子に座らせて、その隣に座った。「死体を見るとたいていトラウマ反応が出るんだ」

震えだした両手を彼がつかんだ。「深く息を吸って」彼の声はやさしかった。

涙をこらえようと肩を震わせながら、肺に息を吸いこもうとした。何度かやってみてようやく吸い込めた。

「息をして」彼は繰り返し、自分でもやってみせた。大げさに胸を上下させたので、ある意味効果があった。

「これまでにいくつ死体を見てきたの?」皮肉に聞こえるように言ったが、かなり弱々しかった。

「よし、いつもの状態に戻ってきたな」彼は微笑み、わたしは彼が答えないでいてくれたことに感謝した。

彼の手があがってきてわたしのうなじをさすり、今度は高まってくる別の震えをこらえなければならなくなった。わたしは顔を見られないようにうつむいた。

彼のレポーターのアンテナがまだ働いていたらしく、機械的に首をさする動きがゆっくりになり、もっと思わせぶりなものになった。

思いきってのぞき見ると、彼の目にはユーモアのほかに別のものもあった。とくにわたしの口を見たときに。

「どこであの写真を手に入れたかロケットにきかれた？」わたしはきいた。

「ああ、でも情報源を明かすわけにはいかないと言っておいた」彼の手がおりてきて、こわばった肩をもんだ。

わたしは微笑んだ。「わたしが情報源ってわけ？」

「そうだ」彼の目がわずかに閉じ、よりいっそうセクシーに見える。「いろんな情報をくれる」

「悩みの種《アグラヴェイション》とか？」わたしは探りを入れた。

「挑発《プロボケイション》」

「ほんとに？」

「いらだちのもと《ヴェクセイション》」

わたしは笑い、わずかに息を切らしながら言った。「それって単語？」

「そうだよ」彼はことばを引き伸ばして言った。

「いらだち《イリテーション》？」わたしは視線をはずせないままきいた。

「魅了《ファッシネイション》」

彼はわたしに顔を寄せた。

「だめ」自分でも驚いた。どこからそんなことばが出てきたの？

「だめ？」

こうなったら押しとおすしかない。「いい考えじゃない」

「何が？」彼がからかう。

やっぱり逃れられない。「わたしにキスすること」

「いい考えだと思うけど」彼はゆっくりと言った。まじめに考えて、好ましいと思ったかのように。

「ほんとに？」いろいろな意味で、わたしは息をのんだ。

「ああ。少なくとも、悪い考えじゃない」

「そう？」わたしは彼の口を見つめながらきいた。

「全然悪い考えじゃない」彼はそう言って、わたしに身を寄せた。

唇が重なった。わたしのなかを一陣の風が荒々しく吹き抜けた。わお。さらに身を寄せたときドアをノックする音がした。「ミシェル？」エリカに呼ばれた。

びっくりしてうしろにひっくり返りそうになり、ビーンが腕をつかんでくれていたおかげで、椅子ごと倒れずにすんだ。

「落ち着いて」彼が言った。彼も邪魔されたことに腹を立てているようなのが、ちょっとうれしかった。「なんにしろ、スピン・ザ・ボトルのときよりはましだろ」

覚えてたんだ！「どうぞ」わたしは金切り声でエリカに言った。

彼女は疲れた様子ではいってきた。「あの子たち、やっと寝たわ」エリカをこれほど疲れさせるのは双子だけだろう。だが、ビーンがわたしの手をにぎっているのに気づくと、顔つきが変わった。「何があったの？」

ビーンとの妙に性的な夢のあいだにときどきラリーのイメージが登場して、その晩もよく眠れなかった。それでもランニングができる程度には早起きして、頭の中の蜘蛛の巣を払い、八時にコナと店で合流して、またチョコレート作りマラソンの一日に突入した。

エリカとビーンとわたしは、ラリーの死と、その事実から考えられるすべてのことについて、夜中まで話し合った。ラリーがデニースを殺したというわたしたちの仮説は行き止まりとなった。そして、ふたりを殺したのは同じ人物かもしれないと気づいた。

計画表を細かく検証したが、この計画は殺人事件の調査にふさわしくないかもしれないという気がしてきた。

だが、エリカはちがった。「このシステムならうまくいくわ」

「システムじゃないわ」わたしは壁のほうを示して言った。「ロマがカーニバルでやるゲームみたいなものよ」

「いいわね」エリカは言った。「フェスティバルではそういうゲームをやるべきかも」メモをとったあと、また壁を見つめた。「不確定要素をもう一度おさらいしましょう」

「わたしたちのセキュリティコードを知っていた人物を特定する必要があるわ」わたしは言った。「デニースのスタジオにはいっただけでなく、うちの厨房に毒物を仕込んだんだから、ほぼすべてのコードを知っていたはずよ」

双子をコリーンのもとに送り届けてしまうと、セキュリティ会社に電話するのはエリカの仕事だった。わたしはチョコレート作りをしなければならなかったからだ。コナとわたしはモカ・スプリーム――おいしいダークチョコレートにコーヒー味のガナッシュを詰め、ライトブルーと白の食用色素を吹きつけたもの――と、ほのかにオレンジゼストが香り、砕いたオーガニックのピスタチオの歯ざわりがいいピスタチオ・サプライズの作製に移っていた。

店頭のカウンター席に座って、かわいらしい小さな箱でトリュフの詰め合わせを作りながら、ココのことは心配するまいとした。出しておいたえさに手がつけられていなかったのだ。そのとき、ロケット刑事がドアを開けて店にはいってきた。たちまちわたしは警戒態勢になった――ウーウー――〈スター・トレック〉のように。

「どうしてドアに施錠しないんだ?」彼はきいた。

「わたしも会えてうれしいわ」わたしは言った。「今まで食べたこともない超おいしいものを食べてみる？」

「いいだろう」彼はそう言うと、席をひとつへだてて座った。わたしに質問しやすいようにだろう。

わたしは立ち上がってカウンターのなかにはいり、彼のためにコーヒーを注ぎ、小皿にチョコレートをのせてわたすと、そこにとどまった。「どうぞ、わたしのキャラメルを食べてみて」バター風味の甘いキャラメルに抵抗できる人はいない。

ロケットがひと口かじると、キャラメルがほんのわずかあごにたれた。「おんやまあ」彼は言った。「これまで食べたなかでいちばんうまい」

「超おいしいではなくて？」

「そのことばを使ったことはないが、今日から使ってもいいかもしれない」彼は残りを口に入れ、一瞬目を閉じた。

「つぎはぜひスパイシー・パッションを食べてみて」と言ってから、どう聞こえるかに気づいた。「ええと、ガナッシュにパッションフルーツがはいってて」わたしはわずかにつかえながら言った。「日本の塩と唐辛子のフレークをトッピングしたものよ」

「それで〝スパイシー・パッション〟ね」彼はかすかな笑みを見せて言った。

わたしは彼にナプキンをわたして口元を示した。「ところで、何かご用かしら？　チョコレートがほしくて来たんじゃないでしょ」

ロケットは口元を拭うとナプキンを置いた。「ラリー・ステイプルトンのことは聞いていると思う」

「ええ」咳払いをしなければならなかった。「ビーンから聞いたわ」

彼はうなずいた。「ききこみをしたところ、モーテルの長期滞在者によると、ミスター・ラッセルといっしょに赤毛の女性が部屋にはいったそうだが」

わたしは手が震えないようにカウンターをにぎりしめた。「それならわたしは除外されるわね」

もちろん彼はわたしの手に気づき、視線を上げてわたしの目を見た。「なんでかね？」

「わたしはストロベリーブロンドだもの」わたしは最高にさりげなく言った。

「犯罪現場をあんな状態にしておくのはひじょうに疑わしい」彼は言った。「それできいてまわった」

わたしは話題を変えようとした。「訛りがとれるまでどれくらいかかった？　わたしのルームメイトはなかなかとれなかったみたい」

「ピッツバーグを離れて十年たったらとれた」と言ったが、彼はごまかされなかった。「とにかく、ミスター・ベンジャミン・ラッセルが発見したことに加えて、きみとミズ・エリカ・ラッセルは友人の殺害のことできいてまわっていたらしいな」

「どうしてわたしたちがそんなことをするの？」わたしはきいた。背筋に戦慄が走る。

「わかっているだろう」彼は言った。

「仮定の話をしていい？」ときくと、彼はうなずいた。「もしあなたがわたしたちの立場だったら、まずは自分のできることを探すと思わない？　この危機を乗り越えるにはこの店が必要なの。これで生計を立ててるんだから。それに、町全体のために、メモリアルデーの週末のイベントを成功させなければならないの」

ロケットは立ち上がった。近づいたわけでもないのに、すぐまえにいるように感じられた。

「仮定の話をしようか？　わたしがきみなら、警察にまかせるね。デニースを殺害した人物がまた人を殺したんだから」

宙に浮かんだそのことばは、昨夜エリカと話し合った理論上の結論よりもずっとものものしく聞こえた。そのとき、コナが顔をのぞかせて叫んだ。「ラベンダーはどこ？」

返事をするのに少し時間がかかった。「今行く」わたしはあとずさった。「すみません、刑事さん。これからは警察の邪魔をしないようにします」

たぶん無理だろうけど。

エリカはオフィスにこもって再オープンを知らせるプレスリリースを送信中で、わたしはチョコレートの箱詰め作業に戻った。だれかが正面のドアを開けようとする音がして、そのあときびきびとしたノックの音が響いた。刑事が帰ったあと、これ以上本業を邪魔されないようにドアを施錠したのだ。どうして心おだやかにチョコレート作りをさせてもらえないのだろう？

をのぞこうとしていた。

「エリカ？　ミシェル？」グウェン町長が木製のブラインドとドアフレームの隙間からなかをのぞこうとしていた。

わたしはため息をついてドアを解錠した。「いらっしゃい、グウェン」

「うーん、おいしそうなにおいね」彼女はせかせかと店にはいってきた。「ドアを開けたとたん、チョコレートの香りがふわーっとしたわ。盛大なオープニングに向けて準備しているのね、安心した」

「ありがとうございます」わたしは言った。「何かご用ですか？」

彼女は振り向いてドアの外をうかがった。「あら、いなくなっちゃった。すごくかわいい猫ちゃんがここまでついてきたのよ。ヘアサロンのブリストルはファントムって名前だって言ってた」

「ちがいます」わたしは言い張った。「あの子の名前はココです」

わたしが妙にゆずらないので、グウェンは目をぱちくりさせ、話題を変えた。「明日記者会見をする予定なんだけど、われわれのすばらしいメモリアルデーの週末イベントの新情報についても話そうと思っているの。エリカはいる？」

責任を感じて突然肩が重くなった。「ええ、呼んできますね」わたしは箱詰め中のチョコレートを示した。「ご自由に召し上がってください。キャラメルと、ブラック・フォレスト・ミルクもありますよ」

「まあ、わたしの好物よ」彼女は言った。

エリカのオフィスに行くと、彼女は本のネットオークションのサイトをチェックしていた。グウェンの希望を話すと、エリカはファッジ・コンテスト用の分厚いバインダーをつかみ、ふたりでカウンターのグウェンのもとに向かった。

「記者会見ですか?」あいさつのあと、エリカはきいた。

「記者たちはステイプルトン氏の不幸な死についての情報を求めているの」グウェンは言った。ナプキンを取って口を拭く。「別の町で起こった事件だけど、デニースが殺されてすぐに、デニースとの関係のせいで、わたしたちも巻き込まれているのよ」デニースが殺されてすぐに、あつかましくもラリーまでが殺されたことに腹を立てているように聞こえた。「もちろん、ステイプルトン氏のような犯罪者の死は、気の毒ではあるにしろ、そのおかげでメモリアルデーの週末が安全になるということは話すつもりよ」

「どういう意味ですか?」エリカがきいた。

グウェンは質問されるのは心外とばかりに眉を上げた。「おそらく彼は、デニース殺しの容疑者であると同時に、犯罪者仲間に殺された被害者なのよ」彼女はジャケットを引き下げて、お尻の上でなでつけた。「荒っぽい正義の裁きが下されたってことなんじゃないかしら」

エリカは目を丸くした。「ラリーがデニースを殺して、そのあと犯罪者仲間に殺されたと思ってるんですか?」

「警察がどちらの死も徹底的に捜査するのはわかっているけど、それがいちばん好ましい結果でしょ。そうすれば、わたしたちみんながこのことを忘れられるんだし」あまりにも理性的な口調だったので、一瞬信じそうになった。が、すぐに当然の疑問が浮かんだ。「それは少し都合がよすぎると思いませんか？」

「まあね」彼女は言った。「そういう結果になってほしいと言っているだけよ」彼女はエリカを見た。「コンテストとアートフェスティバルのほうは相変わらず順調かしら？」

「ええ、今のところは」とエリカは言ったが、頭の半分ではグウェンの希望的仮説について考えているのがわかった。

「よかった！」町長は両手を打ち合わせた。「サイン会のほうは？」

エリカはうなずいた。「すべてスケジュールどおりです」

「あなたのお兄さんのような才能ある町民がいてくれてほんとによかったわ。進んで戻ってきて、ボーイズ・アンド・ガールズ・クラブのために尽力してくれるなんて」彼女は言った。「そういうわけで、記者会見は明日、あなたたちの店のオープン直前に開始しますからね。そのあとみんなを引き連れてこの店に来るわ」

店が記者でいっぱいになるの？「それがいい考えでしょうか？」

「すごくすてきな考えだと思うわ」彼女は言った。「ここウェストリバーデイルではすべてが通常どおりだとアピールできるでしょ」

チョコレートをもうひとつつまんで手を振ると、町長は帰っていった。

グウェン町長が帰ると、なぜかほっとしてため息が出た。「〈ウェストリブ・セキュリティ〉の人はなんて言ってた？」

「何も話してくれなかった」エリカはいらいらした声で言った。

「なんで？　わたしたちは顧客なのに？」

「捜査中の事件に関わることだから何も話すなってボビーに言われたんでしょ」彼女は言った。

「何よそれ。わたしたちにはどうやって不法侵入されたのか知る権利があるわ。自分たちの安全のために」わたしはグウェンのように独善的な口調になっていた。「実はわたしジョニーの携帯番号を知ってるの。奥の廊下の防犯カメラを直してもらってから」携帯電話を出して、セキュリティのSまでスワイプする。「ちょうどいいわ、ジョニーに壊れた防犯カメラを見てもらいましょう」

「防犯カメラが壊れたの？」エリカがきいた。

「これから壊すのよ」わたしは言った。

17

ジョニー・ホートンはセキュリティ会社のオーナーの息子で、ワイヤーをつなげられるようになるやいなや——法定年齢に達するずっとまえから会社で働いていた。とてもいい子だったので、気にする人はいなかった。聡明なだけでなく、働き者で、気立てもよかった。ジョニーは恐る恐る厨房のドアをノックした。彼が通りかかったらつかまえられるように、ドアは開けておきたかったのだが、湿度が上がっていたので、チョコレートのために危険は冒せなかった。いつものようにすぐに夏の湿地レベルになってしまう。

作業員が必要になると、手配するのはいつもデニースの役目だった。色仕掛けで値引きさせる彼女のテクニックは芸術の域にまで達していたが、わたしはこの手の芝居が苦手だった。ジョニーは手の甲で鼻を拭い、ずり落ちていたズボンを引っ張り上げた。わたしはサスペンダーを買ってあげたくなった。ビデオゲーム〈HALO〉のキャラクターのものなら、きっと使ってもらえるだろう。

わたしは防犯カメラを指差した。「このカメラのライトがつかないの」

彼は高さを見積もった。「梯子が必要だね」

「倉庫室にひとつあるわ」ワイヤーを引っ張るのに使ったものが。

「今年のオリオールズは優勝できると思う？」倉庫室に向かいながら話しかけてみた。

彼は肩をすくめた。「ピッチャーを強化する必要があるね」

「それと守備も」

ジョニーはうなずき、梯子を受け取って、骨ばった肩にかついだ。わたしは会話がかみ合っているのかどうかさえわからなかった。

カメラのところに戻りながら、気まずい沈黙を埋めるために、別のことを考えようとした。

「今年は卒業だっけ？」

「うん」彼は梯子を設置して猿のように登った。「問題はこれだね。ワイヤーがゆるんでる」

「変ね」わたしは言った。「どうしてゆるんだのかしら？」

「さあ」彼は言った。「何か長いものを引っ掛けたのかも」

「きっとそうね」わたしは言った。「ここでいろいろあったから、ちょっと神経質になってて」

彼は思い出したようにうなずいた。

「つまりね」わたしは説明しようとして言った。「防犯アラームとカメラ、両方を解除できた人がいたわけでしょ？　きっとセキュリティに詳しい人よね」

「そうとはかぎらないよ」彼は梯子のいちばん上の段に置いた道具箱からペンチを取り出して言った。

その人物がどうやって不法侵入したのか知りたくてたまらなかったが、わたしはいつも踏み込みすぎだとエリカに注意されていたので、一歩引くことにした。「おたくの会社に従業員は何人いるの？」

「六人だけ」彼は何かをねじった。「でも、ほかの町にも支店を出す予定なんだ」

「資格のある人を見つけるのはむずかしいんでしょうね」わたしは彼のやっていることを見ようとするように目を細めて見上げた。「技術的な知識が豊富でないといけないわけだから」

彼は肩をすくめた。ちゃんと話を聞いていなかったらしい。

「だって、セキュリティシステムを回避する方法についてグーグルで調べることはできないでしょ」わたしはくすっと笑った。

何も知らないんだな、とばかりに彼は微笑んだ。

「うそ？　できるの？」わたしは知らなかったことを恥じるかのように笑った。「でも、コードは知っていないとだめでしょ？」彼がうなずいたので、わたしはもう一度挑んだ。「あなたはきっと郡内のどの建物にも侵入できるんでしょうね」デニース流の色仕掛けテクニックも、わたしにかかるとこの程度の弱々しさでしかない。

「そんなことないよ」彼は赤くなった。

「コードを知っていたら？」

「賢い顧客はコードを頻繁に変えるからね」彼は梯子からおりると、それをたたんだ。

認めたくなかったが、わたしたちがコードを変えたのは、デニースのスタジオが不法侵入されたときが初めてだ。「でも、それを知ってる人がいたら？」

ジョニーは梯子を肩にかついだ。「裏口のコードも必要だよ」

彼はひどい失敗をしてしまったという顔でわたしを見た。「えっと、なんでもない」

「ジョニー」わたしはまじめな声で言った。「そこまで言っておいてやめるなんてひどいわ」

彼はだれも聞いていないかたしかめるようにあたりを見まわした。「ときどき同じコードで建物内のすべての店やアパートメントとかにはいれるようにしたがるオーナーがいるんだ」

「つまり、ユーリはここにはいれる自分のコードを持ってるってこと？」それがおもしろいことで、気味が悪いことではないかのように、わたしはきいた。

「うん」彼は認めて言った。「使ったことはないけどね。緊急のとき用だから」

「それは賢いわね」わたしは言った。「あなたのお父さんの会社で働いている人たちはみんなそのコードを知ってるの？」

彼は肩をすくめた。「ファイルに書いてある」

「ねえ、日曜日の夜に侵入するためにだれかがそのコードを使ったかどうかって、すぐにわかる？」わたしは押した。

ある種の自己防衛本能がようやく働いたらしく、ジョニーは頭の悪い十代のことば使いになった。「知らね」

「ほんとに？　知らないの？　それとも話したくないの？」

「知らない」と彼は言ったが、不安そうだった。

「こうしましょう」わたしは親しげだが有無を言わせぬ声で言った。「侵入犯がその特別なコードを使ったのかどうか探ってほしいの。だれから聞いたかは秘密にするから」

エリカはさまざまな形や大きさの本に囲まれたオフィスにいた。ある出版社でつぎの四半期に出版される新刊のカタログに目を通しているところだった。「ユーリが独自のコードを持っていても驚かないわ」エリカはいくぶん上の空で言った。「緊急時にははいれないといけないんだから」

彼女なら考えていて当然のことだった。「でも、だれでも見られるファイルに書いてあったら？」

「それはあんまり安全じゃないわね」彼女は同意した。

「デニースもそう思うでしょうね」ちゃんと口に出して言ったわよね？　わたしの不健全なユーモアにエリカは反応しなかった。

話題を変えた。「コリーンは持ちこたえてる？」

エリカはカタログを置いた。「実を言うと、思ったよりうまくやってる」

「店では見かけてないけど」責めていると思われただろうか？

「どうしたいのか考えようとしてるのよ……あらゆることについて」エリカは戸惑っているようだった。「そして、こうなった理由を見つけようとしてる」

「こうなったって？　マークのこと、それともお店のこと？」

「ほとんどは家族の問題ね」彼女は言った。「言えるのはそれくらい」

比較的ノーマルな妹として、有能な兄や秀才の姉とともに成長するのはたいへんなことだったのだろう。エリカは考え込むような顔つきになった。自分がどうしてこうなったかについても考えているのかもしれない。エリカは学問の世界で出世街道を歩んだのち、そこは自分の道ではないと判断して故郷に戻ってきた。今は書店経営と古本ビジネス、それに研究者タイプの人たちのリサーチを手伝うことをとても楽しんでいるように見える。でも、人より頭がよくてエネルギーがあるということは、わたしにはわからない苦しみもあったのだろう。

わたしたち三人がまったく別の道を通ってここにたどり着いたのだと思うと不思議だった。

エリカは考え事から逃れるかのように体を震わせた。「最初に戻って計画表を書き換えましょう。どんなにわずかでも、デニースと関わりがあった人全員を含める必要があるわ。わたしたちがどんなによく知っていて、愛している人でも」

「わたしやあなたとか？」

彼女は笑った。「わたしたちは除外で」

携帯電話が鳴り、エリカは盛大にため息をついてから電話に出た。わたしは会話のこちら側に耳を澄ました。「スケジュールどおりです」や、「もちろんです」や、「問題ありません」が繰り返された。やがてエリカはいらいらした声で言った。「わたしたちがボランティアでやってるってこと、わかってますよね？」

「わたしたちの上司みたいな言い方なんだもの。ちゃんとやらないと彼女に報告するとか。いいかげんにしてほしいわ」

「〈ゲット・ミー・サム・ソーラー〉の社長よ」彼女はデスクの上に電話を放った。「わたしたちが契約で同意したことすべてが、予定通りおこなわれるか確認したがってた」実際彼女は少し不機嫌だった。社長が怒らせたにちがいない。

「最後に言ったのはなんだったの？」

「グウェンがわたしたちの上司みたいな言い方なんだもの。ちゃんとやらないと彼女に報告するとか。いいかげんにしてほしいわ」

　コナがトルテやその他の焼き菓子作りで忙しくしているあいだは、奥の厨房にはいるのを禁じられていたので、死の直前にデニースの人生で何が変わったのかについて、エリカとふたりでざっとリストアップするのにうってつけの時間だった。

　第一に、母親が亡くなった。第二に、元彼にお金を盗まれた。第三に、お金を取り戻すためにラリーを脅し、彼がスタジオに不法侵入した。おそらく写真を探すために。さらに最近では、高校の最上級生のポートレートを撮影する写真家に任命され、DCのギャラリーオーナーに作品を見せにきてほしいと言われたが、キャンセルされた。

「わたしたちが知らないことについては？」エリカがきいた。

「そうか」わたしは気づいた。「みんなの人生についてなんでも知ってるつもりでいたけど、マークのことは知らなかったものね。ラリーがデニースのお金を盗んだことも」

「あなたがX指定のチョコレートを作ってたことも、わたしは知らなかったし」エリカはにやにやした。

わたしはうめいて話題を変えた。「コリーンなら空白を埋めてくれるんじゃない?」

「店の再オープンとお葬式のことを相談しに、あとで寄るって言ってた」エリカが言った。

「明日の再オープンには来るの?」事件が起きてからコリーンは店にあまり顔を出していなかった。無理もないと思うが。

「もちろん」

「どれくらいまえまでデニースの人生をたどればいいと思う?」わたしはきいた。

エリカは考え込むような顔つきになった。「まずは、二週間まえ。それから一カ月ずつさかのぼって、六カ月まえまで」

「わたしは彼女のフェイスブックのページを見てみる。あなたはゼインが何を見つけられるか目を光らせてたら?」とわたしは提案した。

コリーンが飛び込んできた。今度は涙をたらした子供ではなく、ウェストリバーデイル唯一の葬儀場のフォルダーを抱えて。

エリカが彼女に言った。「実は調査が行き詰まってるの。それで、力になってもらいたいんだけど」コリーンがうなずくと、彼女はつづけた。「この数カ月でデニースの人生に起こった新しい出来事って何?」

「マークがわたしを裏切っていたのを突き止めたこと以外で?」コリーンの口調は辛辣だっ

たが、それでも答えてくれた。「写真家としてのキャリアが認められるようになってきたことをよろこんでたわ。とくにDCのギャラリーの人がようやく作品を見ると言ってくれたときは」彼女は十代のバンパイアが出てくるベストセラー・シリーズの最新刊を押しのけて、デスクの縁に腰掛けた。

「でも、あのろくでなしの元彼が彼女をひどく傷つけた」コリーンは嫌悪感もあらわに言った。「男なんてみんな同じよ。あいつ、人生をやり直すつもりだというふりをしたの。今はセラピーに通ってるだの、十四歳のときに家から追い出されたという問題を抱えているだの、お涙頂戴の話をしてね」

コリーンはつづけた。「別に死ぬべきだったとか言うつもりはないけど、彼のやり方は汚かった。つねに彼女を褒めているように見せかけながら批判するの。今はだれでも携帯電話で写真が撮れるのに、たくさん顧客がいてすごいなとか言って。そして、彼女のお金を盗んで逃げた」

「そのことについて彼女はなんて言ってた?」エリカがきいた。

「動揺してたわ」コリーンは言った。「自分がバカだった、絶対にお金を取り戻すって言ってた」

エリカはゼインと作業中だったので、わたしはココがいないかあちこち探したあと、きっと温かくて気持ちのいい自分の家にいるのだろうと思い、車でハイウェイに出て〈ゼリーニズ〉でソーセージとペパロニのピザを買って、うちに向かった。車を停めて暗い家を見て初めて、ビーンにまた会いたいと思っていたことに気づいた。店の再開に関してさまざまなレベルで不安なことはいくつもあったし、ひとりになりたくなかった。

車のなかで食事をしようかと考えていると、巨大なSUVが〈ヘンナの家のまえに停まり、目のまえにレクサスLXの記章が迫った。どうやらひとりにならずにすみそうだ。なめらかな黒髪の男性が勢いよく降りてきて、ブルートゥースのイヤホンの位置を直した。「着いた」

ファッジ・コンテストの集まりのときに見た顔だった――ソーラー会社の社長だ。ここで何をしているのだろう？

彼は笑顔の太陽のロゴがついた〈ゲット・ミー・サム・ソーラー〉のマグネット看板を取り出して、慎重に助手席側のドアに貼り付けた。「ああ、わかってる」いらいらした声だ。「ばあさん相手の作戦だろう。了解だ。それと、ウィリアムズに言っとけ、十分以内にここに来なかったら首だとな」

彼は猿のような笑みを浮かべてサイドミラーで歯をチェックすると、ブリーフケースを持ってヘンナの家の玄関に向かった。

すべてを無視しておいしいピザを食べるべきか内心迷ったが、好奇心には勝てず、セールス目的らしい訪問に乱入することにした。ヘンナのことが心配だからでもあった。高齢なので、だまされたりしたらたいへんだ。だが、どうして多くの町民が屋根にソーラーパネルを設置するようになったのか、知りたくもあった。

「こんにちは！」と声をかけて、男性に近づいた。「ソーラー会社の人？」

彼は耳からブルートゥースのイヤホンをはずし、魅力的な笑みを向けてきた。「ええ、そうですよ」

わたしは自分の家を示した。「ヘンナの隣に住んでるんです。おたくのセールストーク、わたしも聞いていいですか？」

彼の笑みがかげった。「それでしたら、あらためてスケジュールを――」

わたしは近づいて彼の腕に触れた。「ヘンナには内緒なんですけど、彼女に気をつけてほしいと息子さんにたのまれてるんです。記憶に〝問題〟が出はじめてて」わたしは頭を指して顔をしかめた。「だから実際、わたしがいるほうが、彼女にとってもおたくにとってもいいんじゃないかしら」

ヘンナが聞いたらわたしは殺されるだろう。わたしは彼に選択肢を与えずにドアベルを鳴らした。ヘンナはすぐそばで待っていたかのようにドアを開けた。

「ヘンナ！」わたしは握手しようとする彼を完全に邪魔して、彼女を抱きしめた。「ソーラー会社の人がいいって言ったから、わたしもミーティングにお邪魔させてもらうわ」勝手に家にはいった。わけがわからないというヘンナの顔つきは、彼女の記憶についてのわたしの訴えにぴったりと合致した。

「テレンス・ジャフェです」と社長は自己紹介した。

「よく来てくださったわ」ヘンナはうれしそうに言った。「親友のサディがおたくと契約したと聞いたから、わたしもいろいろ知りたいのよ」

鶏小屋からあふれ出た蝶のモチーフは、ヘンナの家のなかにも控えめに存在していた。彼女のアート作品に比べると、ここの蝶たちは小さくて、幻想的な絵画のなかの小さな妖精のように、家じゅうに散らばっていた。

「これ、すてきね」わたしは隅のシダに留まっている虹色の蝶を指して言った。

これにヘンナは懐柔されたようだった。「紅茶を持ってくるわ」彼女はキッチンに向かいながら言った。そして、「追加のカップもね」と少し不機嫌そうにつけ加えた。

「ありがとう！」わたしは彼女の背中に声をかけたあと、テレンスのほうを向いた。「太陽光発電はいい投資になるんですってね」

「お宅は持ち家ですか？」ときいたあと、彼は電話にいくつかの番号を打ち込んだ。

「あ、いえ」わたしは言った。どうせ会話をしながらわたしのことを調べるつもりなのだろう。「大家さんのユーリに買い取りのことを相談しているところなんです」わたしはこの手の機転の利かせ方がうまくなっていた。

「そうなの？」ヘンナがドアロから問いかけた。「でも、あなたのところは絶対に売らないって彼は言ってたわよ」

うわー！「今のところはまだ話をしてるだけよ」ヘンナの張りぐるみの椅子のひとつに座ると、ふかふかと沈んで、まるでハグされているようだった。「この椅子いいわね！」とへンナに言ってから、テレンスのほうを見た。「それで、この太陽光発電というのはどういう仕組みなの？」

ヘンナがわたしたちふたりに紅茶を出すと、ミスター・ジャフェは待ってましたとばかりにセールストークをはじめた。「電気料金を最低でも二十五パーセント節約できる方法をお教えしましょう」彼は電力会社の弊害について話し、太陽光を使って電力を作ることによるすばらしい利点と、〈ゲット・ミー・サム・ソーラー〉がベストな選択肢であることを語った。

彼がわたしに向かってばかり話しているので、ヘンナはだんだんいらいらしてきたようだった。わたしは睡眠不足のまま一日忙しく働いたことと、座っている椅子の心地よさのせいで、彼の話に集中するのがむずかしくなっていた。

テレンスはラミネート加工された資料を取り出した。それには、エネルギー消費量のレベルによっていくら節約できるかが示されていた。

「うちには木がたくさんあるんですけど」わたしは言った。「それでも大丈夫ですか？」

「いい質問です」彼は言った。「契約者は最適な設置場所を選ぶことになります。たいていは、できるかぎり南向きに。邪魔になる木は切ることをお勧めします」

わたしは資料を見た。州と国からの払戻し《リベート》金や税額控除によって節約できる金額が書かれた欄もあり、そのなかにはウェストリバーデイルからのリベートもあった。「うちの町からリベートが出るんですか？」

「ええ、そうなんです」彼は言った。「申込書に記入していただくだけで五百ドルもらえます。ここのような規模の町にしては、とても気前のいい申し出です。この町の議会が環境にやさしいエネルギーにいかに熱心に取り組んでいるかがわかります」

「これ、もらってもいいかしら?」わたしはきいた。

彼の顔つきは変わらなかったが、緊張が感じられた。「この情報はすべてわが社のホームページでごらんいただけますので」彼は資料に手を伸ばそうとしたが、わたしはそれをよく見ようとするように引き寄せた。それでみんなソーラーシステムを契約していたのね。考えるまでもないみたい。

わたしは資料を裏返した。「この〝お手軽スタートプラン〟というのは?」

「それをこれからご説明させていただくところだったんですよ」彼はさらに熱心になった。「太陽エネルギーの恩恵を受けたいけれど、それに必要な資金がないというお客さまのためにお勧めしているのが、〝お手軽スタートプラン〟です。〈ゲット・ミー・サム・ソーラー〉が費用を負担して機材を設置し、お客さまにリースします。わが社はインセンティブをいただき、節約した電力をお客さまと共有することになります」

わたしのたわごと探知機がレッドゾーンを示した。「へえ」わたしは言った。「すごくお手軽なのね」

「それがねらいなんです」彼は言った。「未来に参加するのをお手軽にしているんです。今より安全な世界、クリーン・エネルギーの未来に」

わたしはうなずいた。「それで、このあたりではどれくらいの人たちがソーラーパネルを設置してるの？」

「大勢です」彼はレザーのバインダーから書類の束を出して、ぱらぱらとめくった。「光熱費を抑えたい方にとっては当然の決断です」

「もう少し紅茶が必要ね」わたしは言った。「取ってくるわ」まだ空にはほど遠いティーポットを取って、ラミネート加工の資料を抱えたままキッチンに向かった。

「悪いんだけど、ヘンナ」と声をかける。「レモンが見つからないわ」

「失礼するわね」とヘンナはいらだちと同時に困惑をにじませながら、社長に言った。

「どこにもサインしちゃだめよ」彼女がキッチンに来ると、わたしは低い声で言った。「これをエリカに見てもらって、合法かどうか確認するから」

彼女はわたしをにらんだ。「わたしはだまされるようなおばあちゃんじゃないわよ」

「わかってるわ」わたしは言った。「あなたは成功した事業主だもの。ミスター・ジャフェのまえでは何も言いたくなかったんだけど、あのソーラーパネルには無線技術が必要だってこと、彼は絶対あなたに言わないと思う。あなたはあれが嫌いでしょ」

ヘンナの目がまんまるになり、憤りのあまり寄り目になった。わたしに弱点がばれたとわかったのだ。「ところで、オパールがあなたのことをものすごく怒ってたわよ、警察に彼女のことを話したって」彼女は言った。

「なんで？　話してないわよ」

彼女は腕を組んで微笑んだ。

ヘンナはわたしに仕返しするためにオパールにうそを言ったの？　それでオパールは、ヒラリー・パンキンの撮影のことで電話したわたしに、折り返しの電話をくれなかったのだ。

「ミスター・ジャフェには急用ができたって言っておいて」わたしは言った。「裏口から失礼するわ」

わたしは裏口から外に出て、鶏舎のそばの暗闇のなかで待った。一分後、社長は出ていった。困惑気味に振り返り、どこでしくじったのだろうと思いながら。一分ほどわたしの家を眺めたあとで、ブルートゥースをつけ、車に乗り込んで走り去った。

高燃費の車を運転するソーラー会社の社長。彼はこれをどう説明するのだろう？

18

通電している電気ケーブルが地面で跳ねまわるように、不安が頭のなかを駆けめぐって、翌朝は目覚ましが鳴るずっとまえに目が覚めた。十分間がのろのろと経過したあとは、あっという間に時間がたってしまったので、朝のランニングは省略した。

車で店に向かいながらもずっと不安だった。チョコレートを買いにきてくれる人はいるだろうか？　試食用のチョコレートぐらいは手にしてもらえる？　ホテルからまた注文をもらえるだろうか？　店がオープンするまえに心臓発作を起こすんじゃないかしら？

店の裏口のそばで、コナが自分の車に寄りかかってコーヒーをすすっていた。わたしは小さく洟をすすった。大好きよ、コナ。わたしが横に車を停めると、彼女は車のドアを開けて、大きな旅行用のマグをもうひとつつかみ、お尻で押してドアを閉めた。「大切な日をはじめる準備はいい？」

「あなたが超絶最高だってこと、もう言ったかしら？」彼女がドアをロックできるようにマグを受け取ると、カイエンペッパーがかすかに香るスペシャルモカのにおいが鼻腔をくすぐった。ひと口飲むとたちまち気分が落ち着いた。コーヒーのカフェインが神経と闘って、ネガティブなエネルギーがすべて使い果たされていくように。

「今日はまだ言われてないわ」コナは言った。

「こんなに早く来ることなかったのに」わたしは言った。「でも、あなたがいてくれてすごくうれしい」砂利を踏む音が朝の静けさのなかにやけに響いた。

ココが角を曲がってぶらりとやってきた。「あら、見て」コナが言った。「ミノタウロスが戻ってきた」

「ミノタウロス?」わたしはきいた。「あれはココよ」猫はわたしたちの足首にじゃれついた。

コナはわたしをにらむふりをした。「ミノタウロスはときどき図書館にたむろしてるの。大学生たちがえさをやってる」

この猫はあちこち歩き回っているようだ。

開店準備をひとつひとつこなしていくことで得られる安心感が心強かった。貯蔵庫にしている奥のワインクーラーからチョコレート各種をディスプレーケースに移し、イチゴやパイナップルを浸すためのチョコレートウォーマーのスイッチを入れ、コーヒーを淹れ、クリーム入れをいっぱいにする。

少ししてエリカが現れた。「ひと暴れする準備はできたか?」彼女はプロレスの実況アナウンサーのように叫んだ。両手を上げてクロスした指を見せたあと、自分の開店準備の工程にはいった。疲労困憊した様子のコリーンがそれに加わった。

追加のチョコレートを作るのは、売上状況を見てからにするつもりだったので、それ以外のことに注意を向けた――レジの電源を入れ、日曜日の夜にそこに残しておいた金額を記録し、チョコレートを並べ直し、お客さまがひとりも来なかったらどうしようと思い悩むことに。

早めに準備が終わったので、気をまぎらわせるためにソーラー会社の社長のことをエリカに話した。「あなたならあの会社のこと、調べられるでしょ」わたしは言った。「なんかあやしい気がするのよね」

「わたしの知るかぎりでは」エリカは言った。「ほとんどのソーラー会社は何も違法なことをやっていないわ。でも、いつもすべてをお客に説明するわけじゃない。会社にとっていちばん得なのは、先にソーラーシステムの諸経費を払って、それを上回る節約ぶんを回収することだとは」

「それって違法じゃないの？」わたしはきいた。「あなたみたいに複雑なことを全部理解してるわけじゃない人はどうするの？」

「全部合法よ」彼女は肩をすくめた。「でも、いちおう調べてみるわ」

開店までの最後の三十分はあっという間にすぎ、わたしはパニックになりはじめた。どうしてこんなにたくさんチョコレートを作ってしまったのだろう？

宙ぶらりんの状態には耐えられなかった。「コナ」開店時間の数分まえ、正面のドアのほうに手を振って、わたしは言った。「お願いしてもいい？」

彼女は微笑んでドアに向かい、途中何か聞こえたのか立ち止まった。ロックを解除し、恐る恐るノブを回す。ドアが開くと、コナを立ち止まらせた音が聞こえた。ドアのまえに人だかりができていたのだ。わたしのチョコレートを買おうと並んでいる、ご近所さんや友人たちだった。

わたしはカウンターのそばに立ってそれを目にすると、近くのテーブルに試食用のトレーを置いてドアに走り寄り、はいってくるお客さまをひとりずつハグした。そのあいだじゅうずっと涙をこらえていた。わたしはひどい泣き虫なのだ。

ありがたいことに、パラダイン校長がハンカチをわたしてくれた。チョコレートを売ろうとしている人間が袖で洟を拭っていたら、お客さまは「おかまいなく」と言って背を向けてしまうだろう。

がまんできずに外に顔を出して、何人並んでいるのかたしかめた。レオとビーンが列の最後尾にいて、そのまえにはざっと三十人が並んでいた。「やあ、ベリー」レオが言った。「調子はどうだい？」

「兄さんがこれを？」並んでいるひとりひとりにお礼を言いながら列の最後尾に向かうと、わたしはきいた。

「いいや」彼は言った。「エリカが何人かに電話して、その人たちがおまえの力になってくれとみんなに広めてくれたんだ」

ビーンがわたしにゆがんだ笑顔を向け、わたしはちょっとうっとりとなった。いったい何が起こっているのかといぶかるように、レオが目を細めてわたしを見た。

コナを手伝うために急いで店に戻った。コナはうれしそうにベアトリスが注文したトリュフの小皿とコーヒーの会計をしていた。わたしは板チョコが三枚はいったギフトボックスをベアトリスにあげた。「いちばんに並んでくれたお礼よ」

「まあ、ありがとう、スイートハート」彼女は言った。「あなたに負けないくらいここに来たくてたまらなかったの。あなたのおいしいラズベリー・サプライズなしにどうして今週を乗り切れたのかわからないわ」

「十パーセントオフにする？」コナが小声できいた。

「五十にして」わたしは言った。うれしすぎてちょっと浮かれていたのだろう。

コナは微笑んで首を振った。「十で充分よ」

わたしたちはどんどんお客をさばいていった。買ったものを持ち帰る人たちもいたが、半数ほどはダイニングルームに座るか、最新ベストセラーを見に書店のほうに向かった。

ようやくレオとビーンの番になった。ふたりのあいだで何かあったらしく、ややぎこちなく立っている。

「ふたりとも、大丈夫？」わたしはきいた。

ビーンはポーカーフェイスだが、レオは目を細めている。「今は大丈夫じゃない」

「そうなの？」

レオは首を振り、短く「ああ」と答えた。

それ以上きくのはやめた。せっかくすべて世はこともなしの幸せな場所にいるのだ。〝あれ〟の現場はどこだろうと思いながら店内を見わたしているらしいお客さまを目にしても、わたしのよろこびが色あせることはなかった。

六十何年かの人生でここ十五年は副町長を務めているアビー・ブレントンが、最初のラッシュのあとでやってきた。目がチカチカするようなバラ色のギンガムチェックのシャツに、デニムスカートを合わせ、〝実用的〟としか表現しようのない白のフラットシューズを履いている。

「アビー！」わたしは言った。「会えてうれしいわ。チョコレートは嫌いなんだと思ってたけど」わたしは半分残っている試食用チョコのトレーを差し出した。

「アレルギーがあるのよ」彼女は言った。

わたしはトレーを引っ込めた。「ほんと？　食べるとどうなるの？」

「落ち着いて」彼女は言った。「どうなるかというとね」くすくす笑う。「太るのよ」

わたしは大げさに「ほっ」と言って、額を拭うまねをした。彼女はコナに詰め合わせを大箱で注文すると、カウンター席にいた老婦人たちに声をかけてから帰っていった。

いつも大きなバッグのなかに小型犬を隠しているお客さまも来店した。保健条例違反ですと告げるのはあきらめた。彼女はいつも犬を抱き上げて言うのだ。「だれがこのちびちゃんを追い出せるっていうの？」

ワークアウトを終えて輝いている、ヨガウエア姿のご婦人たちの一団の接客を終えたとき、グウェン・フィックス町長が到着した。レポーター風の人たちが何人か、写真を撮りながらあとにつづいた。「チョコレートの大箱を買って、町じゅうで食べる気まんまんよ」彼女は言った。「どうやらその必要はないようだけど」

感謝の念がわき起こった。「町じゅうの人たちがここに来るわけじゃないですから、それもいいかもしれません」微笑まずにはいられなかった。「ブラック・フォレスト・ミルクですね？」

「そのとおりよ」グウェンは言った。「アビーのためにキャラメルも少し入れておいて。最近町を離れていることが多くて、彼女をいつも以上に忙しくさせてるから。いつもはそうじゃないというわけじゃないけど」

町長がこれ見よがしにトリュフをかじりながら、外に出ていくのを見守った。きっと「おいしいわ」とさえ言いながら、町役場の町長室まで行くのだろう。町長として力になってくれる彼女にはいくら感謝してもしきれなかった。

そのとき、リースが写真を撮っているのに気づいた。今度は何をたくらんでいるの？

午前の残りは、まるでわたしたちが大災害の最後の生き残りであるかのように、支援しようと来店するご近所さんたちのおかげで、めまぐるしくすぎていった。休業していたあいだのわたしのチョコレートとエリカとコリーンの本の繰り延べ需要のせいもあった。会えない時間が愛を育てるというのはほんとうらしい。あるいは、いつも手に入っていたものが手に入らないのが気に入らなかったのかもしれない。このあとのプリークネスのパーティに向けて、プリークネスのコインチョコは正午に売り切れた。店を閉めて〝葬儀のため閉店〟の看板を掲げた。

コリーンは黒のワンピースに着替えて葬儀場に向かった。エリカとコナとわたしは帰宅して手持ちの地味な服に着替え、現地集合することになっていた。朝の至福は薄れていき、葬儀場に着くころには完全に消えていた。

通り側から見ると、ウェストリバーデイル葬儀場は歴史的文献にあるとおりの威厳ある赤レンガの建造物だった。だが、数十年のあいだに所有者が、てんでな方向にさまざまな翼を付け足したので、横とうしろから見ると今にも崩れ落ちそうに見えた。

駐車場は半分以上埋まっていた。別の葬儀もおこなわれているらしい。

「殺人ミステリを何百と読んできたけど」エリカが言った。「お葬式は手がかりを得るのにもってこいの場所なのよ」

わたしは微笑んだ。「しっかり目を開けておく」

過去の弔問客たちが残していった感情が四隅に集まり、趣味がいいけれど落ち着いた壁紙にしみついているかのように、葬儀場の雰囲気そのものから悲しみがにじみ出ていた。まさにこの建物でおこなわれた両親の葬儀を思い出さずにはいられなかった。

わたしはデニースの死の大きさをあらためて感じた。デニースは逝ってしまった。永遠に。涙がこみあげてきたので、化粧室に避難した。幸いにも無人だった。わたしは落ち着くためにいちばん奥の個室にはいった。

若い女性がふたり、ヒールの音を響かせながらはいってきて、まっすぐ鏡のまえに向かった。ひとりがうめいた。「いつ帰れるの?」もうひとつの葬儀に出席している人たちだろう。

「ママの話だと、最初に帰るのはまずいみたい」もうひとりが言った。「彼はあたしたちのボスよ。それに悲しんでる。ほかにもいろいろ」

「じゃあ、あとどれくらいいればいいの?」こんどのうめき声は半泣きに近かった。

「できるだけ長く」

「ラスティのパーティの話、聞いた?」

何かを探る音が聞こえた。もうひとりがバッグのなかの携帯電話を探しているのだろう。今出ていくべきだろうか? 聞き覚えのない声だから、顔に水をかけてメイクを直しているところを見られたって、別に問題はないんじゃない?

「彼によると、今流行ってるチョコレートがあるんですって」彼女は言った。「そこのチョコレートを持っていくべきだって言うの」

「どんなチョコレート?」

「リースとかいう女の人がブログにあげてる動画に出てくるんだけど」彼女は笑いながら言った。「ほら、わたしの携帯で見てみて」

テレビのレポーター風にしゃべる、リースの甲高い声が聞こえた。「今日はウェストリバーデイルの住民と名のるのが恥ずかしいです。わが町の町長は、どうして自分に投票した人たちを危険にさらすようなまねができるのでしょうか？　どうしてある一つの店を守るために、社会の安全を犠牲にしているのでしょうか？　チョコレートを食べるだけのために命をかけるなんて、想像できません。しかも、こんなものまで作られているのです」

　そのとき、わたしが「ノーーー！」と叫ぶ、間違えようのない声がした。どうやらリースはまたあの最低な動画を貼りつけたらしい。

　女性たちは笑った。

　もうどうでもいい、と思った。まともじゃないリースのせいで、愚かな女の子たちから隠れているなんてごめんだ。わざとトイレの水を流し、個室から出た。「どうも」流しに歩いていくあいだ、彼女たちは口を開けてじっとわたしを見ていた。わたしがだれだか気づいたらしく、携帯電話をまた見た。

「あっ」ひとりが言った。「どうも」ふたりは足をもつれさせながら急いで出ていった。

　わたしはバッグのなかから携帯電話を掘り出して、リースのブログを開いた。あった。タイトルは「再オープン：懲《こ》りない面々」で、わたしがグウェン町長の接客をしている写真が載り、X指定のチョコレートが宙を舞う動画のリンクが貼ってあった。

　動画は気にせずに、記事を読むだけにした。リースは町長、警察、そしてもちろんわたしを攻撃していた。わたしは毒入りチョコレートを提供したことで、町長はわたしの店を支援したことや期間限定の売上税をごり押ししたこと、今も空家ばかりの開発地区の住宅をしつこく売ろうとしたことのほか、いろいろなことで。そして、警察はわたしを逮捕しないことで。

リースへの憤りのおかげですっかり自己憐憫《れんびん》から抜け出すことができた。化粧室から戻る途中でエリカに会った。

「大丈夫?」彼女はきいた。

「ここには出入り禁止のゲストリストってある?」わたしは携帯電話を彼女のほうに向けた。

「きっとあるわよ」リースのブログを読むと、エリカの顔が怒りにゆがんでいった。「わたしにまかせて」


葬儀での唯一の発見は、ジェイク・ヘイルがおしゃべりだったということだ。葬儀がはじまりもしないうちに、実際にそれを目にすることになった。

最初に問題に気づいたのは、葬儀のまえに参列者が控え室に集まっているときだった。ジェイクとヘンナが話をしながら、わたしのほうを見たのだ。彼がバーでのわたしたちのグループに話をしについて話したにちがいなかった。そのあとヘンナは急いで老婦人たちのわたしたちの会話にいった。彼女たちが同じ驚きの表情を浮かべていっせいにわたしたちの方を見たので、運は尽きたと思った。「今の見た?」わたしはエリカにきいた。

「ええ」彼女は眉をひそめた。「小さな町の動力学についての興味深い研究事例だわ」

「つまり、デニース殺害事件について調べてることを町じゅうの人たちに知られてるっていうのに、わたしほどびくついてないってこと?」わたしはなるべく口を動かさずに言った。

グループは散り散りになり、やがて部屋じゅうのあちこちから視線を感じるようになった。

「とんだ口軽男だわ」いったいどんな面倒をかけられることやら。

エリカは肩をすくめた。「少しは役に立つかもよ」

こちらに向けられる詮索するような視線を避けながら部屋にはいり、葬儀がはじまった。牧師は心のこもった説教をし、デニースが天国の母親のところに行ったというくだりでは、だれもが目をうるませた。コリーンはほかの問題を脇に置いて、すばらしい親友として、病気の母親をやさしく看病した親孝行な娘として、そしてウェストリバーデイルに大いに貢献した立派なビジネスパーソンとしてのデニースについて、感動的な追悼のことばを述べることができた。

特別な感情を抱いていなくても、人前でしゃべるのは大の苦手なので、エリカにはわたしのぶんまで話してほしいとたのんでいた。彼女はすばらしいスピーチをした。デニースのやっかいなお客たちの話をしたのだ。フォトショップを使って犬の歯をまっすぐにしてほしがった女性客の話から、オンラインのデートサービスのアカウントに投稿するためのヌード写真を撮ると言い張った男性客の話まで。そしてもちろん、デニースのそばで仕事ができてどんなに楽しかったかについては力説した。

つぎはパラダイン校長が、学校をサボろうとしたところ車が故障し、メインストリートで交通渋滞を引き起こしたという、デニースにまつわる笑い話を披露した。多くの人たちが電話で母親にそのことを知らせたため、デニースは二度と学校をサボらなくなった。

最後に、グウェンが町のメモリアルデーの週末イベントへのデニースの貢献について話した。「ですからみなさま、デニースの希望をかなえるために、つぎの週末をだれにとっても特別なものにしましょう」

何人かがぼそぼそと同意のことばをつぶやいたとき、わたしはエリカと目を合わせ、町長が自分の目的のためにデニースの葬儀を乗っ取ったのは、想像ではないことをたしかめた。エリカはわたしと同じ〝何よこれ？〟という顔をしていた。

グウェンには、国政に出ても小さな町の町長らしさを失わずにいてほしいのに。パラダイン校長も同じことを考えていたようだ。彼は正しいことをするようにと進んでみんなに説く人だった。ロビーから外に出ながら、グウェンをみんなから引き離して個人的に話をしていた。お説教のようなことをされて、彼女はあまりうれしそうではなかったが、それでも聞いているようだった。

葬儀とそれにつづくささやかなレセプションのあとでは、応援している馬に向かって叫ぶ人びとでいっぱいのレストランでおこなわれる、プリークネスのパーティはもう勘弁という感じだった。わたしは自宅に逃れ、エリカもお祭り騒ぎをパスするかもしれないので、ひとりでいたいと知らせるためにドアを閉めた。デニースを個人的に知らなくても、パーティのいくつかはいつもよりずっと控えめなものになるだろう。

どのお気に入りの場所にも数分とじっとしていられず、朝やりそびれたランニングをしにいくことにした。ずっと消えずにいる落ち着かない気分が解消されることを期待して。

午後の太陽の熱はまだ残っていたが、そよ風が涼しい夕方の訪れを感じさせ、最初の一マイルはなんとかがんばれた。セミが鳴き、鳥たちが急降下して虫を捕獲し、遠くで犬が吠えた。

わたしたちの家の近所はふだんでも静かだが、みんなプリークネスのパーティ中らしく、いつもなら家の外で遊んでいる子供たちの声も聞こえなかった。

両親はいつもプリークネス・ステークスのときに大きなパーティを開き、友人たちを大勢招いた。わたしは十三歳のとき、着順を当てたことがある。それも、三連勝単式で、一着、二着、三着をすべて当てたのだ。これで自分は超能力者にちがいないと思い込んだ。レオは調子を合わせて、いつもわたしに考えを読まれていたと言って、妹の新たなる才能を裏づけたが、それも実はからかっていたのだと母に白状させられるまでのことだった。もちろん、ほかのだれかがそうやってわたしをからかうと、彼がやっつけてくれたが。

肺いっぱいに息を吸い込んだ。デニースの死体を発見して以来、深く呼吸するのは初めてのような気がした。町の人びとの支援があれば、きっと店は大丈夫だと信じられるようになるだろう。ファッジ・コンテストに向けてやることはたくさんあるし、メモリアルデーの週末に期待している町の人たちはあまりにも多いが、エリカがいればすべてうまくいくだろう。

二マイルの里程標をすぎたところで何台かの車がわたしを追い越していき、ペースを維持することに集中した。夏のソフトボールのリーグがもうすぐはじまる。勝つことより友だちといっしょにすごすのが目的とはいえ、チームが負けるのはいやだった。チームは奇妙な家族のようなもので、笑ってふざけてけんかして仲直りして、試合のあとはみんなでパーティを愉しんだ。

背後から来る車はあやしいと、何がわたしに教えたのかわからない。その車は角を曲がるときスピードを落とした。道路を走るランナーに驚いたドライバーがいつもするように。

だが、そのあとドライバーがエンジンをふかす音がした。あえての加速に思わず振り向いた。黒いピックアップトラックがまっすぐわたしに向かってきた。

19

ぎりぎりのところで、路肩に向かって低く、本塁にヘッドスライディングするように飛んだ。

時間の流れがゆっくりになり、あらゆる感覚が増幅された。髪をぱっとひるがえして、飛び込む場所を見た。靴のゴム底をきしらせて、温かいアスファルトを踏み込んだ。空気がヒューッと音を立てて耳元を通りすぎていった。飛びながら急襲を止めようとするように反射的に突き出した左腕が、走ってきた車にぶつかって跳ね飛ばされ、肩に痛みが突き上げた。路肩の溝にドシンと落ちると、腿の高さまである雑草が、顔と腕と脚のむき出しの肌を引っかき、植物の硬い実が刺さった。

着地の痛みで一瞬ぎょっとしたが、すぐにドライバーが、自分の仕事を確認するかのように、スピードを落としていることに気づいた。すすり泣きがのどの奥につかえた。戻ってきて仕上げをするつもりだろうか？

雑草を揺らすまいとしながら、トラックが角を曲がるのを確認すると、わずかな傾斜を必死に這いのぼり、まばらすぎて隠れることはできそうにない木立にはいった。

荒い息をしながら、ひどく痛むので折れていると思われる腕をつかみ、脇に押しつけた。一番近い家は道路の向こうにあった。道路は何が起こるかわからない危険な場所なので、わたるわけにはいかない。代わりに、木々のあいだを縫って農地に出ると、よろめきながらわが家に向かいはじめた。用心を重ね、家が見えるまでは木立の陰から出ないようにした。

エリカの車が家のまえで停まったとき、わたしのなかを安堵が駆けめぐった。そして、よろよろと木立から出た。


エリカはまっすぐわたしを急病診療所に連れていった。待合室にはわたしたち以外だれもいなくて、隅の壁に設置されたテレビからプリークネス・ステークスの再放送が流れていた。トーニャ看護師はすぐに医師の診察を受けさせてくれた。医師は十二歳ぐらいに見えた。診察とレントゲン検査のあと、腕のけがは骨折ではなく、ひどい捻挫《ねんざ》だと診断された。痛みが治まるまで腕を吊《つ》っておく必要があるという。

トーニャがレオを診察室に連れてきた。レオはひどく心配そうに脚を引きずってはいってくると、診察台に座っているわたしを見た。わたしはけがをしながらも、なんとか笑顔を見せた。

レオは咳払いをした。「最悪の日?」

涙がこみあげたが首を振った。「そこまでじゃない」

彼は隣に座ってやさしくわたしを抱いた。「もっと早く来たかったけど、釣りに出かけてたんだ」わたしは兄の肩に頭をもたせかけ、何もきかないでいてくれることに感謝した。

エリカが左腕を吊ったわたしを車に乗せて家に向かい、レオがバイクであとにつづいた。

「ビーンはどこ？」今初めて気づいたかのように、わたしはきいた。

「DCで出版社の人と夕食ですって」エリカは道路から目を離さずに言った。「メールしたら、あなたのギプスに卑猥《ひわい》なことを書くのを楽しみにしてると伝えてくれって」

わたしはひそかに微笑んだ。

「ギプスはないから残念でしたと伝えたわ」彼女はそれまでわたしの気分について以外の質問を避けていたが、ようやくきいた。「それで、だれかがあなたをはねようとしたんだと思う？」

わたしはうなずいた。「スピードを落としてからわたしに向かってきたから」

エリカは唇を噛んだ。「みんなの言うとおり、今度のことが終わるまでひとりにならないようにするべきだと思う」

わたしはうなずき、そのあとは家に着くまでふたりとも無言だった。家のまえでは、ボビーとロケット刑事が、腕を組んで警察車両に寄りかかりながら待っていた。

わたしはうめき声をあげ、帰ってくれないかと思いながら、車から降りて少し大げさに足を引きずった。ボビーはわたしの様子を見て心配そうな顔をしたが、刑事は毅然とした表情を変えなかった。

リビングルームでいちばん心地いい椅子に座り、クッションの上に腕を置いた。レオがそばに椅子を持ってきて、わたしのもう片方の手を取った。

ロケットが口火を切った。「あなたをはねた車について何か話せることは？」

病院にいるあいだずっとあの恐ろしいトラックについて考えていたが、大きめのモデルで色は黒ということ以外、まだ何も思い出せずにいた。そんな車なら町に五十台はある。近隣の町を含めれば、天文学的な数になるだろう。

「後部に文字はあった？」ボビーがきいた。「うしろのタイヤは二本だった、それとも四本？」

わからない、とわたしが首を振ると、彼は提案した。「目を閉じて、思い出してごらん」

言われたとおりにしたわたしは、小さくあっと声をあげた。「リアゲートがなくなってた」目を開けた。「あと、タイヤは四本」

「ナンバープレートは見えた？」ロケットがきいた。「数字でも文字でも」

わたしは首を振った。

疲労の波が押し寄せ、椅子に座っていても体がぐらぐらした。ロケットでさえそれを無視できず、エリカと警官たちは外に出て、短い会話を交わした。わたしの面倒はちゃんとみるからとエリカに言われて、ようやくレオは帰っていった。

エリカに手伝ってもらって、お気に入りの破れたオリオールズのシャツと短パンに着替えた。眠り込むまえにわたしはきいた。「外でなんの話をしてたの？」

エリカは顔をしかめた。「デニースの死について調べるのをやめてほしいって言われた」

このときばかりは反論できなかった。わたしはたちまち眠り込んだが、肩がずきずきして夜中の一時に目が覚めた。ベッドから出ると、肩だけでなく、溝に落ちたことで傷めた身体じゅうが文句を言った。

キッチンに行って牛柄のやかんを火にかけ、バッグから鎮痛剤を出した。すべて片手でおこなった。ドアをそっとノックする音がして、ビーンが顔をのぞかせた。「大丈夫かい？」

最高。こんなひどい姿のときに。わたしはうなずき、普通に見せるのはもちろん、わずかなりとも人間らしく見せようとするのもあきらめた。「紅茶飲む？」

「座って」彼は言った。「ぼくがやるよ」彼は冷蔵庫のなかのプラスティックの容器からマフィンを二個出して、オーブントースターに入れた。「薬を飲むときは何か食べないと」

まだ頭がぼんやりしていたので、彼が紅茶とマフィンを出してくれて、自分のぶんといっしょに向かいの席に座るあいだ、わたしはおとなしくしていた。「ありがとう」

「不安になったときや、何か必要になったときのために、しばらくぼくがリビングルームのソファで寝るよ」

わたしはびっくりした顔で彼を見た。「当て逃げ犯がここに来ると思うの？」

「それはないと思うけど、だれのしわざかはっきりするまで、ひとりでいないほうがいい」

自分がどんな気分なのかもよくわからなかった。強い感情が抑えつけられて、けばだった大きな毛布にくるまれているようなのだ。

「はい、どうぞ」ビーンは処方薬のボトルを逆さにして、一錠わたしてくれた。

「あなたも警察と同じように、調査をやめるべきだと思う？」

彼は微笑んだ。「彼らはきみをよく知らないようだね？」

わたしは困惑顔をしていたらしく、彼が説明してくれた。「きみは冒険家だってこと」

彼のことばはわたしの心の奥底にある芯の部分に響いた。そんなふうに思ってくれる人はだれもいなかった。わたし自身でさえ思ったことはない。

「そう？」わたしは咳払いをした。「どうしてそんなことを言うの？」

「この調査をはじめたのはきみだからさ。怖いと思っていたくせにぼくといっしょにラリーを探しにいったし。でも、それだけじゃない。きみは一から自分の店をはじめた。レオのために安定を求めていたにしても、それだけならどんな仕事でもよかったはずだ。だがきみは思い切って自分の店をオープンさせた。とても勇気が必要だったはずだ」

わたしは唇を噛んで首を振った。ビーンはわたしの手をにぎった。その顔は思いやりに満ちていた。「戦士のような勇気ではないけど、価値がある。そう、勇敢だ。きみは勇敢だよ」

わたしは彼の目を見つめた。すると彼はもう一方の手で、頬の引っかき傷の上にやさしく円を描いた。「明日には鮮やかな色になるだろうな。勇気のしるしだ」彼は手を離して立ち上がった。「もうベッドに戻ったほうがいい、薬で気を失うまえに」

「レオはまだあなたに怒ってるの？」彼に腕を取られ、腰を抱かれてベッドに導かれながら、わたしはきいた。

「いいや。ただの誤解だった」

「やめるつもりはないわ」心とは裏腹にわたしの口はそう言っていた。

調査のことを言っているのだとわかって、ビーンはうなずいた。「そうだと思ったよ」わたしは子供のように四つん這いになってベッドにもぐりこみ、彼の手を借りてよじれていた上掛けをきちんとかけた。ふわふわのコットンに包まれて目を閉じた。一瞬目を開けると、彼はやさしい表情を浮かべてまだそこに立っていたので、わたしは微笑んだ。

わたしがぐっすり眠り込んでいるあいだに、ビーンが携帯をサイレントモードにしたのだろう。翌朝目覚めると十時になっていた。キッチンに行くと、エリカがわたしのために用意してくれたコーヒーとベーグルがあり、日曜日の開店時間はいつものように遅めの十一時で、コナとケイラが開店準備をするというメモが残されていた。

眠っているあいだにたくさんのメッセージが届いていた。ほとんどの人はわたしの容体を尋ねている。コナのメッセージもあった。「わざわざ言うまでもないことだけど、お店には来なくていいからね。今日を乗り切れるだけのチョコレートはあるから。ケイラとわたしで閉店後にキャラメルを作って、明日のために冷やしておくわ。うちでゆっくりしてね！」

当然、そういうわけにはいかなかった。

レオだけに折り返し電話した。元気なので仕事に行くと伝えて安心させるために。兄は何かあれば電話しろと言い、わたしはキャビンのレンタル代がもったいないから釣りに戻るようにと言った。彼は反論したが、わたしは意見を曲げなかった。レオはもう充分に損しているのだ。

処方された鎮痛剤にはたよらず、イブプロフェンを飲むことにした。通常の朝のルーティンは、片腕しか使えないし身体中がこわばって痛むせいで、いつもよりずっと時間がかかった。それでも、開店直後に店にたどり着いた。

ココが待っていてくれて、けがをしたのを知っていたかのように、わたしを見るとよりいっそう声を高くして鳴いた。わたしは裏のポーチで長いこと猫をなで、買っておいたグルメな猫缶をあげたあとも、戻ってきて食べていることを確認した。ココはありがとうと伝えるかのように足にじゃれついたあと、ポーチから飛びおりて気ままに歩き去った。

午後にはいるころには、みんなから、気分はどうか、だれがこんなことを、もっと気をつけないと、と言われることに、すでにうんざりしていた。まるでトラックがわたしをはねようとしたのはわたしのせいみたいではないか。

打ち身のせいで難儀しながら、〝特命ママ〟グループが帰ったあとのテーブルを拭いた。ハイチの孤児たちのために資金集めをしているママたちは、残念ながらよちよち歩きの子ども連れだった。そのため、彼女たちが帰ると、いつもテーブルと椅子のすべての面を拭かなければならなかった。一度など、ソファの背でスマイルマークの形につぶれたキャラメルを見つけたことがあった。どうしてママたちは、これほどたくさんのおいしいキャラメルがなくなっているのに気づかずにいられるのだろう？

痛みと、お客さまから横目で見られることを気にしなければ、店はほとんど通常に戻ったように見えた。だが、だれがわたしを殺そうとしたのだろうと考えずにはいられなかった。第一容疑者だったラリーは死んだ。第二容疑者のオパールにはアリバイがあるし、泥酔していたので人を殺せたはずがない。知らないうちに、だれかがリストのトップに繰り上がったのだろうか？　わたしたちが知りもしないだれかがあそこにいたのだろうか？

新聞を手にしてダイニングエリアのまえのラックに戻したとき、大きすぎるサングラスをかけた背の高いやせ型の男性が、両手を目のまわりに当ててデニースのスタジオをのぞいているのに気づいた。ジーンズにスポーツジャケット、黒のTシャツに青いスカーフをおしゃれに巻いている。

駆けつけていったい何をしているのか問いただそうとしたとき、男性はサングラスを頭の上に上げ、わたしたちの店にはいってきた。

「いらっしゃいませ」

男性はちょっと引いたようだった。わたしのよれよれの見た目のせいか、いつもなら感じのいいはずの口調に不信感が現れていたせいだろう。「ちょっとお聞きしたいのですが……お隣の所有物のことで」

「デニースのですか？」

「はい」男性は少し気まずそうだった。

「残念ですが」わたしは彼を信用することにして言った。「彼女は最近亡くなりました」

「ええ、知っています。わたしはエンバートン・ダンスビーと申します」彼は鼻にかかったいらっとする声で、ラストネームを引き伸ばすように発音しながら言った。そして、わたしが知っていて当然であるかのように、そこで間をおいた。

わたしは待った。

「デニースは亡くなった日、わたしと会う予定だったんです」彼は言った。

「ああ、ギャラリーの方ですね」わたしは手を差し出した。「ミシェルです」

「ええ」彼はわたしと握手しながら、眉根を寄せた。「彼女の遺産、とくにアート作品を扱っているのはどなたかご存じですか？」

「いいえ」わたしは言った。「どうしてですか？　彼女の作品に興味がないのかと思ってましたけど」

「それはちがいます」彼は言った。「わたしは彼女に会って、その芸術的才能を見せてもらおうと愉しみにしていたんですが、彼女のほうからキャンセルしてきたんです」

驚きが顔に出ていたにちがいない。「ほんとうですか？」

「そのときは信じました。デニースのアシスタントだという人物が電話してきて、予定を変更してほしいと言ってきたんです。プロらしくないと思いましたが、わたしに何ができたでしょう？　すると数日後、警察から彼女にアシスタントはいないと知らされました。なんとも不思議なことに」

「あの」不意にひとりでは手に負えない気がして、わたしは言った。「ちょっとお待ちください」

急いでエリカを探しにいきながら、顔をしかめてこれが何を意味するのか考えた。だれかがデニースに無断で彼女の約束をキャンセルしていた。その人物は彼女の写真を見られたくなかったということ？

エリカはコミック本チームのひとりと、ビデオゲームで〝課金武器〟と呼ばれるものを所持する利点について口論していたが、何の話をしているのかわたしにはさっぱりだった。

「いっしょに来て」わたしは切羽詰まった声で言った。

彼女が少年に断りを入れると、彼は一段抜かしで階段をのぼって、二階にいる仲間たちに合流した。「いったい何事？」

「デニースが言ってたギャラリーオーナーが来てるの。彼女の〝遺産〟を扱っている人と話したがってる」両手の指で引用符を作りたかったが、がまんした。そうするにはまちがいなく腕を上げなければならないからだ。「それと、電話でキャンセルしてきたのはデニースのアシスタントだそうよ」

エリカは驚いて目を丸くした。「きっと彼女の死に関係があるんだわ！」

「わかってるわよ！」わたしは言った。「利用価値がありそうでしょ」

エリカはミスター・ダンスビーに自己紹介した。

彼はいらいらした様子ですぐに話しはじめた。「ミズ・コバーンの写真の権利を買いたいんです。だれと話をすればいいでしょうか？」

「残念ですが」エリカは言った。「少し時間がかかると思います。だれも彼女の遺言書を見ていないので」

「恐ろしいことだ！」彼はとても信じられない様子だ。「わたしはすべてのアーティストに、自分の死後、作品をどう扱われたいか指示を残すよう助言していますよ」

「デニースがまだあなたと契約していなかったのが残念です」エリカは言った。「あなたのご希望についてお話をうかがいたいので、おかけになって、チョコレートでもいかがですか？」

彼は嫌悪と切望の混ざった目つきでわたしのディスプレーケースを見た。「精製糖は取らないようにしているので」

「そうですか。では、コーヒーだけでも？」

「エスプレッソですか？」彼はそれがあれば落ち着くかのように、期待をこめてきいた。

「ところで、どうしてデニースのことがわかったんですか？」わたしがエスプレッソを淹れにいくと、エリカが関心をにじませながらきいた。

「警察がわたしのところに来たんです」彼は言った。「知らせを聞いて驚きました」両手をにぎり合わせて、催眠術でもかけるような妙な動きで、親指同士を押しつけた。押す。親指が赤くなる。離す。白に戻る。「約束をキャンセルした理由について、警官にずいぶんいろいろきかれたので、おそらく疑わしい状況で亡くなったのでしょう。彼女のほうからキャンセルしてきたのだと話したあとでもきかれました」押す。赤。離す。白。

早く会話に加わりたくて、エスプレッソマシンに急げと念じた。

「それは控えめに言っても当惑しますよね」エリカはそう言って、彼に話をつづけさせた。

「まったくです」彼は侮辱されたことを思い出しているように言った。「少しのあいだでしたが、容疑をかけられているのかもしれないと思ったぐらいです」

「警察はあなたのアリバイに納得したんですね」エリカは言った。

やっと終わった！　エスプレッソの最後のひとしずくが落ちると、エッグヘッド、じゃなくてエンバートンのところに運んだ。

「当然です」彼は言った。「アシスタントといっしょにつぎの展覧会の準備をしていたんですから。ペーパー・タペストリーを扱うすばらしい新人アーティストのね。あの色！　彼女が生み出す風景は、信じられないほどすばらしいんです。まるで自然のエッセンスを凝縮して、それを織って見せてくれているようで」

彼とエリカは同じ気取った話し方クラスを取っていたにちがいない。

「それで、デニースは直接あなたに電話して、行けないと言ってきたんですか？」エリカが探りを入れた。「彼女はまさにそこに座って、あなたに作品を見せるのが待ちきれないと話していたので、すごく意外なんですが」

「さっきミシェルさんにも話しましたが、男が彼女のアシスタントのふりをして電話してきたんです」彼はエリカが示した場所を見た。押す。離す。「彼女にアシスタントはいなかったと警察から聞きました。でも、彼が電話してきたとき、どうしてわたしにそれがわかったでしょう？」

「警察はあなたの携帯電話を押収しましたか？」

「とんでもない」彼はむきになった。「要求されましたが、先に令状を持ってくるようにと伝えました。この携帯電話にはわたしの生活のすべてがはいっているんですから」

「アシスタントと名乗る男の番号は警察に教えました？」

「ええ、もちろん」彼は言った。

「ところで、デニースの写真をどうしたいんですか？」わたしはきいた。エリカがなんとしてでも彼の携帯電話を手に入れたいと思っているのがわかった。

彼は大げさにため息をついた。「わたしのギャラリー空間を、彼女の輝かしいアート作品の精神と、真のアーティストの魂で満たしながら、思いがけない死についてのニュース記事なども展示したいと考えています。人生を悲劇的に断ち切られた、未来ある若いアーティストの物語を」

思わずその光景を想像した。そしてこれこそ、犯人が避けようとしたことかもしれないと気づいた。「エリカ、ちょっと話せる？」わたしは彼女の腕をつかんで、芝居掛かった訪問者に話を聞かれないところまで引っ張っていった。「だれかさんはデニースの写真を彼に見せたくなかったみたいね。わたしたちがデニースの写真展を開くというのはどう？　彼女の写真を隠しておきたかった人物がわかるんじゃないかしら」正しい方向に進んでいるのかもしれないと思い、興奮が高まるのがわかった。

エリカは食いついてきた。「それ、いいかも。警察から写真を入手しなくちゃならないわね。でも、デニースがどの写真をエンバートンに見せようとしていたのか、どうすればわかる?」

「それは問題じゃないわ」わたしは言った。「これは彼女がギャラリーオーナーに見せようとしていた写真だと、みんなに言うだけでいいのよ」

「でも、写真展の手配はしなくちゃ」エリカは言った。「きっとエンバートンが手を貸してくれるわよ」

カウンターに戻ると、エンバートンはエスプレッソの最後のひと口を飲んでいた。

エリカは彼の向かいに腰を下ろした。「あなたはデニースの作品を扱うのにふさわしい人だと思います。それで、ひとつ提案があります。わたしの持つあらゆるコネを利用して、あなたが彼女の写真の権利を手にできるようにしましょう。ただし、ふたつのことと引き換えにです。あなたには、まずここウェストリバーデイルで追悼写真展を開いてもらいます。そして、あなたの携帯電話を貸してください。そうですね、うちの技術者が見せていただくあいだ、二十分間だけ」

「どうしてそんなことをしたいんですか?」彼はきいた。

エリカは微笑んだ。「警察の捜査を手伝うことに興味がある、とでも言いましょうか」

彼はわたしを見た。負傷していることにあらためて気づいたらしい。「ほう。これは驚いた」彼は言った。「アマチュア探偵の登場ですか」

20

　エンバートンは頭のなかでわたしたちを写真のフレームに収めているかのように首を傾けた。「あなたたちの計画に同意します。あなたたちふたりの写真と、写真展を開くに至ったいきさつを展示させてくださるのなら」

「だめです」エリカは言った。「それは……分別があるとは言えないわ」

「そうですか」彼は携帯電話を差し出したあと、また引っ込めた。「電話を二十分お貸しします。ただし、例の通話についての情報以外はいっさい見ないでくださいよ」

「もちろんです」エリカは言った。

「スケジュールを確認させてください」エンバートンは携帯電話でスケジュールを見直してから、エリカにわたした。「金曜日の夜にここで写真展ができるなら、それでけっこうです」

　書店の小さなアートセクションを見ながらチッチッと舌を鳴らすエッグヘッドを残し、わたしたちはゼインを探しにいった。

「電話番号からゼインに何ができると思ってるの？」わたしはきいた。

「わからない」エリカは言った。「でも、それを知りたいの」

ふたりでゼインのオフィスにのりこんだ。複数の壁に沿って床から天井までの金属の棚が並び、そのほとんどに本が収められていた。本の保存に最も適した環境を保つため、エリカはここに個人的に温度調整システムを設置していた。

ゼインは毛先を脱色した髪を目から払いのけ、けげんそうにわたしたちを見た。少しばかり息を切らして登場したからかもしれない。

「ねえ、ゼイン」エリカはエンバートンの携帯電話を差し出した。「この携帯に電話してきた人物のことをなんでもいいから知りたいんだけど」

「オーケイ。たとえばどんなこと？」

「電話番号以上のこと。だれの番号なのか？　どこからかけたのか、とか？」

「電話のことはあんまりよく知らないんだ」彼は言った。

「ハッカー仲間のひとりなら見つけられる？」わたしはきいた。

彼はむっとして顔をしかめた。「ぼくはハッカーじゃないし、〝ハッカー仲間〟なんていない」

エリカが〝いいから黙ってて〟という顔でわたしを見た。わたしはいらいらと目をそらし、大昔の本の棚を調べるふりをした。

「それに触らないでよ」ゼインが言った。彼はわたしをそこに近づけまいと立ち上がりかけた。

彼が銃を持っているかのように、わたしはいい方の手を上げてあとずさった。「わかったから、落ち着いて」

彼は緊張を解いてまた座ったが、用心深くわたしから目を離さなかった。

エリカが彼の意識を電話に引き戻した。「携帯電話から情報を引き出せる人をだれか知ってる？」

「ぼくの教授にきいてみることはできるけど」彼はわたしに目を向けたまま言った。

わたしは手を伸ばしてでたらめに本をつつきたいのをこらえた。

ゼインはつづけた。「彼女はいつも警告してるんだ、携帯やコンピューターのなかにはいりこむのがいかに簡単かについて」

「十分でできる？」わたしはきいた。「それの持ち主が店にいて、返してもらいたがってるのよ」

彼は電話に手を伸ばした。「やってみるよ」

わたしたちはゼインをひとりにして廊下に出た。わたしたちがうろついていても役には立たないだろう。

「だれかさんはなんとしてでもデニースの写真をエンバートンに見せたくなかったのね」わたしは言った。調査に新しい道が開けた興奮が不意に消え、気づけば不安と悲しみのなかにいた。その写真に写っていた何かがデニースを死に導いたなんてことがほんとうにあるだろうか？　そして、その写真を見られたくなかった人物が、わたしをはねようとしたのだろうか？

ゼインが廊下に出てきた。「教授はかかってきた番号の電話が今どこにあるかなら特定できるらしい。やってもらう？」

「お願い！」わたしたちは同時に言った。

「オーケイ」エリカは言った。「ミシェル、われらが友の様子を見て、あと数分だけ待ってほしいと伝えてくれる？」

「わかった」わたしは言った。「ゼイン、もうひとつだけ。デニースが写真をどこに保存していたか知ってる？」

「うん」彼は言った。「二台のコンピューターと、外付けのハードディスク、クラウドサービスも利用してた」

エリカが興奮気味の声できいた。「彼女のクラウドサービスにはいる方法はわかる？」

「たぶん」彼は言った。「パスワードがあれば」

「待って」エリカが言った。「だれかに——クラウドサービスか警察に——あなただとたどられることは？」

ゼインは眉をひそめた。「教授にきいてみるよ。彼女ならばれずに出入りできると思う」

「オーケイ、やってみて」エリカは言った。「でも、あなたをトラブルには巻き込みたくないの。わかるわね？」

「一度のぞいたぐらいでトラブルに巻き込まれることはないわよ」わたしは言った。

エリカはわたしをにらんだ。「わたしたちの調査《フィッシング》のために、ゼインの未来を危険にさらすわけにはいかないのよ」

でも、大きな太った殺人者が針にかかったら？　と思ったが、言わずにおいた。

エンバートンは、彼いわく〝趣《おもむき》のある小さな町〟でデニースの追悼写真展ができるかもしれないことに大よろこびで、そのあと自分のギャラリーでも開催できるのでさらに舞い上がっていた。だが、まずは警察に許可をもらわなければならない。

ボビーに電話すると、そっけなく「休暇中なんだ」と言われた。

「はあ？」電話を通してでさえわたしのショックははっきり伝わっただろう。わたしはトラックにはねられたっていうのに、休暇中ですって？

「一日休みをとれとロケットに命じられたんだ。何か用があるなら彼に連絡してくれ」彼は電話を切った。

もう一度電話すると、直接留守電につながった。わたしは呆然として、しばらくエリカを見ていたが、レオに釣りに戻れと言ったことを思い出した。

「ボビーの居所がわかった」わたしは言った。「レオはいつもカニンガム・フォールズ州立公園の近くの同じキャビンを借りるの」家族全員でそこで一週間すごしたときのことが一瞬よみがえった。母はちゃんとしたキッチンがないといつも文句を言ったものだが、焚き火台のそばでうろうろするのが大好きなのをみんな知っていた。わたしはレオに、カニンガム・フォールズは楽しいかと尋ねるメールを送った。

今釣りから戻ったところ、と返事が来た。〝パンフィッシュ（丸ごと焼いたり揚げたりして食べる小ぶりな魚）がけっこう釣れたよ〟

「行こう」わたしはメールをエリカに見せた。「たぶん今ごろふたりで魚を料理してるはず」

わたしたちはエンバートンに電話を返してさよならを告げ、コナとコリーンに店をまかせて出発した。車で三十分——わたしが運転していたら二十分だったろうが——かけて山に行き、すぐにボビーの車を見つけた。ゼインがメールで、携帯は電源が切られていて、電源がはいるまで場所を特定することはできない、と知らせてきた。

幸運なことに、駐車場からキャビンまではそれほど歩かずにすんだ。車にはねられたせいで疲労困憊していたわたしは、最後の数歩ですっかり息があがっていた。

レオとボビーは日光と静けさを楽しみながら、すばらしく快適そうなキャンプ用椅子に寝そべっていた。フットレストまで引き出している。ふたりのまわりにはランチの残りが散らばっていた。ボビーは野球帽で顔の上半分を覆い、レオは義足をはずして腿をマッサージしていた。彼はわたしたちを見ると微笑んで手を振った。

わたしたちが近づく音が聞こえたらしく、ボビーは立ち上がって悪態をついた。「何も教えるつもりはないぞ」彼は言った。

サングラスの奥の目は見えなかった。エリカは絶対に開いたシャツから露出している彼の胸を見ているはずだ。

「いったいなんの話？」わたしは言った。「ここにはレオに会いにきたのよ」

ボビーはレオをにらんだ。「どうしておれたちがここにいるって話したんだよ？　仕事は持ち込み禁止だぞ」

「ごめん」レオは不愉快そうなボビーをおもしろがって言った。

「わたしたちに隠し事をしてるでしょ」わたしはボビーを責めた。

「いろいろとね」彼は椅子に座り、わざと帽子を下げて顔を隠した。「エンバートン・ダーンスビー
「今日だれが来たと思う？」わたしは返事を待たなかった。「エンバートン・ダーンスビー、よ」わざとらしく母音を引き伸ばして発音する。

ボビーは顔をしかめて帽子を上げた。「ハゲタカが屍肉を食いに？」

「そういうこと」わたしは言った。「デニースの作品を展示したがってる。悲劇をネタにお金をかせげるとふんで」

ボビーは首を振った。

「大事なのは」わたしは言った。「本物のギャラリーで作品を展示されるのが、デニースの願いだったってこと」

ボビーは鼻を鳴らした。「生きているあいだにそうしたかったたってことだろ。自分が金を手にするために。今やってもエッグヘッド以外だれも得しない」

わたしは微笑んだ。「わたしもそう呼んでる！　それでね、わたしたち、写真展のようなものを開くべきじゃないかと考えてるの。写真を売った収益はチャリティか何かに寄付することにして。彼女のお母さんに敬意を表して、癌の治療のために使ってもらうとか」

彼はだまされなかった。「何をたくらんでいるんだ？」

「どうして写真展を開いちゃいけないの？　デニースへのすばらしい追悼になるわ」声が高

くなる。

彼は〝おれにうそをつくな〟というように、首をかしげてわたしを見つめた。「どういうことなのか話してもらおうか」

エリカがわたしの横に進み出て、サングラスを頭の上に上げた。「ミスター・ダンスビーとの約束をキャンセルした人物が、デニースの写真を公にされたくなかったのは明らかよ。写真展はその人物をおびき寄せるいちばんいい方法かもしれないの」

ボビーのあごがこわばった。「いったいなんの話をしているんだ？　いいか、きみたちがなんとかしたいと思うのはわかるが、これをやったのは危険な人物だ。関わらないほうがいい」

わたしがあきれてぐるりと目をまわしたので、ボビーはレオに訴えた。「きみの妹なんだぞ、レオ。昨夜もう少しで殺されるところだったのは。三件目の殺人事件にしたいのか？　犯人がシリアルキラーと認定されるように」

そのことばに内心震えたが、顔をしかめて動じていないふりをした。残念ながら、しかめ面をすると顔が痛かった。

レオは、十代のわたしに外出禁止などのばかげた措置をとるまえによくしていたように、おれが親代わりになるべきなんだろうなという顔で目を細めると、そのあと脱力した。

兄の心が読めたような気がした。「わたしに何かをさせるいちばんの早道は禁じることだと思ってない？」わたしは言った。

レオはボビーに言った。「これについてはおまえにまかせる。幸運を祈るよ」

ボビーはわかってくれたようだった。これでわたしたちは共通認識を持ったことになる。わたしたちはみんな、エンバートンに電話した人物を見つけることが、デニース殺しの犯人を暴く手がかりになると信じている。ボビーが認めたくなくても、わたしたちは全員調査に関わっているし、全員がターゲットになりうる。謎を解くのは早ければ早いほどいい。

「ロケットは絶対にうんと言わないぞ」ボビーが警告した。

わたしはそうは思わなかった。「あの人にとっては、わたしたちより事件を解決することのほうが大切よ」

ボビーはその点については反論しなかったので、レオは眉をひそめた。

わたしは話題を変えた。「ロケットは写真をどうしたの?」

ボビーはためらったが、すぐに折れた。「分析させて、写っている人物のなかに前科者がいないかどうか調べた」

「写真は何千枚もあるんでしょ?」エリカがきくと、彼はうなずいた。

わたしは緊張した。「わたしたちの作戦のほうがいいと思わない?」

彼はエリカをまともに見た。「言いたくはないが、そうだな」

ようやくボビーは警察が知りえたことをさらに話してくれた。デニースのコンピューターと外付けのハードドライブとレザーの大きな書類かばんは、スタジオにチョコレートが置かれたときに持ち去られていた。アパートに隠されていたもうひとつのコンピューターは、道路に落下したため損傷が激しかったが、デニースがクラウドサービスを利用していたことはわかった。令状があればアクセスすることはできるが、写真がどのように関わっていたのかも、そもそも関わりがあるのかどうかもわかっていないという。

ボビーは写真展のことをロケットに伝え、伝えしだいわたしたちに知らせることに同意した。

「あとひとつだけ質問に答えてくれる？」わたしはボビーにきいた。「答えてくれたら、ブロマンスなあなたたちをふたりきりにしてあげるから」

ボビーににらまれ、わたしは急いで前言を撤回した。「犯人が押し入った時間が知りたいんだけど」

「だめだ」彼は言った。

「時間だけでいいのよ、ボビー」エリカが言った。

ボビーは目を背けられるまで彼女を見つめた。何も教えてくれないだろう、と思った矢先、彼は言った。「あの夜、十一時に何者かがスタジオに侵入し、防犯アラームと防犯カメラをオフにした。十分後、カメラのスイッチがはいり、デニースのスタジオのカウンターにはチョコレートが置かれていた」

エリカはもう一度ボビーと目を合わせた。緊張感がさらに高まる。

レオが椅子の上で座り直し、椅子がきしむ音でムードが変わった。

今日はこのくらいにして、退散するべきだろう。「ありがとう。後悔はさせないわ」

ボビーはまた椅子に背中を預けた。「もうしてるよ」

21

裏口でゼインに迎えられた。「デニースのアカウントから写真を手に入れたよ」彼は得意げにフラッシュドライブを掲げた。

「全部？」エリカがきいた。

「とーぜん」自分でもうれしくてたまらないらしい。

「それって何枚？」わたしはきいた。

「ポートレートは別のドライブに入れたけど、それでもまだ何千枚とある」

「何千枚？」わたしはきいた。そんなにたくさん、どうやって調べればいいの？「ラベルか何かはついてるの？」

彼はうなずいた。「このまえと同じだよ。ジオタグとかいろいろ。デニースはタイトルもつけてた」

「〈ダンスビー・ギャラリー〉のラベルがついたファイルはあった？」わたしはきいた。

「見てみるよ」

彼のあとについて小さなオフィスに行き、コンピューターにフラッシュドライブを差し込んだ。いくつかのキーをたたくと、画面いっぱいに写真のサムネイルが現れた。何ページもある。フォルダーのひとつにダンスビーというのがあった。

「さすがね」エリカが言った。

ゼインが顔を輝かせた。

これで警察がなんと言おうと写真展を開ける。

「妙だな」いくつかの写真をクリックして、ゼインが言った。「このフォルダーの写真は全部ジオタグが消されてる」

閉店後の掃除をしていると、店の電話が鳴った。何かが出てはいけないと告げていたが、わたしは無視した。「やあ、消火栓ちゃん」バーテンダーのジェイクが言った。

すてき。わたしの髪とサイズをからかう新しいニックネームだ。「どうも」わたしは用心深く言った。

「きみがほしがってた宝石が現れたよ」だれかに聞かれないようにするためか、彼の声はこもっていた。

彼独自の行動規約がだれにもばれないとほんとうに思っているのだろうか？

わたしは大げさにため息をついた。「すぐに行くわ。ありがとう」

エリカのオフィスに戻ると、彼女は図書館司書風の眼鏡をかけて、ネブラスカ州サイズの本を読みふけっていた。

「何それ？」わたしはきいた。

「百五十年まえのミッチェル版『新世界大地図』にまちがいないわ」彼女は瞑想を終えたか、マッサージをしたか、子犬を抱いたばかりのようにため息をついた。

「〈イヤー〉のジェイクから電話があったわ」彼女が古い本についての蘊蓄《うんちく》を語りだすまえに、わたしはドアを示した。「オパールが来てるって。行くわよ」

「了解！」エリカは勇んで立ち上がった。

まだ腕が猛烈に痛かったので、運転はエリカにしてもらい、ヘンナがオパールにうそを吹き込んだ話をした。わたしたちはオパールが容疑者だと警察に話したことになっているのだ。

「というわけで、どういう作戦でいく？」

「ほんとうに警察に話したことにして、謝りましょう」エリカは言った。「それでひとまず収まるはず」彼女はわたしの腕を見た。「あなたが飲むのはソーダよ」

〈イヤー〉に着くと、駐車場は半分以上埋まっていた。「準備はいい？」わたしがきき、エリカはうなずいた。バーのにおいに心安らぐ気がした。ビールと汗の混じったいつものにおいだ。

ジェイクがわたしたちを見て手を振った。「ミシェルにエリカ」彼は言った。「こんなところできみたちに会えるとは」

カウンターにもたれるオパールのそばを通ると、彼女のぼんやりした目がしっかとわたしたちに向けられた。「これはこれは、バカ丸出しホームズとその相棒のお利口ぶりっ子ワトソンじゃないの」彼女ほどは酔っていないお仲間がけたたましく笑った。

アルコールのせいで何もかもがおかしく思えるのだろう。待って。わたしはホームズなの？　それともワトソン？

おそらくオパールはもう警察に話をきかれたのだろうが、わたしたちは警察の論理に縛られていない。例えば、酔っているときは質問しないといった論理に。酔って正体をなくしたオパールが、ふだんのプロフェッショナルなオパールとはちがうことを切に願った。今夜のオパールは目がどんよりして、目尻にマスカラがにじんでいた——わたしがマスカラをつけない理由のひとつがこれだ。

わたしたちが彼女とその酔った仲間たちから見えないブースに陣取ると、何人もいるジェイクの若いいとこのひとりが注文をとりにきた。

ジェイクがわたしのソーダとエリカのワインを運んできて、二十代前半の厚化粧の女の子たちがアップルティーニをはねかけながら通りすぎるのを、いらいらしながら待った。「ごめん」彼は言った。「自堕落女《トレイン・オブ・トロロップス》たちを待たなくちゃならなくて」

「すてきな頭韻ね」エリカが言った。

「最後のひとりは『おれの女だ！』と言うかと思ったのに」わたしはつけ加えた。

ジェイクは微笑んだ。「まさか。幸せな既婚者なんでね。タイニーにふきこまれたんだな」彼はバーカウンターにいるカウボーイハットを被った中年男を指し示した。「ところで、オパールは来たときすでにあの状態だった。本人は今ジントニックを飲んでるつもりになってるけど、ジンはほんのひとたらししかはいっていない」彼がカウンターに戻ると、入れ替わりにオパールがわたしたちのところにやってきて、テーブルの縁にもたれてふらつきながら立った。

「うっかりあなたに迷惑をかけてしまったみたいで、ほんとうにごめんなさいね、オパール」エリカが言った。「あなたを傷つけるつもりはまったくなかったのよ」

オパールは怒りを収めたようには見えなかった。「名誉毀損で訴えるわ」

「それを言うなら中傷でしょ」エリカが助言した。

「それはどうでもいいから」わたしは小声で言った。なぜ中傷であって名誉毀損ではないのか、長々と法的な説明がはじまるといけないので、割ってはいった。「訴えられても仕方ないわ。でも、あの夜あなたがしていたことにマスコミの興味が集まることを考えてみて」

オパールの生気のない目に迷いが浮かんだ。

わたしはつづけた。「記者たちがどんなだか知ってるでしょ。リースが百人いるようなものよ。どんなことを書かれるかわかったもんじゃないわ」リースの利用法を思いつくなんて、われながら信じられない。

「オパール」酔いどれ仲間のひとりが叫んだ。「あなたの番よ！」

彼女は危なっかしく向きを変えてジェイクに身振りで何か伝え、彼がうなずくと、ふらつきながらベンチのエリカの隣に座った。「なんでまだ気にしてるのよ？」彼女は言った。「犯人の男は死んだのよ」

「ラリーは犯人じゃないと信じる理由があるの」エリカが言った。「つまり、殺人者はまだウエストリバーデイルに野放しになってるってこと」

「わたしじゃないわよ！」オパールは言った。

「あなただとは思ってないわ」エリカは言った。「警察には、デニースが高校の最終学年のポートレート写真家として評判になれば、あなたは大金を失うことになると言っただけよ」

オパールはどうでもよさげに手を振った。「ばかばかしい」

「どういう意味？」

「ピーターが言ってたのよ。デニースは本採用になったわけじゃないって」オパールが言った。「まだ教育委員会からＯＫをもらう必要があったし、それには死ぬほど時間がかかるんだから、うそじゃないわよ」

ほんとに？　デニースは決まったと確信していたみたいだったのに。

「あなたが力になってくれれば、あの夜あったことの全体像をつかめるかもしれないのよ」エリカが言った。「ここに残っていたのはだれ？　十一時少しまえに帰った人はいた？」

「わかんない。わたしは十時まえに帰ったから」オパールは言った。「帰るように言われて」

「だれに送ってもらったの？」

オパールはだれにも聞かれていないかたしかめるようにあたりを見まわした。「ピーターよ」

「えっ」わたしは言った。「そうなんだ」

彼女は思わせぶりに肩をすくめ、セクシーな目つきらしきものを肩越しに見せた。「わたしたちふたりともアリバイがあるってことね」

「へえ」わたしはショックを見せまいとして言った。エリカはそうはいかなかった。

「えらそうにご清潔なふりをするのはやめなさいよ」オパールがエリカに言った。「みんないつだってセックスしてるじゃない。あなたとボビー警部補みたいに」

「わたしたちは別に……」エリカは言いかけてやめた。

「それで、あなたとピーターは」パラダイン校長と呼ばないようにするには全神経を集中させる必要があった。「その夜寝たの？」批判的に聞こえないように気をつけながら、わたしはきいた。

「うーん。むしろふたりともあんまり寝なかったと言うべきかしらね」オパールはジンに酔ったいやらしい目つきで言った。

わたしの顔に感情が表れてしまったらしく、彼女は皮肉っぽいロバのような声をあげた。「あんたたちはなんでも知ってると思ってる。そして世界はユニコーンと虹だらけだとね」

彼女はにやにやしながら言った。「でも人は裏切る。校長だって裏切る。そういうものなの。乗り越えなさい」

「じゃあ、彼はあなたのところに泊まったの？」エリカがきいた。

「わたしといっしょにいたわ、ひと晩じゅう《オール・ナイト・ロング》」最後の三語を引き伸ばして強調する。「最高のアリバイよね」

「今までそんなうわさを聞かなかったのは、高潔なパラダイン校長がだれにも話さなかったからよね」わたしは言った。

「高潔？」オパールは涙が出るほど激しく笑った。「ほんと、お子ちゃまなんだから」彼女はよろよろと立ち上がった。「またね、負け犬さんたち」そう言って、仲間たちのところに戻った。

わたしが目をぱちくりさせてエリカを見ているうちに、ジェイクがふたりぶんのお代わりを持ってきた。一杯目をまだ飲みはじめてもいないのに。「ほらね。知らないほうがいいことだってあるんだよ」

「バーを経営していると、普通の人より多くのものを目にするんでしょうね」わたしは言った。

エリカが不意にことばをはさんだ。「それで、正確にはオパールはどれくらい酔ってたの？」

「まだそれにこだわってるの？」わたしは怒って言った。

「完全に出来あがってた」ジェイクは答えた。「ひどかったよ。今夜よりひどかった」

「時間の感覚を失うほどひどかった？」

ジェイクは警戒しているようだった。「まあ、そうかもね」

彼は歩き去ろうとしたが、エリカが呼び戻した。「ピーターがだれかを送っていったのはそれが初めて？」

ジェイクは肩をすくめた。「おれの知るかぎりは」

彼が声の聞こえないところまで行くと、わたしはエリカをまじまじと見た。「本気？　パラダイン校長がそんな極悪非道な人だと思ってるの？　デニースを殺すときのアリバイを手に入れるために、あらかじめオパールを選んで、夜をともにすごす計画を立てるような？」

エリカは考え事モードにはいっていて、わたしがひどく動揺していることに気づかなかった。校長であるはずがない。

殺人犯が見つかるまでひとりにならないという取り決めのため、月曜日の朝、エリカはわたしといっしょに出勤した。いっしょに店にはいって自分たちを閉じ込めると、それぞれの仕事場に向かった。ココの姿はどこにもなかった。きっとヘアサロンか図書館にたむろしているのだろう。浮浪猫め。

どうしてパラダイン校長のことでこんなに動揺しているのか考えようとしてみた。両親の死後、彼が父親のような存在だったということもあるだろう。だが、大学中退をレオに反対されたとき、味方をしてくれたからでもあった。

腕はだいぶよくなってきたので、医者に言われたとおり吊ったままではあるが、かき混ぜたり、いちばん大きいボウル以外のものなら持ち上げることもできた。忙しくローズウォーター・キャラメルを作っていると、わめき声の口論が聞こえた。最悪の事態を想定し、急いでドアを開けようとしたが、コリーンがストレスで声を張りあげ、エリカが落ち着かせようとしているだけだとわかった。

プルーデンスのセラピーの予約や、ベビーシッターをたのめない、というようなことが聞こえたあと、すばやくドアが閉まった。エリカはまた双子を押しつけられたのだ。

少しして、エリカがノックしたあと、ドアから顔をのぞかせた。「ゼインが電話してきたわよ！　携帯電話の電源がはいって、場所を特定できたって」

わたしは乾燥したオーガニックのバラの花びらを置いて、ポケットに突っ込んであったタオルで手を拭いた。「どこ？」

「不便《インコンビニエンス》ストアの裏」彼女は言った。

それはウェストリバーデイル・コンビニエンス・ストアの呼び名だった。夜じゅう営業している町で唯一の店だが、だれもが必要とするものは決して置いていないのだ。コンドームと冷たいビールとミニサイズの裁縫セットと古くなったチートス以外は。十代の子供たちが集まって煙草を吸う場所でもあり、町に貧しい地区があるとすれば、その店はその地区にあった。

「ビーンがもうすぐ迎えにくるから」エリカはつづけた。「双子を見ててもらいたいの」

「双子の子守なんて無理よ！」わたしは甲高い声で叫んだ。

エリカは「わかってよ」と言ってドアを開けた。「あなたはもうけがをしてるんだし、携帯の持ち主はどんなやつかわからないのよ」

廊下に出ると、厨房のドアのすぐ外に双子用のベビーカーが置かれていた。

ブロンドの頭がふたつ、同時にわたしに向けられた。

「わたしにこの子たちをどうしろっていうのよ」わたしは親たちがよく使う高く明るい声を出そうとしたが、歯を食いしばっているせいですぐには出なかった。

おばがなんと言うか見ようと、双子の頭はまたエリカのほうを向いた。まるでテニスの試合を見ているようだ。

エリカはわたしを安心させようとした。「ここに座らせておけばいいわ。十分したらコナが来るから。彼女はいつも九時までにここに来るでしょ。十分ぐらいならあなたでも大丈夫よ」

男児たちはそろって眉をひそめた。彼らも信じられないらしい。

「だめよ、できない」わたしは言った。「もし……何かあったらどうすればいいの?」

「何もないわよ」彼女はドアのほうに少しずつ移動しながら言った。「ぼくちゃんたち、いい子にしててね」そして行ってしまった。

双子は目を丸くしておばが出ていくのを見送ったあと、無表情でわたしのほうを見た。一糸乱れぬ動きは、ふざけたCGの特殊効果のようだ。それもホラー映画の。やがてふたりはもっとおもしろいものはないかと探しはじめた。小さな悪魔の頭がほんとうに完全にぐるりとうしろを向いたかと思うと、双子は自分たちをベビーカーに縛りつけているシートベルトに手を伸ばし、お尻をもぞもぞさせはじめた。まるで奇妙なシンクロナイズドダンスのように。

ほどなくして、ふたりはベビーカーから脱出した。そして別々の方向に向かった。「ゲイブ！　グレアム！」とわたしが叫ぶと、双子はげらげら笑った。黙り込まれるのと狂ったように笑われるのとでは、どっちが恐ろしいかわからなかった。

双子がドクター・スースの絵本『キャット　イン　ザ　ハット』に出てくる双子キャラ、モノ1ゴウとモノ2ゴウのTシャツ（胸に″Thing 1″、″Thing 2″と書かれている）を着ていても、それほど役には立たなかった。

モノ1ゴウはダイニングエリアのソファに向かい、片脚を持ち上げてよじのぼろうとしているし、モノ2ゴウは書店の二階につづく木の階段にまっすぐ向かっていた。彼が手すりからスカイダイビングしようとする姿が頭に浮かび、こちらのほうが緊急だと判断した。だが、階段に到着すると彼は向きを変え、わたしを振り返って笑いながら、本の売り場のあいだの通路を走っていった。

何もかもが『ジュラシック・パーク』のヴェロキラプトルを思わせた。

外野に向かいかけたゴロをキャッチする遊撃手のように、彼を追いかけて片腕で抱きかかえた。モノ2ゴウは大きすぎるフェレットのようにもがき、わたしは一瞬だけ勝利を味わってから、カフェスペースに子どもを連れ帰った。やられたと気づいたのはそのときだった。モノ1ゴウがカウンターまで椅子を引いていって、早食いコンテストの出場者のように、アサイーとブルーベリー味の板チョコをほおばっていた。

モノ2ゴウは相棒のところに行こうと力一杯もがき、腕が片方しか使えないわたしは彼を自由にするしかなかった。

ふたりは意味不明の双子語でしゃべりはじめ、モノ1ゴウが板チョコの残りをモノ2ゴウにわたした。ふたりは天国を見つけたような顔でわたしを見た。

コナが出勤してきたとき、双子たちはわたしの膝の上に座って顔と手をチョコレートだらけにしていた。わたしにも食べさせようとしたので、チョコレートといっしょにわたしのハートはとろけ、顔も汚れていた。

コナはぎょっとした顔をしたが、すぐに笑いだした。「何があったの?」

「エリカが出かけなきゃならなくて、わたしが猟区管理人に選ばれたの」愛情あふれる口調に、わたしもコナも驚いた。

双子の片方がわたしの肩の吊り包帯を指差した。「タイタイ」と言って悲しそうな顔をした。

「めずらしいこともあるものね」コナは言った。「代わろうか?」

厨房に置いたままの携帯電話のことを思い、エリカとビーンは何をしているのだろうと思った。だが、このふたりを抱いていると、わたしの内部がぐにゃぐにゃになってしまうのだ。そのとき、モノ1ゴウがわたしの脚の上でわずかに跳ね、別のぐにゃぐにゃを感じた。「お願いするわ」

ふたりはよろこんでコナのもとに行き、モノ２ゴウは彼女の手をにぎるまえに、わたしのほっぺたにべたべたのキスをしてくれた。

エリカから一度着信があったのに出られなかったので、あの携帯電話がどうなったのか早く知りたくてたまらず、折り返し電話した。エンバートンに電話した男はつかまったのだろうか？

「警察がいるの」エリカは言った。「あとで電話する」電話は切れた。

22

　エリカとビーンは十時の開店の五分まえに店に着いた。エリカが開店準備をしているあいだ、ビーンが事情を話してくれた。ひとりの十代の若者が、煙草の最後の一本を不便《アンコンビニエンス》ストアの裏の背の高い草のなかに落としてしまった。探そうと草をかき分けると携帯電話があったので、電源を入れた。すると最寄りの通信基地局が反応した。かわいそうな若者が携帯電話をいじりながら煙草を吸っていると、ロケット刑事とボビー警部補がやってきて、死ぬほど驚かされることになったのだった。

　ギャラリーのオーナーに電話した直後、携帯電話はハイウェイから捨てられたのだろう、というのが警察の見解だった。プリペイド式のいわゆる使い捨て携帯で、ラリーのような犯罪常習者がよく使うものだという。

　エリカとビーンが現れたのを見て、警察はよろこばなかったが、どうやって携帯電話の場所を特定したかはどちらも明かさなかった。

　ビーンはコリーンの定位置について、書店のレジ打ちをした。午前がすぎていくあいだ、ビーンを感知するレーダーのようなものが備わっているらしいわたしは、彼がまだそこにいるかたしかめたい思いにたびたびかられた。彼はたいてい笑みを浮かべて見返してくれた。

ビーンが微笑んでいるのは、おそらくわたしのこっけいな傷だらけの顔と吊り包帯をしている腕のせいだ。彼の存在のせいでたしかにわたしの緊張感は増した——心配ごとはもう充分間に合っているのに。

正午にエリカがデニース・コバーン追悼写真展の小さなチラシを持ってきた。さすがエリカ、仕事が早い。チラシには、何十年もまえから町の教会のそばに生えている美しいオークの木の写真が使われ、写真展は金曜日の夕方にコミュニティセンターでおこなわれると書かれていた。

「きれいね」わたしは言った。「これもデニースの写真?」エリカはうなずいた。「すごく才能があったのね」

写真をじっと見て、下のほうにある影は古い墓地の墓石だということに気づいた。時間どおりに止まらないかもしれない暴走列車に乗っているような気がして仕方がなかった。

金曜日が近づくと、エンバートンは写真展の準備に打ち込み、たびたび電話してきては、満足がいくまで何度も繰り返しているという写真のプリントの進捗具合を知らせた。

エリカは彼に、どうしてデニースはギャラリー用の写真からジオタグをはずしたのかと尋ねた。

「それほど珍しいことではありません」と彼は言った。「とくに自然写真家の場合はね。ほかのアーティストに同じシーンを撮らせたくないんです」彼はふんと鼻であしらった。「ほかの写真家がまったく同じ写真を撮るのは不可能に近いですけどね」

写真展を開くわたしたちの秘密の動機は、エンバートンには内緒だった。デニースの作品にすっかり入れ込んでいるので、もし知ったらきっとひどく失望するだろう。彼は熱心に広報活動をして写真展を宣伝し、メリーランド州北部全域および、東はDCやボルティモアからも問い合わせが来た。わたしたちは、ぜひ町に滞在して残りの週末のイベントにも参加してほしい、とひとりひとりに勧めた。

どれくらい売れるかわからないまま、コナとケイラとわたしはアートフェスティバルのためにチョコレートを増産した。すべてをスケジュールどおりに進めるため、そして詳細について最終確認するため、ファッジ・コンテストのためのミーティングは毎日開かれた。ホテルの予約件数はラリーの殺害後さらに落ち込んでおり、いくらエリカがプレスリリースを出しても、グウエン町長が新しいスローガンを出しても、人を呼び戻すことはできなかった。ヒラリーのスタッフからはまだ何もはっきりとした返事がなく、最悪のことを想定して、われらがスター・ユーチューバー、トーニャ看護師に有名人審査員を務めてもらえるようたのんであった。

コリーンは今週ほとんど姿を見せておらず、ビーンがその穴を埋めていたので、わたしは店内で彼の姿を目にしてはたびたび落ち着かない時間をすごしていた。コナがそれに気づいてからかった。「だれかさんはボーイフレンドができたみたいね」

なっちゃうんだから」
「まさか」わたしは言った。「そうだったら最悪よ。彼はサイン会が終わったらすぐいなくなっちゃうんだから」
「でも、それまでのあいだはきっと愉しいわよ」コナはわたしがそそられた顔をしたのを見て笑った。

あの有名なベンジャミン・ラッセルが家族の経営する書店で働いている、といううわさが広まったのもよくなかった。ファンの女の子たちがいろんなところから、それこそボルティモアのように遠くからもやってくるようになった。閉店時間の直前に現れた、ホルタートップにほとんど違法なショートパンツ姿の女の子には不安を覚えたが、ビーンが追い返した。気のあるそぶりで何度か見る以外、ビーンはわたしに何もしようとしなかった。何度厨房のドアを開けておいてもだ。彼のことがわからなかった。

水曜日の夜、アートフェスティバルのための袋詰めの会《スタッフィング・パーティ》がダイニングエリアで開かれ、高校の演劇クラブと数学チームの面々も手伝いに来てくれた。不機嫌そうな顔をしている子もいたから、ボランティアの時間に充当するために仕方なく来たのかもしれない。

スティーヴとジョリーンはユーモアと純粋な愛情をもって彼らを扱った。「いいか、流れ作業でやるぞ」スティーヴは説明した。「テーブルをくっつけて座ったら、われわれの環境資源を消費しているクズの山、つまりみんなが読みたがる価値ある広告だな、それを丁寧に袋に入れてほしい。いいか、丁寧にだぞ」

セキュリティ会社の御曹司ジョニー・ホートンは、〝オタク女子〟と書かれたTシャツを着て、エリカがときどき売るぬいぐるみを思わせる、漫画の女の子のように大きな目をしたかわいらしい女の子にぴったりくっついていた。彼はわたしを見るとため息をついて近づいてきた。たとえ一分でも彼と離れるのは耐えられないとでもいうように、女の子がせつなそうに彼を目で追った。

わたしもため息をつきたくなった。エネルギーはじける若者たちでいっぱいの場所にいるせいで、少しのあいだデニースのことを忘れていたのだ。

「どうも、ジョニー」わたしはカウンターを拭きながら言った。腕はもうかなり動かせたが、動かしすぎるとまだうずいた。「何かわたしに知らせることはある？」

ジョニーはうなずいた。「あなたに知らせたかったんだ。侵入犯がここにはいるために使ったのは裏口のコードだった」

「ありがとう」わたしは言った。「そのコードを知ってる人を探る方法はある？」

「無理だよ」彼は〝ぼくにできるのはそれだけさ〟というように肩をすくめて言うと、足を引きずりながらオタク女子のところに戻っていった。

わたしが掃除を終えても、みんなはまだ〈ゲット・ミー・サム・ソーラー〉のビニール袋にチラシを詰めていた。それを見ているうちに、やることが多すぎて、エリカがまだこの会社について調査していないことを思い出した。

学生たちが作業を終えようかというころ、パラダイン校長が立ち寄った。「うちの不良少年少女たちがここを荒らしていると聞いたものでね」学生たちがあいさつをすると、彼は愛情深く微笑んだ。なかにはやたらと親しげにからむ子もいた。ジョニーは椅子のうしろに立った校長とハイファイブをし、彼のガールフレンドはにっこりした。

校長と親しいのがクールなのだとしたら、学校もだいぶ変わったものだ。

木曜日の朝、コリーンが店の外でわたしを待っていた。彼女は座ってココをなでていたが、何かあったのだとわかった。「どうしたの？」とわたしはきいた。

「何も」彼女は言った。「いいえ、そうでもないの。実は、ききたいことがあるのよ……」

彼女は投げやりな様子で衝動的に言った。「わたしが店のマネージメントをエリカにまかせて、フルタイムで大学に戻るって言ったらどう思う？」

なんですって？　これはもっとコーヒーが必要だ。ココはコリーンのもとを離れ、わたしの足首にじゃれはじめた。「わたしがどう思うかなんて関係があるの？」

彼女は顔をしかめた。「エリカは納得してくれると思う？　つまり、彼女にやれるのはわかってるけど、追い詰められたような気分になるんじゃない？」

「いい質問ね」わたしは言った。「エリカはここから離れた場所での暮らしも気に入っていたみたいだけど、今は故郷にいてとても幸せそうよ。あなたは追い詰められたような気分だったの？」

コリーンは遠くを見るような目をした。「それを考えているところなの、セラピストとね。わたしは閉塞感を覚えてる。でも、彼女に言わせると、わたしはいつも自分で自分を追い詰めていたんですって」

わたしは何を言うべきか慎重に考えた。「わたしがエリカについて知っていることといえばこれだけよ。もし追い詰められたと思ったら、彼女は出口を見つける。でも、今は出口を見つけたと感じていると思う。家族のそばに、とくにあなたのかわいらしい子どもたちのそばにいられて」うそ！　顔をしかめずに言えた。「エリカは書店の仕事を愛しているわ。リサーチはやりたくなったらいつでもできる。彼女は――」

コリーンがさえぎった。「今はビーンが手伝ってくれてるけど、あの人ももうすぐいなくなるのよ」

ビーンはいなくなるとはっきり言われてぐさっときた。もちろん彼はここを出ていく。そうしないでほしいと思うなんて、わたしはばかだった。「それならだれかを雇って仕事を教えればいい。あなたのようにはいかないだろうけど、充分役に立つはずよ。コナとケイラを見てよ――わたしがいなくても店をまかせられたでしょ」

ほんとうはそうではないが、コリーンが知る必要はない。彼女は気が晴れた様子で帰っていった。すぐにエリカに話すつもりならいいのだが。これは隠しておくのはむずかしいたぐいの秘密だ。

その日の午後、エンバートンとそのアシスタントが、さまざまな大きさのデニースの額入りの写真と、スタンドや照明器具をバンに積んでＤＣからやってきて、デニースの追悼写真展の準備がはじまった。

大勢の人たちがドアハンドルを試したあとノックして、手伝うと言ってくれたが、わたしたちでやるからと丁重に、しかしきっぱりと断った。写真展のオープンは金曜日の夕方早めの時間で、エンバートン自身が提供するワインとチーズスプレッドを出すことになっていた。ロケット刑事はビーンが自身のカメラマン、彼の呼び方によると〝フォトグ〟を使うことを了解していた。彼はカウボーイハットを被った革じみた肌の男性で、ギャラリーとなるコミュニティセンターのまわりに無言で隠しカメラを設置してまわった。ビーンは何かの秘密の取材で彼と組んで仕事をしたということだが、あまりくわしくききたくなかった。

わたしも写真の設置を手伝ったが、手が震えて、気持ちを落ち着けなければならなかった。神聖なものを手にしているような気がしたのだ——亡くなったばかりの人の作品という意味で。デニースはわたしがチョコレート作りに向けるのと同じくらいの情熱を作品にこめていた。それなのに、その結果を味わうこともできなかったのだ。

もしこれが目論見どおりうまくいけば、わたしたちは殺人犯をつかまえることになる。これはいいことにちがいない。だれかが写真を持ち出そうとしたり、隠そうとすれば、その人物が悪いやつだとわかるだろう。テレビで見るのと同じように。

もっとわくわくしてもいいはずなのに、自分たちが何かとんでもないこと、町全体に影響を及ぼしてしまうことをはじめようとしているのではないかと怖かった。

エリカは静かだった。おそらくわたしと同じ恐怖を感じているのだろう。「メリーランドの相続税法について調べたの」彼女は言った。「デニースは遠縁ですら親戚がいないから、遺産は地元学区のものになるんですって」

「よかったじゃない」わたしは慎重に配置された写真を見わたした。「だれも現れなかったらどうする？」

わたしが言っているのは殺人者のことで、お客さんのことではないとエリカもわかっていた。「そのときはまた何か考えるわ」

閉店後、ビーンとフォトグ――カウボーイというぴったりな呼び名があった――は、裏の廊下に指令センターのようなものを作った。わたしたちはブラインドを閉じて照明を落とし、隠密モードにはいった。ピザとカフェイン入りのソーダを用意し、ひと晩じゅうコミュニティセンターを見張ることに決めていた。

デスクランプが、ダイニングエリアから運んできたテーブルの上の複数のコンピューター・スクリーンの光と競い合っていた。ゼインとカウボーイはすぐに意気投合し、ＩＴがらみの話をしながら複数のカメラ映像を監視した。

ボビー、ビーン、エリカ、わたしは交代で外のカメラの映像に注意を払った。ボビーは自分がここにいていいものか、よくわからないようだった。ロケットはわたしたちのおとり作戦を支持していたが、ヌーナン署長はわたしたちのような〝一般人〟を使うことに反対していたからだ。

「ラッキーがスカンクにおならをかけられて、ぼくらが家じゅう追いかけまわしたときのことを覚えてる?」ビーンはみんなを安心させようとしているようだった。

エリカとボビーの目が合い、ふたりは笑ったが、すぐに彼女は視線をはずした。

ボビーは咳払いしてからつけ加えた。「きみのママはどっちを先に殺したかったんだろうな——ぼくたちか、それとも犬か」

真夜中になると、ボビーとわたしは休憩して、二時の交代までダイニングエリアのソファで仮眠をとることになった。ゼインとカウボーイは〝弱虫め〟というように冷笑を交わし合った。

「なんか異様じゃない?」暗闇のなか、向かい合わせのソファでうとうとしながら、わたしはつぶやいた。

ボビーはあくびをした。「たしかに異様だ」

一時にエリカが言った。「来たわよ!」

ボビーとわたしは飛び起きて、廊下をダッシュし、デスクチェアをテーブルまで押していった。

外のカメラが、裏口からコミュニティセンターにはいる人影を映し出していた。わたしたちはゼインとカウボーイのテーブルに急いで集まると、内部カメラの映像を見ようと首を伸ばした。その人物は、小さな懐中電灯を手にして、ひとつひとつ調べながら写真のあいだを歩いた。顔は見えないが、その振る舞いにはどこか見覚えがあった。

いた。

ボビーがロケット刑事に電話して、急いで来てほしいとたのんだ。

わたしは目を細めてスクリーンを見た。「だれかしら？」切羽詰まった声にわれながら驚いた。

だれも答えず、それぞれが各自で考えていた。侵入者は大きめの一枚の写真のまえで立ち止まり、イーゼルから取り上げた。そして、長いことそれを見つめていた。やがて怒りの動作でひと息に写真を厚紙の台紙からはがし、ジャケットのポケットに入れた。テーブルクロスを持ち上げて、その下に厚紙を隠した。

代わりに壁から持ってきた写真を飾り、そのとき懐中電灯が顔に当たった。男がだれだかわかった。

わたしはボビーが止まれと叫ぶのを無視して裏口に走り、二ブロック離れたコミュニティセンターに向かった。ボビーがわたしに追いついたとき、パラダイン校長がコミュニティセンターの裏口から出てきて、二台の警察車両がライトを点滅させながらわたしたちの背後で停まった。ピーターは荒々しくあたりを見まわし、どこにも逃げられないと観念した。彼とわたしの目が合った。

わたしはボビーに腕をつかまれそうになったが横に寄ってかわし、校長のまえに立った。

「どうして？」怒った大人というより裏切られた子供のように、わたしは叫んだ。わたしに胸を強く押され、校長は一歩うしろにさがった。

ボビーがわたしの腕をつかみ、今度は放さなかった。ビーンが警察車両の横ですべって止まり、すぐうしろにエリカがつづいた。

「あなたがデニースを殺したの？　わたしのチョコレートで？」怒りのせいで声が震えた。

「わたしを殺そうとしたのもあなたなの？」

校長は首を振った。「ちがう……」と彼は言ったが、その声は悲痛そのもので、自白のように聞こえた。

署長みずからが近づいてきて校長にミランダ警告を読み、彼のポケットから写真を没収して手錠をかけた。

エリカはわたしの肩を抱いて連れていこうとしたが、ピーターが警察車両に乗せられるまえに車の屋根越しにわたしを見たので、わたしは足を止めた。それは謝罪のように見えた。

「どうして？」とわたしは問いかけ、彼は車で連れていかれた。

だれも答えてくれなかった。わたしたちは警察に送られて店に戻った。

「写真を見た？」わたしはビーンにきいた。

彼はうなずいた。「納屋を通りすぎる古い車の写真だった。トリック写真みたいに細長く引き伸ばされていて、撮られたのは早朝のようだ」

「どうすればこのせいで彼がデニースを殺したとわかるの？」

それを聞いて、ビーンは急に立ち止まった。「実のところ、わからない」彼はしばらく考えた。「写真から何かを発見して、彼に話をさせないかぎり」

「待って」わたしは言った。「写真に写っていたのはどんな車だった？」

「古い型のコルベットだ」彼は言った。「色はライトブルー。おそらく六十七年型だろう」

心臓が落ち込んだ。校長の車だった。


どうして人はこんなに少ない睡眠時間でも生きていられるのだろう？　翌朝キッチンで三杯目のコーヒーを注ぎながら、わたしは思った。この謎解き作業には疲労困憊させられる。しかも満足感は得られない。留置所を急襲して、いったいどういうことなのか話してくれるまで、校長を揺さぶってやりたかった。

エリカがドアをノックして顔を見せた。

「おはよう」わたしは不機嫌な声で言った。

エリカはノートパソコンを手にしており、睡眠時間の割にはしっかりと目覚めているように見えた。「この写真を調べたけど、どうして彼がこの一枚を盗もうとしたのかわからなくて」

「ジオタグとかいうやつは全部調べた？」

「ゼインに教えてもらったやり方で調べた。ほかのものと同じで消されてた」エリカは説明した。「学校が終わったら彼に見てもらうわ」

「あの納屋は見覚えがある」わたしは言った。「グルベイカー家のじゃない？」

「そうよ」エリカは言った。「あのあたりでなんの看板もない納屋はあそこだけだから」グーグルマップを開いてズームインした。「ピーターの家の近くよ。このあたりならどこから彼が来てもおかしくなかったはず」

「それならどうして盗む価値があるの？」わたしはきいた。「あるいは」声に引っかかりを感じた。「殺しまでする価値が」

「男が隠そうとするものって何？」エリカがきいた。

思いついたのはコリーンの夫のマークのことだけだった。「浮気？」

「でも、それを隠すために人を殺すかしら？」彼女はきいた。

評判を守るためならなんでもする人もいるわ、と思った。そもそも浮気をしていなくても。

「離婚すればいいことじゃないの？」

「ピーターの奥さんは家族からかなりの大金を相続してるの」エリカは言った。「ライフスタイルを変えたくなかったのかも」

「断片をいくつかつなぎ合わせてみましょう」わたしは言った。「それで意味がとおるかたしかめるの。デニースはラリーの脅迫に成功したあと、あの写真で校長を脅迫しようとする。彼は最上級生のポートレート写真家の地位を与えるけど、それだけではすまないらしい。それで彼女を消さなければと感じる」

「でも、ラリーを殺したのはなぜ？」

わたしはしばらく考えた。

「デニースとラリーは仲間だったとか？」絶対にありえないと思い、疑問形にした。デニースはラリーにうんざりしていたのだから。

ヌーナン署長は記者会見を開いて、校長をデニース・コバーン殺害容疑で逮捕したと発表した。わたしは責任を感じて出席したが、出席したからといってすべてを知ることができたわけではなかった。

署長はロケット刑事とメリーランド州警察のお手柄だと感謝したが、これまでの記者会見時とちがい、主導権をにぎっているようだった。校長はラリーも殺したのかと記者にきかれると、署長は言った。「その事件についても関与が疑われますので、ひきつづき捜査中です」

記者会見に行ったご近所さんたちは多くなかった。みんな記者会見に飽きてしまったのかもしれない。長いあいだ信頼していた人が殺人者だと言われて、びっくりしているせいもあるだろうが。

その日の来店客はごくわずかだった。木曜日はたいてい暇なのだが、金曜日はそのかぎりではない。チョコレートは週末に欠かせないはずだが、お客さまたちはわたしたちに腹を立てているのだろう。

あのいまいましいリースさえいなかったら、校長の逮捕でわたしたちが演じた役割はだれにも知られなかったはずなのに。今朝起きて、エリカとわたしがどうやって校長を罠にはめたか、彼を罠に誘い込むためにどうやって町民たちをだましたかについての息をのむような詳細を、リースがブログに投稿しているのを知った。

少ないお客さまからもれ聞いたところによると、記者会見に出席した人たちも、校長がやったと信じているわけではなかったらしい。ラリー説――ラリーがデニースを殺し、そのあと犯罪者仲間に殺された――は今も有力だったが、デニースの写真を盗んだもっともな理由をピーターが思いつかないかぎり、意見を変える人は増えるだろうと思われた。ビーンがやってきて、校長の奥さんは夫を保釈させるあいだだけ家に帰ってきて、すぐにDCに戻ったこと、今ピーターは自宅にこもってだれも寄せつけず、弁護士にすら会おうとしないことを知らせてくれた。

午前の残りは、事態を深刻に受け止めすぎているファッジ・コンテストの十人の出場者たちからの質問に電話で答えることですごした。彼らは一様にまず校長のことについてコメントしたが、すぐに電話した目的に移り、自分たちのファッジが勝つにはどうすればいいかを尋ねた。

コナは出場者ひとりひとりに番号付きのプラスティック容器をわたしており、出場者はエントリー作品をそれに入れてトレーに置くことになっていた。出場者を四十人から十人にしぼったときはすごくたいへんだったので、決勝で審査員をしなくてすむのはありがたかった。ファッジは風味とやわらかさと見た目で審査される。もし料理人のひとりひとりに、どのカテゴリーにいちばんウエイトがおかれるのか、色はどれくらい重要なのか、賞品はうちの店のギフト券ではなく現金でもらえないのか、などときかれるたびに五セントもらっていたら、わたしはお金持ちになっていただろう。

来店客が少ない日だったので、〈ゲット・ミー・サム・ソーラー〉についてざっと調べてみたが、見つけたなかで唯一疑わしいのは、オーナーがフロリダで破産していたことぐらいだった。彼はプールの建築請負業者だったが、何年かまえにソーラー会社を立ち上げたのだ。

グウェン町長は、ジョリーンとスティーヴの昼休みのあいだに行われた、ファッジ・コンテストの最後のミーティングに寄ってくれた。こんなことは初めてだが、グウェンの髪は乱れ、トレードマークのラルフローレンのスカーフもしていなかった。無理もない。町の大事な週末の直前に、面倒な犯罪事件がたてつづけに起きて、長年高校の校長をしてきた人物が町民のひとりを殺害し、ほかにも殺人を犯しているかもしれないと言われているのだから。

それ以外の来店客は、スポーツジャケット姿の五十代の男性だけで、デザートといっしょに食べるためにサンドイッチを持参していた。彼はかじるまえに、かならずこれからかじるところをじっくり調べた。見ていると妙に引き込まれた。のぞいて、かじって、嚙んで、飲み込む。その繰り返し。

わたしは無理やり目をそらした。「大丈夫ですか?」わたしはグウェンにきいた。「ハグが必要みたいに見えますけど」ハグを提供するつもりはなかったが。

彼女は首を振った。「大丈夫よ。ありがたいことにこれで悪夢は終わったから、ウェストリバーデイルでは今までどおりの安全な生活をつづけることができるわ」何度となく無理やりそう言ってきたように聞こえた。

「まだ信じられません」エリカが言った。「彼のことはずっと昔から知っているのに」

町長の顔がこわばった。「この悲劇のことはやりすごして、今週末のイベントを絶対に成功させましょう」彼女は携帯電話を取り出した。「いくつかアイディアを書き出しておいたの」グウェンの決意はいつものチアリーダー的な熱意に取って代わられた。

その日はゆっくりとすぎ、お客さまもぽつぽつとしか来なかったので、わたしたちはデニースの写真展から距離をおき、運営はエンバートンひとりにまかせるほうがいい、とエリカを説得した。リースの記事のせいで、校長の逮捕はわたしたちのせいだと思われているような気がしてきた。

わたし自身、校長の有罪を確信しているわけではなかった。「ラリーの頭を殴ったのも彼だとほんとに思ってるの？」さらなる冒険を求めるお客さまのためのカルダモンとオレンジのキャラメルを作成中にひと息いれているとき、わたしは裏の廊下でエリカと口論した。

ゼインが彼のオフィスから顔を出した。「校長にはできなかったはずだよ」

「なんですって？」

「スケジュールを確認したんだ。ラリーが殺されたとき、校長は教育委員会の会議に出ていた」ゼインは言った。「ラリーを殺せたはずがないんだ」

ええ。うそ。まじで。

23

わたしがロケット刑事に連絡するべきだとエリカは言い張った。「あの人、実はあなたを求めてるんじゃないかと思うの」

「夢でも見てるんじゃないの」とわたしは言ったが、結局電話はした。

ロケットはすぐに電話に出て、わたしはゼインが明らかにしたこと、校長は会議に出ていたのでラリーを殺していないことを伝えた。

「知っていましたよ」彼はいかにも辛抱しているという話し方をした。

「それならだれがラリーを殺したの？」声に不安がにじむ。

電話を通しても彼のいらだちが感じられた。「情報を寄せてくださってありがとうございました。それがわかったら、いちばんにあなたに知らせますよ」

「それって皮肉？」わたしはきいた。

「さーねえ」彼は電話を切った。

「何も話してもらえなかったわ」わたしはエリカに言った。「だから言ったでしょ、彼はわたしのことなんて求めてないって」

「だれがきみを求めてないって?」ビーンがきいた。

わたしは飛び上がった。「忍び寄るのはやめてくれる? あなたが書く話は全部立ち聞きなんじゃないかと疑いたくなるわ」

「いちばんよくできてる本だけだよ」彼は言った。「それで、きみを求めていないのはだれなんだ?」

嫉妬してるの? そう思うとちょっと過剰なほどうれしくなった。

エリカはうれしそうに彼に教えた。「ロケット刑事よ」

「興味深いね」彼は言った。「彼から何を聞き出そうとしたんだ?」

ゼインの考えを話した。「ラリーがデニースを殺したと、彼がまだ考えてるのかどうか知りたかったの」

「ロケットがそれを信じたことはないと思うよ」ビーンが言った。

「それならなぜ記者会見で署長にあんなことを言わせたの?」

彼が肩をすくめた。「なんとでも考えられるよ。真犯人を油断させようとしているとか」

コナが急いでやってきて、非難するようにビーンを指差した。「言ってくれなかったんですか!」

「ああ、そうだった」彼は言った。「パンプキン・レディが来てるよ」

「ヒラリー・パンキンのこと? ここに? 今?」取り乱したコナのあとから店頭に向かいながら、自分の髪や顔やすべてがどう見えるか不安になった。エリカもあとからついてきた。

コナがその場を仕切った。「試食してもらうための箱入りのチョコレートを持ってくるわ。あなたは、ええと、感じよくしてて」必死な口調から、彼女もわたしと同じくらいこの店をよく思われたいのだと気づいた。

黒一色に身を包んだおしゃれな人たちの一団が、外から店をじっと見ながら、ヒラリー・パンキンを囲んでいた。

彼女は見逃しようがなかった。わたしよりさらに小柄で、燃えるようなオレンジレッドの髪をモヒカン風に立ち上げている。まるで火のついたマッチ棒のように見えた。サングラスをかけているのに、猟奇的に小さくなった瞳孔がここからでもたしかに見えた。どう対応するべきなのだろう？　恭順の意を示す？　彼女がリスペクトする生意気な態度でいく？　絶対にそんなことはしたくない。吐いてしまうだろうから。

どうしてまえもって考えておかなかったのだろう？

「来るって知らせてくれればよかったのに！」わたしは小声で言った。

エリカがわたしをそっと押す。「早く行って、はいってもらいなさいよ！」

ヒラリーはわたしたちの店をはいる価値ありと判断したのだろう、取り巻きのひとりが彼女のためにドアを開けた。わたしは口がきけなかった。テレビで見るヒラリーは小柄だったが、生で見ると人形のようだった。

黄色いワンピース姿で店にはいってきたヒラリーは、イエスマンの惑星に取り巻かれた太陽のようだった。取り巻きたちは全員がおそろいの、彼女のロゴがはいったオレンジ色のチエックのカバーつきノートパソコンを抱えていた。

うらやましかった。わたしの取り巻きはどこ？

エリカがわたしのまえに出た。「ミズ・パンキン。ようこそいらっしゃいました」悪魔本人が到着したのかもしれないという心配も見せずに言う。

「まあ、感じのいいお店ね！」ヒラリーは両手をにぎり合わせて言った。アシスタントのひとりが片手でそれをノートパソコンに打ち込んだ。わたしも録音してホームページに載せたいぐらいだ。〝ヒラリー・パンキンがわたしたちの店は感じがいいと言ってくださいました〟と。そして彼女がわたしについて行き当たりばったりなことを言うまえに拡散してしまいたい。

エリカがわたしの腕を軽く引っ張った。幸い、いいほうの腕だった。「こちらがミシェル・セラーノ、わたしがお話しした驚異のショコラティエです」

「お会いできてうれしいです」とわたしが言いかけると、ヒラリーはわたしのそばまで来て爪先立ちになり、ハグした。彼女は小さなバレエシューズを履いているせいでますます小妖精のように見え、ハグを受けるためにはこちらがかがまなければならなかった。わたしにとってはなかなかないことだ。

「ずっとまえから知り合いのような気がするわ」彼女は言った。「うちのスタッフがこの町のニュースブログをフォローしていて教えてくれたんだけど、親友が殺された事件を解決する手伝いをしたそうね。ぜひ直接会いたいと思っていたのよ」彼女は政治家が討論会でやるように、両手を上に向けた。「犯罪と闘うショコラティエ。どうしてそれを思いつかなかったのかしら？」

リースのブログをフォローしてる？　呪われてる。「わたしのコミック本が出てもいいくらいです」わたしは冗談を言った。エリカがうしろにさがり、ヒラリーのアシスタントのひとりが大量に写真を撮った。わたしは自分の顔に浮かんでいるにちがいない、ストレス疲れによる不気味な笑みを消そうと努めた。「もちろん冗談です。今回かぎりのことですから」

「そうよね」彼女はわたしの腕をぽんとたたいた。「店内を案内してもらう時間はあるかしら？」

「もちろんです」まずい。ダイニングエリアはまったくの無人だ。「まあ、町の人たちは校長のことをどう受け止めていいかわからなくて、今日はみんなうちにいるみたいですけど」

これがわたしの見解なので、押し通すしかない。

「つまり、あなたは恐ろしい不正を正すために、大いなる犠牲を払ったのね」ヒラリーは言った。そして、口の動きだけで「今の書き留めて」と別のアシスタントに伝えた。

「でもまあ」わたしは言った。「すぐにまた戻ってきてくれると思います」

「それで、お友だちを見つけたのはどこなの？」彼女は残忍なよろこびとともにダイニングエリアを見まわした。

「はい？」

「あなたのお友だちよ」ヒラリーは言った。「気の毒な犠牲者の」

メモをとっているアシスタントと目を合わせると、相手はわからないぐらいに小さくうなずいた。これは〝質問に答えて〟という意味なのか、それとも〝ええ、彼女はどうかしてるんです〟という意味なのか？

「すべて配置し直しましたし、問題の家具は運び出しました」わたしは慎重に言った。

ヒラリーはわずかに口をとがらせた。「あらあ、残念《プー》」プー？

「彼女はチョコレートを口に入れていたそうね」彼女は言った。「見たの？」彼女は病的な身震いをした。「つまり、その、口からたれてたの？」

わたしは目を丸くしてエリカを見た。

「その話をするにはまだトラウマがあって」エリカはさりげなくもきっぱりとした口調で言った。「ミシェルがあらゆる魔法を起こす厨房をごらんになりますか？」彼女はゲーム番組の説明担当者のような落ち着きで厨房のほうを腕で指し示した。

「あなたがふだん慣れていらっしゃるところのようにはいきませんけど」と言ってから、ありえないほど自意識過剰な自分を心のなかでののしった。わたしの厨房は完璧なのに。

ヒラリーがひどくがっかりしたようにため息をついたので、わたしは彼女の気分をよくしてあげたくなった。とにかく幸せそうなところを見たいと思わせる顔なのだ。

わたしは自分の気持ちを抑えて、ヒラリーとそのあとからついてくる取り巻きたちを厨房に案内した。彼女が厨房にはいっても、バレエシューズはリノリウムの床でほとんど音を立てなかった。

「かわいいわ」彼女は両手をにぎり合わせた。「今ここでは何を作っているの？　このにおいはカルダモンかしら？」

「そうです」わたしは言った、「新しいレシピなんです。食べてみますか？」

ヒラリーはぎょっとして立ち止まった。ああ、たいへん。やってしまった。ヒラリーにはチョコレートを食べるにあたって厳密なルールがあった。わたしはまえの週に要求項目の長いリストを見ていたが、実際それは彼女に見せてはいけないことになっていた。わたしはなんと書いてあったか思い出そうとした。アメリカではなくヨーロッパの湧き水、室温のもの。お出しできる最高のチョコレート、箱に入れてアシスタントのひとりにわたしたもの。ヘーゼルナッツがいっさいはいっていないもの。ほかにも、できれば求められたくないものがいくつかあった。

コナが窮地から救ってくれた。「あとで食べられるようにこの箱にひとつ入れておきました」彼女はほっとした顔のアシスタントに箱をわたした。

「書店のほうをごらんになりますか？」エリカが割ってはいった。「あなたの最新の料理本をディスプレーしていますよ」

ヒラリーはそれを聞いて元気になった。彼らは書店スペースへと移動し、わたしはコナとともに一団の背後についた。「わたし、台無しにしちゃった？」わたしは静かにきいた。

「そんなことないわよ」コナはわたしを安心させようとしたが、その声は不安のせいで硬かった。

土曜日の早朝、わたしはほかのボランティアたちとウェストリバーデイル・コミュニティ・パークであくびをしていた。テント、テーブル、椅子が運びこまれ、エリカが情け容赦なくすべてのスケジュールを守らせるべく、おだやかな暴君のように指示を出している。

前日の午後、ヒラリーとその取り巻きたちの相手をエリカが引き継いでくれたのはありがたかった。ひねくれたヒラリーの不適切な質問に一切答えず、ウェストリバーデイルに一軒しかないベッド・アンド・ブレックファスト《B&B》に送り届けることも含めて。彼女のスタッフはハイウェイのそばのモーテルに泊まる手配をしていた。ヒラリーはいつ公園に行けばいいのか、ときいてきたスタッフは、彼女が現れるという保証はないが、と急いで言い添えた。やっぱりヒラリーは変わっている。

前夜のデニースの写真展ではベアトリスがエンバートンを手伝ってくれた。陰気な雰囲気だったが、売り上げはとてもよかった、と彼女は電話で伝えてきた。エンバートンは写真展のふたつの役割に気づいていなかった。校長の逮捕によってさらなる宣伝になったことをよろこんでいるようだった。

今朝のベアトリスは、背中の下のほうにこぶしを押し当てながら、〈ダンカン金物店〉の配達用トラックから工具などをおろしていた。「こういうことをするには年をとりすぎたわ」

地元ホテル数件からメールが来て、キャンセルされていた予約に一部再予約がはいりはじめたそうだ、とエリカがうれしそうに報告した。校長逮捕のニュースは広まっていた。旅行者もウエストリバーデイルはまた安全になったと感じているのかもしれない。

それについては複雑な感情を覚えずにいられなかった。これだけ苦労したのだから、メモリアルデーのイベントがうまくいきそうなことで、控えめな幸せを感じてはいた。だが、デニースが死んで、敬服する人が恐ろしい殺人事件で有罪になるかもしれないという悲しみもある。それに、犯罪仲間のひとりが犯人だという説があるにしろ、ラリーを殺した人物がまだ野放しになっているという不安もあった。わたしはそういう感情を必死で頭から追い払おうとした。

テントの支柱が長くなる魔法のボタンを押そうとしていると、エリカが走ってきた。ジョリーンとスティーヴと髪に紫色の筋を入れた演劇クラブの生徒たちは、問題なく長くなった残りの三本の支柱のそばで辛抱強く待っていた。「信じられないことが起こったわよ!」エリカは言った。

「何よ?」わたしはうなり、ようやくテントの支柱が動いた。指先で支柱を持ち上げ、その状態を維持するため、穴にピンをはめようとする。今ならなんでも信じるだろう。「ゼインが何か見つけたの?」

エリカはわたしをにらんだ。「今週末はそれを考えないことになってるでしょ、忘れたの?」彼女は携帯電話を掲げて見出しを見せた。〝ヒラリー・パンキン、犯罪を解決するショコラティエを支持〟

「それは何？」わたしは面食らった。

「今朝早くグランシェフ・ネットワークのホームページに載った記事よ！　うちの店を訪問したことについて書かれてるの。校長の逮捕にわたしたちがひと役買ったことも」

「彼女のサイトを十回も確認したのに！」

エリカは手を伸ばしてテントの支柱を揺さぶった。もちろん、ピンは正しい位置に収まった。わたしは彼女の携帯をつかんで、ヒラリーがわたしたちのファッジ・コンテストで審査員を務めると知らせるその短い記事を読んだ。つぎに、エリカとわたしが犯罪の多発する町でいかにして写真展を使った罠を画策し、有望な写真家デニース・コバーンを殺害した犯人を明らかにするにいたったかについての詳細に進んだ。「これ全部読んだの？」わたしはきいた。「犯罪の多発する町ってどういうこと？」

「読んだわよ」エリカは言った。「そこはちょっとやりすぎだけど、すごくいい宣伝になるわ！」

そうは思えなかった。校長の逮捕とわたしたちの関わりについて勝手な意見をつらつらと書いている、あのリースのばかばかしいブログだけでもまずいのに。でも、なんといっても不安なのは、何千人というヒラリーのフォロワーがこの記事を信じるだろうということだった。

エリカが注文したバルーンアーチが届き、あちらこちらに揺れていたが、やがて地面に固定され、すぐに赤と白と青のテーブルクロスがテーブルにクリップで留められた。

わたしはひと休みすることにした。公園はすばらしく見えた。木々のあいだから日光が射し込み、輝くばかりの自然の風景のなかで、個々の葉を際立たせている。公園の東屋《あずまや》に光が当たる様子を見て、デニースの写真にあった納屋との類似点に思い当たった。

「ねえ、エリカ」わたしは言った。「ちょっとここに来てくれる?」

「ちょっと待って。アイスボックスを調べないと――」わたしを見つめ、心配そうな顔つきになる。「今度は何?」

「いいからここに来て」彼女だけに話したくて、わたしは言った。「あの木立のあいだを見て」

エリカはため息をついた。「わかったわよ。木立ね」

「デニースの写真では、ちょうどこんなふうに太陽が昇って、ちょうどあんなふうに納屋に日が当たってた。光がもっと弱くて淋しい感じだったから、たぶんもっと早い時間に撮られたんだと思う」

「それで?」

「光がこういうふうに当たるということは、納屋の引き戸がある側は南東を向いているということでしょ」わたしは言った。「グルベイカー家の納屋は西向きよ」

エリカは眉をひそめた。「納屋を取りちがえていたのね」片手で前髪を脇に寄せ、このあと何をするべきか考えていたが、すでにもう限界のようだった。「オーケイ、優先順位を決めないと。南東向きの納屋はあとで調べましょう。明日にでも。コンテストが大成功して、アーティストたちの作品がバカ売れして、本のサイン会がボーイズ・アンド・ガールズ・クラブのために大金を集めてから」

「いいわ」とわたしは言ったが、今にも町に新たな事件が起こるような気がしてならなかった。

その考えを振り払い、装飾作業に戻った。一時間後、公園は赤と青の小さな旗が張りめぐらされ、ポップアップ式の白いテントがいいアクセントになっていた。愛国者のサーカスのようだ。

「きれいね」わたしはにこにこしているエリカに言った。「まだやることはある？」

「今はないわ」ちょっと意外そうに彼女は言った。

「店のコナとケイラのところに行ってくる」わたしは言った。「ファッジ・コンテストとブースの準備には三人で戻るから」

エリカが電気技師のひとりからの質問に答えるために向きを変えると、わたしはミニバンに飛び乗った。

エリカがそれ以外のすべてのことを仕切ってくれていたが、ファッジ・コンテストの責任者は明らかにわたしなのだ。

十人の決勝進出者たちは、事前にわたされていたマークつきのプラスティック容器にエントリー作品を入れて、九時までに届けることになっていた。十時にオープニングセレモニーがあり、そのあとすぐに応募者の名前を隠しての試食になる。

決勝進出を決めたファッジはおもしろい取り合わせとなった。スタンダードな昔ながらのチョコレート味のものから、クッキー&クリーム、ピーナッツバター、ピニャ・コラーダ、ミント、ベルビータ・チーズ・ファッジまでなんでもあった。

コナとケイラは最後のひとつに投票し、多数決でわたしに勝利していた。

「いいじゃない、その帽子」スカーフが編みこまれたつばの広い帽子を被っているコナに言った。スカーフが見えている部分に生き生きとしたリスを自分で描き込んだらしく、彼女がくるりとこちらを向くと、リスがドングリを追いかけているように見えた。

小さいほうのワインクーラー二台をミニバンに積み、公園のうちの店のブースに運んで電源につなぐと、チョコレートを取りにまた店に戻った。チョコレートはあらかじめ四個入り、九個入り、十六個入りの箱に詰めておいた。ギフト用ボックスのみを販売する予定だったが、あとになって売れ残りそうだと思ったら、いつでもバラ売りにできる。

レジの引き出しを開け、携帯電話につなげて店の外でクレジットカードによる清算ができるようにするスクエア社のカードリーダーを探していると、お得意さまのお気に入りが手書きされたコナのカンニングペーパーに気づいた。レジの下に押し込んであって、お客さまがはいってくると、彼女が数え切れないほどそれを盗み見ているのをわたしは知っていた。

それが情報の宝庫であることに、わたしは気づいていなかった。ほとんどのお客さまは自分のお気に入りをこちらが覚えているとよろこぶが、すべての人のお気に入りを覚えておいて、好みが変わるたびに情報を更新するのは至難の業だ。わたしが勧めた新作を気に入ってもらえることもあるし、まったく気に入ってもらえないこともある。

リストのいちばん上は校長で、またもや怒りと悲しみを感じた。この数カ月に、コナは何度か彼の古いお気に入りを消しては、書き直していた。最新のお気に入りは人気の味、ブラック・フォレスト・ミルクだった。

「もう行ける？」コナにきかれて、わたしはカンニングペーパーをしまった。

早起きたちが公園に集まりはじめており、最後の半端仕事の手伝いを買ってでたり、並んだブースの先にある小さなステージのまえにキャンプ用の椅子やブランケットを置いて、場所取りをしたりしていた。

審査用のテーブルはステージの右手に、見たい人がどこからでも見られるように設置した。それほど興奮するイベントになるとは思えなかった。それでも、十人の参加者たちは興奮気味にエントリー作品をコナにわたし、トレーの割り当てられた番号のうしろに置いてもらった。参加者のひとりが手を挙げた。「わたしのは三番目にしてもらえますか？」だが、ほかの参加者たちが彼女を諫《いさ》め、順番を変えることはできないと諭《さと》した。

コナはとても寛大で、三人の審査員はそれぞれテーブルの別の角から審査をはじめるので、一番でも二番でも三番でもとくにちがいはないと伝えた。「でも、審査員に話しかけたり、なんらかの影響を与えたとイベントの進行役が判断すれば、その方は失格となります」

これにはおだやかな不満の声があがった。「飛行機から空中に文字を書いてもらうのはキャンセルしたほうがいいかしら」とひとりが冗談を言った。

ふたりの審査員はそろって到着した。フレデリックでそれぞれライバルとなるトップレストランを所有している夫婦だ。ふたりはグランシェフ・ネットワークの最新番組『四つ星シェフ決戦』で競い合っているといううわさだった。

ふたりにあいさつして進行の説明をしたあと、わたしの携帯電話が音を立てた。店のホームページからのお知らせだ。失礼しますと言って、お知らせを開くと、ホテルから大量の注文がはいっていた。大口顧客が戻ってきてくれた！

安堵の波に声をあげて笑った。わたしのチョコレートはばかげた殺人の道具にされながらも生き延びたのだ。それほどおいしいと思ってもらえたのだ。もしかしたら、ヒラリーから悪評をくらっても生き延びられるかもしれない。

十時五分まえに、ヒラリーと彼女の番組のロゴが派手に描かれたハマーのストレッチリムジンが到着した。車は発電機のひとつをかろうじてかわし、ステージの真うしろに停まった。息を止めて見ていると、運転手が後部ドアにステップを設置し、十センチヒールの赤いレザーのサイハイブーツを履いたヒラリーが最初に降りてきた。国旗を思わせる配色のワンピースは昨日のものよりおとなしめで、アシスタントたちも赤白青の組み合わせのものを身につけていた。彼らは毎日着るものをカラー・コーディネートしているのだろうか。

十時ちょうどに、グウェン町長と町議会議員の何人かが、小さな屋根つきのステージにあがった。グウェンはトレードマークのスカーフも何もかも、いつもの完全プロモードに戻っていた。

「毎年恒例となる、第一回ウェストリバーデイル・ファッジ・コンテストとアートフェスティバルへようこそ！」

毎年恒例？　第一回？　最初で最後じゃないの？　少なくともわたしはもう関わりたくない。

群衆はぱらぱらと拍手をし、町長は微笑んだ。

「このコンテストはウェストリバーデイルが提供する、ご家族連れにぴったりな楽しい週末の幕開けとなるイベントです。おいしいファッジの数々を味わうのが待ちきれません。小耳にはさんだ情報によると、ベルビータ・チーズでできているものもあるらしいですよ！　そそられるでしょう？」

彼女はポケットからノートカード（短信用の二つ折りのカード）を取り出して、ファッジらしからぬ風味に群衆がうめき声をあげるあいだ、それを見ていた。「みなさまにはこの機会にぜひ、地元アーティストによるアート作品を購入し、地元飲食店の出店でおいしい料理を食べ、メリーランドの美しい太陽を楽しんでいただきたいと思います」町長は美しい天気を自分が提供したかのように周囲を示した。

「このイベント開催にあたって、絶大なるご尽力を賜《たまわ》りましたチタンスポンサーに感謝したいと思います。もうご存じですね――〈ゲット・ミー・サム・ソーラー〉様です。最高にかわいらしい社名だと思いませんか？」彼女は群衆から拍手を引き出した。「社長のテレンス・ジャフエさん、どうぞ」

彼がステージに駆けあがると、わたしはコナのうしろに隠れた。ラミネート加工の資料を返してほしいと言われたら困る。

「ありがとうございます、町長。ウェストリバーデイルのような進んだ考えを持つ町と仕事をさせていただけてうれしく思います。みなさんの町長はすばらしいですね」彼は拍手し、群衆もそれに倣《なら》った。「彼女はこの町の、この国の、そして世界の未来にとって環境にやさしいグリーン・エネルギーがいかに重要かを知っています。わたしたちはその手助けができてうれしく思います。みなさまにもぜひ、わたしたちのウェブサイトをごらんいただき、いかに変化を生み出せるか知っていただきたいと思います」

社長がゆっくり三歩走ってステージからおりると、リースがテントのうしろから魔法のように現れて彼に詰め寄った。リースが彼に何を尋ねているのか知りたくてたまらなかったが、すぐにグウェンがマイクに向かって言った。「ではさっそくエリカ・ラッセルとミシェル・セラーノにステージにあがってもらって、ファッジ・コンテストをはじめましょう！」

24

エリカは町長に紹介されてうれしそうにステージにのぼったが、わたしは地上から手を振って拒否した。

「あら、だめよ」グウェンがマイクで叫んだ。「ここにいらっしゃい」

引きつった笑みを浮かべながら、ステップをのぼった。ステージに上がりたくないのを足が察したかのように、わずかにつんのめる。耳の奥で鈍いうなりが聞こえはじめた。人まえで話をするときはいつもこうなるのだ。

視界の隅で、リースがまだ気の毒なテレンス・ジャフェと話しているのが見えた。フェリーニの映画のように、相手の首に腕をまわして抱きついている。見ないでいるのはむずかしかった。グウェンでさえ目を離せずにいるようだ。

「みなさんに審査方法を説明したら？」グウェンがわたしにマイクを差し出した。パニックが顔に表れるのがわかった。

わたしはエリカにマイクをわたして、簡単なルール説明と審査員の紹介をしてもらった。

どんどん増えていく観衆は、ふたりのレストラン・シェフのときは礼儀正しく拍手しただけだったが、ヒラリーのときは大歓声をあげた。三人の審査員は審査テーブルの向こうのそれぞれの場所から手を振り、そのあいだにグウェンが高校のジャズクラブのメンバーを紹介した。彼らがステージにあがると、グウェンはリースにつかまったテレンスの救出に向かった。ステージの反対側にいるわたしにも、リースの歯ぎしりが聞こえるような気がした。

コナがテーブルのうしろから手を振ってわたしを呼んだ。審査員ひとりひとりに点数表がはさまれたクリップボードがわたされた。ヒラリーがアシスタントのひとりを呼ぶと、彼がシンプルな茶色いクリップボードから点数表をはずし、オレンジ色のチェックのクリップボードにはさみ直した。ヒラリーは満足そうだった。

ジャズバンドが演奏するあいだ、ヒラリーとふたりのシェフはしばらくテーブルのまわりを歩きまわっては、エントリー作品のファッジを食べてメモをとった。ヒラリーはどれもほんのちょっぴりかじっただけだった。わたしのいるテーブルの角を通りすぎながら、彼女はわたしにささやいた。「ファッジって嫌いなの」

わたしは笑った。「わたしもです！」

コンテスト参加者たちは身を寄せ合って、判定を待っていた。ヒラリーとふたりのシェフは点数表を比べ合い、やがてヒラリーが充分に聞き取れるひそひそ声でふたりと口論をはじめた。

近い場所にいるコナは笑いをこらえているようだ。とうとう三人の審査員はまえを向いた。ヒラリーは微笑んでいたが、ほかのふたりはけわしい顔をしていた。

「勝者を発表してもいいでしょうか？」ヒラリーが子どものように意気込んできいた。

「もちろんです」エリカが軽く会釈して言うと、ヒラリーは踊るように階段をあがってマイクをつかんだ。そして、自分の点数表を読み上げはじめた。彼女の独断で決めることをほかのふたりは納得したのだろうか？「三位は、チョコレート・ラズベリー快楽主義《ヘドニズム》！」

みんなが拍手し、受賞者は階段を駆け上がって、賞品の〈チョコレート&チャプター〉のギフトカードを受け取った。「二位は、ココナッツ・イン・パラダイス！」

がっかりした様子の年配の女性は、階段をあがってはこなかった。彼女はステージのまえで手を振り、手をあげて賞品を受け取った。

「そして一位は」ヒラリーは気をもませるためにゆっくりと言った。「ウェストリバーデイル・ファッジ・コンテストの栄えある第一回優勝者は……」

観衆はじらす彼女にブーイングした。

「ミント・エスプレッソ！」看護師でママのトーニャがステージにダッシュして、ヒラリーを抱きしめ、ちょっとしたよろこびのダンスを踊ったあと、エリカから賞品を受け取った。観衆は拍手し、ジャズバンドがまた演奏をはじめた。

わたしは審査員全員にお礼を言い、コナはチョコレートと最新ベストセラー本がはいったギフトバスケットをわたすのを忘れなかった。フェスティバルを楽しんでいってくださいと勧めたが、みんなほかに行く場所があるらしかった。

ヒラリーは最後にもう一度わたしをハグすると、アシスタントに指示してわたしに名刺を寄越した。そして、全員がハマーに乗り込んで帰っていった。安堵が押し寄せた。ヒラリーがどう出ようと、チョコレートもわたしも大丈夫だろう。

毎年恒例となる第一回ファッジ・コンテストは終わった。人でごった返すフェスティバル会場を見わたし、エリカに向かってにっこりした。わたしたちはやってのけたのだ。

コナとわたしはフードエリアのブースにいるケイラに合流した。〈グラニーズ・ファネルケーキ〉や〈ダブリン・ロースターズ・コーヒー〉は繁盛していたが、うちの店はあまり売れていなかった。常連客は今週大勢店にきてくれたので仕方ないが、旅行者には大いに宣伝して買ってもらわなくては。ゲートウェイ・ドラッグの出番だ。ひとつ食べたらやめられなくなる。

ケイラが冷やした銀のトレーの上に小さなキャラメルをたくさんのせ、わたしがそれを持って人ごみのなかに飛び込んで、みんなにチョコレートを勧め、裏にブースの番号が書かれたショップカードを配った。チョコレートはたちまちなくなった。天国のひと口を堪能する人たちを見るのはとても楽しかった。その多くがわたしたちのテントに向かってくれたので、よろこびもひとしおだった。〈スウィーニーズ・ウィーニーズ〉の裏をまわっていくと、リースが町長と口論しているのに気づいた。遠すぎて話の内容はあまり聞こえなかったが、ボーイズ・アンド・ガールズ・クラブの資金集めのことだけは聞こえた。

ビーンの新刊発売と入札式競売はボーイズ・アンド・ガールズ・クラブの資金集めのためにおこなわれるので、興味を惹かれた。話を聞こうとじりじりと近づいたとき、グウェンが大きな声で言った。「あなたのペンをお借りできる？　ありがとう！」そして、実はビデオカメラだとだれもが知っているペンをリースのポケットから引き抜いて、歩き去った。

リースは呆然としているようで、わたしは思わずにやりとした。すると、彼女がわたしに気づいて近づいてきた。「あなたが町長に入れ知恵したの？」こちらにのしかかるようにして立ち、気むずかしいハゲワシのようににらみつける様子に、わたしはくすくす笑った。

「なんのこと？」わたしは言った。「ペンを取られただけじゃない。たいしたことないわ。返してもらえるわよ」

「わかってるんでしょ」リースは言った。「町長がビデオカメラを取りあげたのは、違法なことをしているのがわたしにばれないようにするためよ。この町では山ほどの腐敗が進行しているのに、みんなはここがほんとうにメイベリーであるかのようにお気楽にすごしているんだから」

「腐敗って？」

「われらが著名な町長は、国政に出馬する資金をどこから得ていると思ってるの？　彼女のおもな資金提供者は〈ゲット・ミー・サム・ソーラー〉よ。契約を取るたびに大儲けしているのはだれだと思う？　ソーラーシステムの契約者全員に五百ドルも出せる町が、アメリカにどれだけあると思う？」

「つまり、町長がみんなにソーラーシステムを契約するよう呼びかければ、会社は選挙資金を出すと、あなたは考えているの？」皮肉交じりにはじめた質問だったが、最後には疑うような声になった。

「明らかでしょう？　点と点をつなげば」

「証拠はあるの？」

「まだないけど、手に入れるわ」リースは言った。「つけいる隙はかならずあるはずだし、見つけるつもりよ」

わたしは〈ピースフル・ハート・グラス〉で買い物をする町長を見た。グウェンは長年ウエストリバーデイルのために熱心に働いている。その彼女が、国政に出るためにほんとうに魂を売ったりするだろうか？

「どうしてボーイズ・アンド・ガールズ・クラブのための資金集めが必要か、知りたいかもしれないから教えてあげるわ」リースはつづけた。「たぶん、あの途方もないリベートを払うために、町議会がボーイズ・アンド・ガールズ・クラブに割り当てる予算を削ったからよ」

彼女は足音荒く歩いていった。おそらく別のペン型ビデオカメラを手に入れるためだろう。

それで町長は資金集めにわたしたちを駆り出したの？　わたしは温まってしまった銀のトレーとなくなったチョコレートのことを思い出し、ブースに戻った。

エリカが小さな緊急事態に対処し、わたしはチョコレートを売りながら、できるときは手を貸すうちに、午後はあっという間にすぎた。お開きまであと一時間というころになってレオが現れ、スターという名前のとてもすてきな女性をわたしに紹介した。

「すごくきれいな名前ね」と言って、わたしは彼女と熱烈な握手をした。

レオに〝ほどほどにしろよ〟という顔をされたので、手を引っ込めた。だからといって、デートなのか判断しようと、ふたつ先のブースまでふたりのあとをつけるのをやめたわけではなかった。わたしの知るかぎり、レオは帰還してからデートをしたことがない。見ていると、兄は彼女の背中に触れて、つぎのアーティストのもとへと導いた。これはすごいことだ！

あっという間に午後六時になり、第一回ウェストリバーデイル・アートフェスティバルは正式に閉会した。

コナとケイラとわたしはくたくたで、わたしは早い時間に日焼け止めを塗ったきりだったので、ちょっと日焼けしていた。

ビーンは後片づけの作業中で、テントを解体する合間に寄って、わたしの鼻に指で触れた。

「そばかすが増えたね」

すばらしい。

「今日はどうだった？」彼がきいた。

「上々よ」わたしは言った。汗ばんで疲れ切っていたが。「とにかく終わってくれてうれしい」

彼は微笑んだ。「うちでビールが待ってるぞ」

うち？　わたしたちのうちをそう思ってくれていたの？　わたしは温かな気持ちになった。

町長はすべてのブースをまわって、参加してくれた人たちにお礼を言っていた。「ミシェル、あなたや委員会のみんながこのイベントのために熱心に働いてくれたことを、わたしがどんなに感謝しているか、とてもことばでは言い表せないわ。ほんとうにすばらしかった」

「ありがとうございます、グウェン」わたしは疲れすぎてことばを発するのもひと苦労だった。「終わったのが信じられません」

「充分休む時間をとって、明日の新刊発売イベントに備えてね」そして、悲しそうに言った。「わたしたち、あなたたちに仕事を押しつけすぎたかしら？」

この〝わたしたち〟は尊厳の複数形（高位身分にある者が自分を指すとき一人称複数を用いること）？　「今日に比べれば楽なものですよ」わたしは言った。仕事を押しつけすぎだということにようやく町長が気づいてくれたようでうれしかった。「そうだ、ちょうどいい機会だわ。ソーラー会社のことでひとつ質問があるんです。記事を読んだんですけど――」

彼女の目に怒りが燃えあがり、わたしは話すのをやめた。

「あのお騒がせリースの言うことを信じてるの？」グウェンの声は怒っているというよりいらいらしているようだったので、わたしはほっとした。

グウェンはわたしの腕を軽くたたいた。「デニースを殺した犯人を見つけ出すのに、あなたとエリカがどれだけ尽力してくれたかはわかっているけど、調子に乗らないことね。あなたたちもリースみたいな陰謀論者だと思われるわよ。そろそろ通常の、おいしいチョコレートを作るというすばらしい仕事に戻るべきだと思うわ。それとも、私立探偵の看板でも出すつもり？」彼女はそう言って笑った。

わたしは無理に笑顔をつくった。「すべてが通常に戻ったらすばらしいでしょうね」

嵐の前触れである冷たい風が公園を吹き抜け、雨に降られるまえ荷造りを終えようと急いだ。

店に荷物を運び込んでいるときに雨が降りだしたが、おかげで作業ははかどった。

「ビールを買って、うちにみんなを呼びましょう」わたしが提案すると、エリカは同意した。

わたしは何人かの人たちをメールで誘い、ボビーも呼んで、何が起こるか様子を見ることにした。

すぐにわが家のキッチンは即席のパーティ会場となった。うれしいことに、レオはスターを連れてきたので、わたしは質問することが、つまり、彼女を知ることができた。「それで、ふたりはどこで出会ったの？」わたしは精一杯感じの悪い詮索屋風にきいた。

スターはレオを見上げ、彼は「話していいよ」と言った。

「PTSDのサポートグループの集まりよ」彼女は簡潔に言った。「ウェストリバーデイル退役軍人クラブの」

わたしは唇を噛んだ。レオが除隊したとき、復員軍人雇用訓練局のサービスについては調べていたが、彼はいつもそういうものを拒否してきた。ようやく、まえに進むために必要なことをする準備ができたのだ。完全に通常に戻ることはできないかもしれないが、新しい人生には未来があるかもしれない。

わたしの顔に誇らしさが表れていたらしく、兄は言った。「やってみるよ、ベリー」声がかすれている。兄をぎゅっと抱きしめるのはがまんしたが、やたらとスターをちやほやしたことで彼女を少し気まずくさせてしまったかもしれない。

ジョリーンとスティーヴが学生ボランティアたちを何人か連れて、ソーダでいっぱいのクーラーボックス持参でやってきた。学生たちをビールに近づかせないための措置だ。学生のほとんどはパーティ好きなタイプに見えなかったが、わたしに何がわかるだろう？　彼らはリビングルームで、魔法使いや次元をわたり歩く人や呪文や土地が出てくるゲームをして夜をすごした。ルールのことで口論したり大声をあげたりもしていた。

ベアトリスとハワードはサミーといっしょに顔を出し、サミーはまっすぐビールを取りにいった。ベアトリスは彼に小言を言った。「今日はすばらしい日だったけどね、サミー、わたしがノートに書き留めた人たちに連絡してフォローアップしなくちゃだめよ」

彼がくるりと目をまわしたのは確実だった。

ハワードが外の雨を見に窓辺に行ったとき、バセットハウンドのような目がいつも以上に悲しげだったので、わたしは彼のそばに行った。彼は一瞬だけ笑顔を見せた。「ひどい降りだね」

「ハワード、わたしね、むずかしい問題を抱えていて、あなたの助けが必要なの」とわたしは口火を切った。「もしあなたがわたしで、もちろんまったくの偶然なんだけど、ある人が大金を、そうね、権威を持っている人物とでも言っておきましょうか、その人にわたすところを見てしまったとしたらどうする？」

彼の顔が不安そうになった。「その人がどういう人間かによるんじゃないかな？」

「あるいは、その権威のある人物がね。たとえば、建物検査官とか」

彼は目を丸くし、肩越しにベアトリスを見やった。「ビーには言わないでくれ」彼は言った。「どっちにしろポーカーはもうやめたんだ。おれは抜けると言った。永久に」

「じゃあ、あれはギャンブルのお金だったの？」

「問題を抱えていたんだ、わかるだろう？」彼は言った。「ずっとまえにビーにやめさせられた。もう問題は起きないだろうと思ったんだが、あの嫌なやつがビッドの額をどんどん上げさせるものだから……」彼は首を振った。「実のところ、こうなってくれてよかったよ。完全にやめられたから」

その話を聞いて、ウェイン・チョーンシーをますます憎んだが、ハワードの容疑が晴れたことにはほっとした。

ボビーが立ち寄った。風と雨で髪の乱れた彼のキュートさにエリカが気づいたのはたしかだ。わたしがビールをわたすと彼はありがとうと言い、エリカのほうはまったく見なかったが、意識しているのはバレバレだった。

ビーンも彼を見ていたので、わたしたちの目が合い、わたしが先に目をそらした。

夜中の十二時になると、エリカは全員を追い出した。ビーンはわたしに謎めいた笑みを向けながら、階上に行った。これってどういう意味？　階上《うえ》に来いと誘ってるの？　誘ってくれとたのんでるの？　混乱しすぎて何も判断できなかった。

パジャマに体をすべりこませたあと、男性の声を聞いた。キッチンの窓からのぞくと、エリカとボビーがポーチで話しているのが見えた。というか、話しているように見えた。どういうことなのか知りたくてたまらなかったが、ベッドに倒れ込むと、たちまち眠りに落ちた。


昨日よりもだいぶリラックスしたファッジ・コンテスト委員会の面々は、入札式競売に出品されるものを集めたり、コミュニティセンターでビーンのサイン会の準備をしたりして朝をすごした。コナはエリカのためにばかげたソフトボールのカップケーキを作り、それはわたしでさえかわいいと認めなければならない出来だった。

ケイラに店をまかせて、コナとわたしはエリカを手伝って椅子とテーブルを並べた。

エリカはひどくおとなしかったが、「大丈夫？」ときいても「大丈夫よ」としか答えなかった。

「ところで、ボビーと何を話してたの？」入札式競売のテーブルにバスケットを置きながら、わたしはきいた。

彼女はわたしに見られていたことに驚いたようだった。「話し合ってただけよ、いろいろな……問題について」

「昔あんなことをした自分は大バカ野郎だったって謝った?」彼女がほんとうに大バカ野郎だと思っているわけではないが、そう言えば話をさせることができるとわたしは知っていた。

エリカはそんなことなどお見通しで微笑んだ。「ええ、そこまで簡潔な表現ではなかったけど」

「そうしたらどうなった?」

「どうもならないわよ」彼女は言った。

「キスされなかったの?」わたしはびっくりしてきいた。

彼女は笑った。「ええ。彼はしたかったんだと思うけど、そういうことはよく考えてからじゃないとできないのよ、たぶん」そして、まじめな顔になった。「わたしを許せるかとかね」

「あなたのほうからキスすればよかったのに」わたしは言った。わたしならきっとチャンスを無駄にせず、自分のアドバイスどおりにするだろうと思いながら。

すると、映画でしか起こりえないような完璧なタイミングで、〈ユージーン生花店〉の配達の男の子が大きな花束を持ってやってきて、「エリカさんは?」と声をかけた。

エリカは目を丸くし、口を小さなOの形にしながらサインをした。

「きれいね」わたしは言った。「カードを読んでみて」

彼女はちょっと恥ずかしそうに微笑んでから、小さな封筒を開いた。微笑みが消えた。

「エンバートンからのお礼だった」

ロマンティックコメディってやつは。

新刊サイン会のまえに着替えるためにコミュニティセンターを出ると、リースが待ち伏せしていた。わたしにGPSトラッカーでもつけているのだろうか。

「ミシェル」わたしに歩調を合わせながら彼女は言った。「どうかしてると思われるのはわかってるけど……」

彼女が一歩歩くあいだ、わたしは二歩近く歩かなければならなかった。「へえ、自分でもわかってるんだ」

「話さなきゃならないことがあるの」彼女が肩越しにこちらを見た。「あなたがデニースに毒を盛ったとは思ってないわ」

「もちろん、そうでしょうね」エリカの車に乗せてきてもらったので、ミニバンを取りに店に戻らなくてはならないことを後悔しながら、わたしは言った。「だれも思ってないわよ。百年まえの高校時代、バスケットボールのチームであなたのポジションを奪ったわたしに仕返しをしたくて、でっち上げただけでしょ」

「わたしからガイ・ファインストーンを遠ざけたことでもね」それに何か意味でもあるように彼女は言った。

「だれよそれ？」

「覚えてもいないのね。うちの近所で毎週土曜日に彼とバスケットボールをしてたでしょ」

彼女は一語一語に恨みをこめながら言った。

「ああ、あのガイね」わたしは言った。彼は、コートのなかで屈しない女子と、こだわりなくバスケットボールをするグループのひとりだった。「高校のとき引っ越したんじゃなかった？ 彼とデートしたこともないのに、どうしてあなたから遠ざけることができるのよ？」

「彼はあなたとデートしたがってた」

「そんなのわたしだって知らなかったのに、どうしてあなたが知ってるの？」ガイがやたらとわたしにファウルをしかけてきたときのことを思い出した。これはすべてリースの頭のなかでのことなのだろうか、それともわたしがあまりに鈍かったの？

「九年生のとき、セイディ・ホーキンズのダンス（女子学生が自分で選んだ男子学生を同伴するダンスパーティ）にいっしょに行ってほしいとたのんだら、彼はあなたに申し込まれるのを待ってるんだって言ったのよ」

この人、わたしが思ってた以上にどうかしてる。「へえ、それってほんと？」

彼女はわたしの質問を無視した。「離婚するまでは平気だった」彼女は間をおいた。「でもそのあといろいろあって、セラピーで昔のことが全部よみがえってきたの。それでまた頭にきちゃって。でも、セラピストに言われたのよ、あなたに謝って水に流さなくちゃいけないって」

「謝罪を受け入れるわ」なんなの、この人。

「それと、今回の調査についてだけど、わたしたち、協力するべきだと思うの」

リースにそう言われて、わたしは何もないのにのどを詰まらせそうになった。そんなの無理に決まってるじゃないの。「どうしてそんなことしなくちゃならないの？」

「わたしには役に立つかもしれない証拠があるからよ」彼女はわたしをじらすかのようにフォルダーを振ってみせた。「敵の弱みを見つけたの」

これにはそそられた。言ったのがリースであることをのぞけば。「ロケット刑事か署長に話したら？」

「わたしの言うことなんかもう聞いてくれないわよ。でもわたしたちふたりで行けば、耳を貸さないわけにはいかないでしょ。裏話についての独占記事を書かせてくれるなら、あなたと手を組むわ」

「こうしましょう」わたしは言った。今はもう店のまえに着いていた。「考えてから知らせるわ」

彼女はわたしに向かって目をすがめた。逃げるつもりだろうかと考えているのだ。ようやく記者の本能らしきものが備わってきたのだろう。「いいわ。でも、あんまり待たせないでよ。これは急を要するんだから」

でしょうね。ブログの締め切りに間に合わせなきゃならないんだから。彼女の顔のまえでドアを閉めると、キラキラ光るベルが皮肉っぽく鳴った。

コミュニティセンターは人でいっぱいだった。こんなに大勢の人たちがどこから来たのかはわからないが、ヤッピー風の人たちのグループは、DCの交通渋滞について話していた。椅子を並べる手伝いをしたときは、全部埋まるとは思ってもいなかった。

さまざまな人たちがいた。もちろん、髪の長すぎる向こう見ずな少年が、今や世界的ジャーナリストだとは信じられないらしい地元の人たちも多かったが、日焼けした旅行者たちもいたし、ブランドものの服で決め、爪も髪も手入れの行き届いた人たちもいた。古着にオタクサングラス姿の流行に敏感なヒップスターたちも何人かいた。

グウェン町長はエリカに進行役をまかせ、魅力的な人たちが競売品を高値で入札してくれそうなので満足そうだ。リースが言っていたことが事実でなければいいのだが――ボーイズ・アンド・ガールズ・クラブが地域社会にとっていかに重要か、町議会は知っているはずだ。多くの人たちがお世話になってきたのだから。

エリカのコミック本クラブのメンバーたちは後列に陣取り、携帯電話で自撮りをしては、くすくす笑っていた。彼らが手伝うことで課外活動の単位がもらえるよう、ジョリーンが英語教師に交渉してくれたのだ。

ビーンは競売に出品される品物でいっぱいのテーブルのそばに立って、勇気を出して近づいてきた人と優雅に話していた。彼の出版社はワインとチーズスプレッド代を出してくれていたし、十代の子供たちに全部持っていかれないように、コナとわたしで小出しにしながらトレーに並べている大量のチョコレートの代金も払ってくれていた。わたしたちのいつもの仕事を理解しているゼインは、割り当て以上の働きをしてくれた。コナは彼に誘うような笑みを向けた。彼がいつもわたしたちのそばにいるのはチョコレートのためだけじゃないのかもしれない。

「ゼイン」わたしは言った。「あの写真のことで何かわかった?」

彼は最後にもう一度コナを見てから、わたしに目を向けた。「エリカから今週末はやらなくていいって言われたんだけどな」そして、ずるそうな笑みを浮かべた。

「それで、見つけたの?」わたしはひどく興奮していて、とても待てなかった。「納屋を見つけたの?」

彼は自分の携帯電話を出して、写真を呼び出した。「納屋が面している方角についてあなたが言ったことをエリカが話してくれたから、グーグルマップで緯度と経度を調べたら、オリジナルの写真と一致した」

携帯の写真でははっきりとは見えないが、〈ゲイブル暖房配管〉の巨大な看板つきの大きな納屋だとわかった。「だれの納屋なの?」わたしはきいた。

「古いダーラム農場だよ」ゼインは言った。「デニースはフォトショップで看板を消して、あの写真にしたんだ」彼は修正した写真を見せた。「その加工をしたとき、ジオタグも消えてる」

「どうして校長はその写真を公にしたくなかったのか、何か考えはある?」その方角には、破綻した住宅開発地と隣町につづく二車線道路のほかは、これといって何もない。ほとんどの人はその道路ではなく、遠回りになってもハイウェイを使う。なりふりかまわず手に入れようとしたあの写真が、校長にどんな危険をもたらすというのだろう?

やがて、ビーンが最新のファンに断ってわたしのほうに歩いてきたので、わたしはすっかり気が散ってしまった。彼は「ありがとう」と言って、わたしの手をにぎった。

彼の手のなかで指がカールした。「どういたしまして。でも——」すると彼はわたしの頬にキスして、講演をはじめるべく部屋の前方の自分の立ち位置に向かった。

大おばにするような頬へのキスではなかった。手で温かく頬に触れ、傾けてからのキスだ。これまで唇にされた多くのキスよりずっと親密だった。わたしはぼーっとした。

アフリカの異なる共同体における地球温暖化の影響を調査する旅を題材に、ビーンはすばらしい話をした。胸が張り裂けそうな個人的な逸話もあったが、アフリカが大陸としていかに脆弱かについても論証し、そのあと合衆国の各地域と関連づけて、現実のことだと自覚させた。

しかも何度もわたしと目を合わせた。まるでわたしに直接話しかけているように。いったいどういうこと?

ビーンが話を終えると、人びとがサインをもらうために並びはじめた。エリカが本の準備をした。

本格的に入札がはじまると、コナが入札式競売のテーブルに近づいた。お揃いのピンクのスーツを着たふたりの女性が、五日間のスパの旅をめぐって競り合っていた。そのうちのひとりは、切りっぱなしの無造作ヘアが、がっしりしたあごを目立たせているように見えた。

美容師に嫌われているにちがいない。

携帯電話が振動したので、ポケットから取り出した。

「うわ」除湿機の不具合を知らせる緊急メールだった。もう！　最新式もこれまでか。

「何？」とコナがきいた。

なんで今なのよ。「除湿機にお知らせ機能がついてるのは知ってるでしょ？　オフになってるってメールが来たの」

この数日懸命に作ったチョコレートを失うのかと思うと、胸にパニックがきざした。新たな災害に見舞われたら、今日の売り上げのすべてをもってしても乗り切ることはできないだろう。「自分で直せるかどうか、ちょっと行って見てくる」とコナに言った。

「いっしょに行こうか？」とコナは言ってくれたが、その視線はまたゼインへと向かった。

わたしは微笑んだ。「ううん、ひとりで大丈夫。すぐに戻るわね」

路地を縫って店の裏の駐車場に向かうあいだ、町は静かだった。ココが切迫したように「にゃー！」と鳴いてわたしを迎えた。

「はいはい」わたしは猫に言った。「まだ食べ物がほしいの？　ご近所じゅうからえさをもらってるくせに、この浮気娘」

裏口のドアを解錠すると、すぐにココがなかに走りこんだので、わたしはあわてふためいた。どういうこと？　だれかがこの子を建物にはいるようにしつけたの？

「ココ！」通路を走って消えた猫に叫んだ。背後でドアがバタンと閉まった音が響きわたり、防犯アラームが切られていることに気づいた。これだけのことがあったあとで、出かけるときセットしなかったとは信じられなかった。

これについては、設備をチェックして、ココを外に連れ出してから対処しよう。照明のスイッチを入れ、厨房のドアを開けた。

グウェン町長が銃を手にしてわたしの除湿機のそばに立っていた。その足元ではリースが力なく倒れていた。

25

「グウェン？」わたしは頭のおかしい人に話しかけるように冷静に言った。実際、相手をそう思っていた。「どういうこと？」わたしの声は震えていた。自分に向けられた銃が、アニ、メのようにどんどん巨大化する。残念ながら銃は本物で、飛び出すのは〝バーン！〟と書かれた小さな旗ではなく銃弾だ。町長はリースを撃ったの？　深く息をして銃から目をそらした。リースのそばに血はなかった。

　グウェンは首をかしげた。「じゃあ、知らないのね」

「何を？」心臓をどきどきさせながら、どうすればこんなことになるのか考えようとした。リースが生きているかどうかもわからなかった。

「あなたがリースと話しているのを見たのよ。だからきっとリースから聞いてると思ったの」彼女は言った。自分の見込みちがいについて考えるあいだ、手のなかの銃がわたしからそれはじめた。

　わたしは半歩だけドアのほうにあとずさった。「リースからは何も聞いてません。その銃をおろして、この状況について考えませんか？」

銃がまたわたしに向けられた。「あなたならいずれ見つけていたでしょうね」グウェンは言った。「とにかくしつこいから。あなたにそんなところがあるなんて知らなかった。エリカならわかる。でもあなたはちがうと思ってた。意外だったわ」

「ありがとう、と言うべきかしら?」わたしは言った。「彼女は死んでるの?」どうがんばっても震えてしまう声で言いながら、もう一歩あとずさった。グウェンはリースを見下ろして軽く蹴った。

リースはうめき声をあげ、わたしは安堵に満たされた。もしかしたらグウェンは本気でわたしたちを殺すつもりはないのかもしれない。

「まだよ」グウェンは言った。「でも、いずれそうなるわ」彼女はわたしとのあいだに金属の作業テーブルをはさんだまま左に移動した。

「どうして彼女を殺したいんですか?」殺したいのは明らかに〝彼女とわたし〟と思われたが、口には出せなかった。

グウェンは唇を引き結んだ。「あなたたちがあきらめようとしないからよ。リースはわたしの選挙運動員のひとりに接触した——とくに取り柄もない取り巻きには気をつけるように言われていたのよ。信用できないのがひとりいるのは知ってたんだけど、リースに資金提供者のことを話したのはやっぱりそいつだった」

「ソーラー会社のことですか?」何かがおかしいとコナが気づいてくれるまで話をつづけさせることはできるだろう。

銃を持つ彼女の手がぴくりと動き、わたしは別の方向から攻めることにした。「あなたがこの除湿機のコンセントを抜いたんですね？　それでわたしに知らせが行くとどうして知ってたんですか？」周辺視野で武器として使えるものがないか探したが、コナが徹底的に掃除しており、あとで使うためにとっておいたキャラメルとレードルがはいった重い鍋と、金色のココアバターのボトルがコンロの上にあるだけだった。

「設置したときに見せてくれたじゃない」グウェンは顔をしかめた。「この町ではたくさんのどうでもいいことに興味があるふりをしなくちゃならないんだけど、あれはきつかったわ。でも、わたしは無駄なことはしたくないの。ちゃんと収穫はあった。でしょ？」

「でも、今夜この建物にはいるためのセキュリティコードはどうやって知ったんですか？」

「助けてくれる人がいたから」彼女は言った。

「校長ですか？」彼は警備会社のジョニーとかなり親しかった。ジョニーが裏口のコードを校長に教えたのだろうか？

どうして町長はこんなことをしているのだろう？　こんな極端なことを。そのとき、ピースがあるべき場所にはまった。ダーラムの農場は町の郊外の、あの実質空き家状態の住宅開発地に向かう途中にある。コナが作成したお客さまのお気に入りのチョコレートのリストがぱっと頭に浮かび、つながりが見えた。校長のお気に入りは町長のものと同じだった。ああ。うそ。マジで。ふたりは不倫関係にあったのだ。デニースの写真は、校長自身の家ではなく、町長の家のそばの納屋を通りすぎる校長の車をとらえたものだった。

つまり、校長は明け方に彼女の家から車で去っていくところだったのだ。不倫がデニースを殺すほどのことだろうか？　リースとわたしも殺すほどのことだろうか？

「不倫をしてるからデニースを殺したんですか？」わたしはぞっとしてきいた。「あなたは未亡人ですよね。どうしてそれが問題なんですか？　待って――あのトラックでわたしを殺そうとしたのはあなただったんですか？」あの黒いトラックをまっすぐわたしに向かって走らせる町長を想像し、恐怖と同時に怒りを感じた。

「デニースを殺したのはわたしじゃないわ」彼女は言った。「ピーターがひとりでやったことよ。バカな人。もっとよく考えてさえいれば、こんな面倒なことにはならなかったのに」

「じゃあ、わたしを殺そうとしたのはあなたなんですか、それともピーターなんですか？」どうしても知りたかった。

彼女は笑った。「それについては黙秘するわ」

「どうしてラリーを殺したんですか？」彼女がわたしを見つめるばかりなので、わたしはさらに言った。「わたしを殺すまえにひとつくらい教えてくれたっていいでしょう」

「あのカス野郎はわたしを脅迫したのよ。このわたしを！　この町のためにこれだけのことをやってきたのに。まだできることだって……」彼女は大きく息をした。「それはこれから考えればいいわ。さあ、そのレードルを持ちなさい」彼女は銃でレードルを指した。

わたしはゆっくりとテーブルをまわった。「この状態からどうやって逃げるつもりなんですか？」

「あなたへの対抗意識からリースがかっとなった」彼女はそれが理にかなっているかのように話した。「そして、あなたが作業していたところへリースが乗り込んできたので、あなたはその鍋のレードルで彼女の頭を殴って殺そうとした」

「冗談でしょ？ レードルで？」まだ当てこすりは言えるようだ。

口をはさまれなかったように、彼女はつづけた。「そして残念なことに、リースは倒れながらあなたを撃った」

「これだけのことがあったのに、そんなたわごとを信じる人がほんとうにいると思っているんですか？」

「わたしがそう言えば信じるわよ」彼女はかみつくように言ったあと、落ち着くことに意識を向けた。「ほかの殺人には目撃者がいなかった。でも、あなたといっしょに設備の確認に来たわたしがいるから、あなたはひとりじゃない。わたしが悲劇の物語をみんなに伝えるわ」

「エリカやビーンやレオがあきらめると思いますか？ 彼らはあなたの話なんてこれっぽっちも信じませんよ」

彼女の顔がさらに冷ややかになり、わたしは邪魔する者はだれであろうと許さない彼女に恐怖を感じた。「信じてもらったほうがいいわよ。彼らのためにも」

すばらしい。殺人マニアがアメリカ合衆国下院入りを目論んでいるなんて。おそらく、初めてのことではないだろうけど。

「この町のほとんどの人たちは足並み揃えて歩く羊の群れよ。でもあなたはちがう。そしてこのおバカさんも」

わたしはコンロに近づいた。「オーケイ。つぎはどうしますか？　リースとは離れすぎてますけど」

彼女は目をすがめた。わたしを信用していないのだ。

わたしは左手でレードルを持ち上げるふりをした。「キャラメルが冷えすぎて、くっついちゃってるわ」と言って、コンロの火をつけた。

ありったけの勇気を出して、彼女に背を向け、右手で金色のココアバターのボトルをつかんだ。

そのとき、シャーッという大きな音が聞こえ死ぬほどびっくりしたが、音を発したのはココだった。グウェンの足首に飛びかかったのだ！　わたしは向きを変え、一塁で走者を刺すように、グウェンの額をねらってボトルを投げつけた。彼女がぎょっとした隙に、鍋からレードルをつかみ、テーブル越しに熱々のキャラメルを引っかけた。

グウェンは悲鳴をあげた。銃が暴発し、彼女は銃を落として両手で顔を覆った。わたしは走ってテーブルをまわり、両手でにぎったレードルをフルスイングして彼女を打った。

彼女はドスンと床に倒れた。

わたしは武器を落とし、あたふたと携帯電話を取り出して、九一一に電話した。「マクシーン！　署長を寄越して！　ボビーを寄越して！」

グウェンが身動きしたので、わたしはココを抱き上げて裏口に走った。自分が意味不明なことを言っていたのに気づいて言い直した。「〈チョコレート&チャプター〉のミシェルです。すぐに来てください！　町長がわたしたちを殺そうとしたんです！」

26

ボビーが九一一から知らせを受けて最初に到着し、すぐにレオとエリカとビーンとコナが、そしてサイン会で残っていた人たち全員が駆けつけた。あとで聞いたことによると、ゼインは無理やり会場に残されたそうだ。町いちばんのベビーシッターを土曜日の夜十二時間ための権利をどうしても手に入れたい、凶暴なPTAママ数人から入札式競売品を守るために。

ふらつきながらも、町長は空いばりで難を逃れようとしたが、手にしている銃の説明はできなかった。署長みずからが彼女を逮捕し、罪状をラリー・ステイプルトン殺害容疑、およびリースとわたしに対する殺人未遂容疑と告げた。まだ意識のないリースは病院に救急搬送された。

ココは人びとが到着するやいなや姿を消した。あの猫のおかげで窮地を脱したことが知れわたれば、彼女はもう二度と飢えることはないだろう。今でも飢えてはいないが。

わたしがダイニングエリアに座っているあいだ、レオはそばを離れず、動向を見守っていた。「最悪の日だった？」

わたしは笑顔で首を振った。「そこまでじゃない」それでもまだ心配そうなので、こうつけ加えた。「けがはしてないわ、レオ。怖かっただけ」

ロケットが供述を取りにきた。

「これだけのことをしたんだから、ケニーウッド・パークに行く権利はあると思うわ」わたしはすべての出来事を伝えたあとで言った。

「そだなー」ロケットはきつい ピッツバーグ訛りで言った。「んじゃー連れてってやるか。サンダーボルトに乗ろう」

ビーンは顔をしかめたが、わたしは笑顔を隠せなかった。ふたりの殺人者がつかまったのだから。


何週間かぶりで不安を覚えずに目覚めた。ファッジ・コンテストとアートフェスティバルは成功を収めた。デニース殺害事件の真相も明らかになり、わたしたちの店の評判も完全に回復した。

正午のパレードまでに、少なくとも数人の友人たちがくわしい話を聞きにくるだろう、と思いながらキッチンに向かった。

コーヒー豆を挽《ひ》くと、すぐにエリカがおりてきた。「気分はよくなった?」と聞いて、愛情深くわたしをハグすると、ベーコンを取り出そうと冷蔵庫に向かった。

わたしはにっこりした。「信じられないけど、ようやく終わったのね」太陽は輝き、コーヒーは淹《い》れるばかりになり、仕事も失わずにすんだ。パントリーからパンケーキの材料を取り出したとき、携帯電話が振動してメールの着信を知らせた。

「だれからのメールか見てほしい?」フライパンのなかのベーコンをつつきながらエリカがきいた。

「お願い」わたしはお尻でドアを閉めながら言った。

「レオからよ」彼女は携帯電話を手にして目をすがめた。「わたしたちがまともな格好をしてるかきいてる」

「来るように伝えて」エリカが〝送信〟を押してすぐ、わたしがまだ粉類を混ぜているときに、レオが玄関から勝手にはいってくる音が聞こえた。

「うまそうなにおいだな」と言って、礼装の軍服姿のレオが、足を引きずりながらキッチンにはいってきた。

「やだ、いかすじゃない」エリカが言った。わたしは目に涙をためて兄を見つめるばかりだった。

レオはエリカににこっと笑いかけてから、わたしをじっと見た。「大丈夫かい、ベリー?」

わたしは胸がいっぱいでしゃべれず、唇を噛んでうなずいた。

「じゃあ朝食にしよう」彼は言った。「パレードで行進しなくちゃならないんだ」

電話やメールをくれたり、訪れたご近所さんや友人たちに感謝するうちに、午前中は目にも留まらぬ速さですぎていった。トーニャからの電話によると、リースは脳震盪《のうしんとう》を起こしていたが、早くもノートパソコンと携帯電話を要求しているという。グウェンがあんなに危険な人だとは思いもしなかったリースは、わたしの店で彼女と会うことに同意したが、裏口からなかにはいったあとのことは何も覚えていないらしい。

わたしはさまざまなこと《パウンズ・オブ・フラワー・アンド・シュガー》を経験した。ビーンはアメリカじゅうで読まれることになる、小さな町で起きた殺人事件のネタを手に入れた。

「しばらくウェストリバーデイルにいることになるかもしれない」とビーンはエリカに言った。そう言いながらわたしのほうを見てた？　わたしは生地をかき混ぜるのをやめて耳を澄ました。

「ほんと？」エリカが興奮気味にきいた。

「たしかにこのあたりには調査するべき腐敗があるからね」彼は言った。

わたしは首をすくめて笑みを隠し、温かい幸せな気分に身をまかせた。もしかしたらビーンが滞在することにしたのにはもうひとつ理由があるのかもしれない。

ボビーは機会があるたびに電話で事件の最新情報を知らせてくれた。まず、九一一の通信指令係の娘だという十代のボランティアが、リースの情報提供者だったことを告白した。リースは彼女をだまして情報をひとつ流させ、もっと情報をよこさないと、情報を流出させたことをばらす——それは永久に記録に残る——と言っておどしたのだった。わたしはリースがグウェンにもう一発くらい殴られていればよかったのにと思いかけた。

いくつかの点ではリースが正しかったのだとしても。

グウェンが逮捕され、もう政治的圧力を使って疑いを晴らしてもらえないとわかると、ピーターは自供しはじめた。彼はグウェンと恋に落ち、彼女が国政選挙で当選したら離婚しようと思っていた。だが、脅迫の手紙が届くようになった。

ラリーのパソコンがグウェンの家の屋根裏で見つかり、彼女はどうしてそれがそんなところにあるのか知らないと言い張ったものの、パソコンは彼女の指紋だらけだった。そこにはグウェンと校長の大量の不倫写真と、金を要求する手紙が保存されていた。彼女と校長とソーラー会社社長の深夜の密会写真もあった。おそらくラリーは写真を公開すると言ってグウェンを脅迫したのだろう。町議会が契約者に五百ドルのリベートを払うのと引き換えに、ソーラー会社が選挙運動のための資金を提供していることにも気づいたにちがいない。グウェンのなかでは、不倫と賄賂、どちらのほうが悪いことだったのだろう?

ラリーのパソコンのなかの写真はすべて、デニースが不法侵入窃盗にあったあとに撮られたものだった。推測するしかないのだが、ラリーは自分がデニースに脅迫されたあと、スタジオに不法侵入したときにオリジナルの写真を見て、校長を脅迫するというアイディアを得たようだ。校長の車がそんなに朝早く納屋のまえを通りすぎるのはあやしいと気づき、自分でピーターを尾行したのだろう。ピーターとだれあろう町長との不倫写真を手に入れたラリーは、大当たりだと思ったにちがいない。

デニースは学校の専属写真家になれることを証明するため、ぜひスタジオに来て作品を見てほしいとピーターにたのみこんだ。ピーターはやんわりと断るつもりでスタジオを訪れたが、そのとき納屋のまえを走る自分の車の写真を見てしまう。デニースは普遍的なものにするために〈ゲイブル暖房配管〉の広告板を消して、写真を修正する方法について語り、ピーターは彼女が脅迫者だと誤って思い込んだ。しかし、デニースを最上級生のポートレート写真家にしても、脅迫者の要求はつづいた。

デニースがＤＣで作品を展示することを話すようになると、ピーターはパニックになって、ギャラリーのオーナーに会うまえに彼女を殺した。すべては計画的なものではないと訴えようとしたが、彼は殺人について細部まで計画していただけでなく、証拠を仕込み、アリバイ作りのためにオパールと寝ることまでしていた。どう見ても計画的だった。

毒はシアン化物だった。ピーターが何年もまえに学校の地下室でひと瓶見つけ、とっておいたものだった。機会があったなら、彼がその瓶でほかにどんな問題を解決していたか、だれにわかる？

鍵屋のフィッツィーは最悪の気分だった。彼のけいれんは悪化していたが、もう仕事ができないことはだれにも知られたくなかった。コリーンに錠前を変えてくれとたのまれたとき、彼はピーターに電話して代わりに仕事をしてもらい、注射針を仕込む機会を与えてしまったのだった。

脅迫の手紙はデニースの死後いっそうしつこくなった。

グウェンとピーターは、デニースに共犯者がいたのだろうと考え、その問題もなんとかしなければならなかった。

ラリーはたしかにグウェンを見くびっていた。ピーターによると、ラリーの頭を殴って殺したのは彼女だった。

ウェストリバーデイルでそれからかなり長い間だれもが話すことになる内容は、それですべてだった。ようやくみんなをキッチンから追い出せたと思ったら、パレードのルートに急いで向かわなければならない時間になっていた。

スティーヴとジョリーンが、メインストリートの正面特別観覧席前方にキャンプ用の椅子を置いて、わたしたちのために場所をとっておいてくれた。ご近所さんたちは特別なはからいをやさしくからかいながら通してくれたが、通りすぎざまに背中をたたいた。

地元企業や団体の山車《フロート》や高校のマーチングバンドの行進になると、エリカとビーンとわたしは椅子をたたんで、立ったまま声援を送った。〈ウェストリバーデイル高校スターズ〉のふわふわの帽子の下には、エリカのコミック本チームの子たちの顔がたくさんあった。彼らは必死でエリカに微笑みかけまいとしていたが、鼓手長がホイッスルを吹いて、メインストリートでの演奏の開始を告げると、バンドのパフォーマンスに集中した。音楽がうねり、バンドが『星条旗よ永遠なれ』を演奏すると、胸が張り裂けそうになった。トランペットの何人かは、速いペースについていくのに少し苦労しているようだったが。

やがて、ウェストリバーデイル退役軍人会のグループが近づいてきた。体が不自由でも年をとっていても、みんないかにも軍人らしい。レオは片手に小さな旗を持ってわたしに笑いかけ、その横をスターがいかした軍服姿で歩いていた。レオはとても幸せそうで、希望に満ちあふれているように見えた。わたしは唇を噛んだが、それでもよろこびの涙があふれた。

携帯電話がヒラリー・パンキンのアシスタントからメッセージが届いたことを知らせた。開いてみると、ヒラリーの〝賛か否か（イェイ・オア・ネイ）〟のコーナーの画像が現れた。

チョコレート＆チャプター
メリーランド州
ウェストリバーデイル

賛《イェイ》！

ラベンダー・トリュフ

Recipe

1

［ 材 料 ］

ラベンダーの生花……12個
ヘビークリーム（乳脂肪分の多い生クリーム）……⅓カップ
刻んだビタースィート・チョコレート……280グラム
無塩バター……大さじ2

［ 作り方 ］

1 小鍋にラベンダーの花とクリームを入れて強火にかけ、クリームが煮立ったらバターを加えてとかす。火からおろして15分抽出させる。

2 チョコレートを140グラムずつに分け、一方を小さめのボウルに入れる。

3 クリーム液をもう一度温め、チョコレートのボウルのなかに網目の細かいストレーナーで濾し入れる。ラベンダーの花とかすは捨てる。

4 チョコレートとクリームをなめらかになるまでかき混ぜる。

5 いくらか固まるまで、冷蔵庫で1時間ほど冷やす。

6 残りのチョコレート140グラムを耐熱ボウルなどに入れ、電子レンジに30秒かけて液状にする。

7 バットにワックスペーパーを敷く。

8 冷やしたラベンダー風味のチョコレートを小さじ1ずつ丸め、串か楊枝で刺してとかしたチョコレートに浸す。

9 バットの上に置き、固まるまで冷蔵庫で少なくとも2時間冷やす。

イサベラ・ナック［サンディエゴの〈ダルマン・ファイン・チョコレート〉のショコラティエ］による

レモン＆タイム・トリュフ

Recipe
2

［材料］

ヘビーホイッピングクリーム
（乳脂肪分の多いホイップ用の生クリーム）……1カップ
生のタイムの葉……小さじ1½
高品質の刻んだビタースィート・チョコレート……250グラム
生のマイヤーレモン
（レモンとオレンジをかけあわせたもの）の汁……大さじ3（約1個分）
マイヤーレモンの皮のすりおろし（黄色い部分のみ）……大さじ1
ココアパウダー……適量

［作り方］

1 厚手のソースパンにクリームとタイムを入れて煮立て、火を止めて15分抽出させてから、もう一度火にかけて沸騰寸前まで温める。

2 火からおろした温かいクリームを、刻んだチョコレートのボウルに濾しながら注ぐ。

3 レモン汁と皮のすりおろしを加え、チョコレートがとけるまでかき混ぜる。

4 作業ができる程度にガナッシュが固まるまで、冷蔵庫で少なくとも3時間冷やす。

5 小さいアイスクリームスクープ（大さじ、またはスプーン2本でも）で小さなボール状にチョコレートを形成する。

6 ココアパウダーのなかで転がす。

アップルウッド・ベーコン・トリュフ

Recipe 3

[材 料]

最高級の硬木でスモークしたベーコン……336グラム
きび砂糖 ……大さじ2〜4
ヘビークリーム……1¼カップ
セミスィート・チョコレート……900グラム

[作り方]

1 ベーコンを5センチの長さに切り、カリカリになるまで焼く。出た脂を、ベーコンのかけらがはいらないように気をつけて、⅓カップ分とっておく。焼いたベーコンを細かく刻んで、トッピング用の顆粒状ベーコン¼カップ分を作る。ベーコンと砂糖大さじ2を合わせ、ふりかけるのではなく転がしてまぶす場合はベーコンと砂糖を2倍量にする。残ったベーコンは別の（チョコレート以外の）料理用にとっておく。

2 ダブルボイラーの上の鍋か、沸騰した湯の上に置いた耐熱ボウルのなかに、クリームとベーコンの脂を入れてかき混ぜる。完全に混ざったら刻んだチョコレート450グラムを入れる。ときどきかき混ぜながら、チョコレートがとけるまで加熱する。火からおろし、なめらかになるまでスプーンか泡立て器でかき混ぜる。

3 チョコレート液を浅めのボウルに注ぎ入れ、表面にぴったり貼りつけるようにしてラップをかけ、冷蔵庫でひと晩冷やす。

4 固まったチョコレートの表面にたまったベーコンの脂を、よく切れるナイフでざっとこそげ取る。大さじかメロンボウラーでチョコレートをすくい取り、手で丸めて1インチのボール状にする。冷蔵庫に入れて少なくとも1時間冷やす。

5 ダブルボイラーの上の鍋か、沸騰した湯の上に置いた耐熱ボウルのなかに、残りのチョコレートを入れて温め、ときどきかき混ぜながら、完全にとかす。

6 小さいスプーン2本を使って4のボール状のチョコレートを5のとかしたチョコレートに浸し、転がして全体をチョコレートで覆う。

7 ワックスペーパーかオーブンペーパーを敷いたバットの上に置く。チョコレートが温かいうちに、1のベーコンと砂糖を混ぜたものをふりかける、またはまぶす。

8 覆いをかけて冷蔵庫で少なくとも1時間冷やす。冷蔵庫で1週間、密閉して冷凍庫で保存すれば1カ月はもつ。その場合、食べる15分まえに冷凍庫から出しておくこと。

訳者あとがき

チョコレートはお好きですか？　トリュフやボンボンショコラ、板チョコにチョコレートフォンデュ。大切な人へのプレゼントはもちろん、がんばった自分へのご褒美に、癒しのひとときやもうひとがんばりしたいときに、チョコレートはさまざまなシーンに欠かせない、魅惑の食べ物。そんなチョコレート好きにはたまらない、甘い香りただようシリーズをご紹介しましょう。読書のおともにはぜひチョコレートのご用意を。でないときっと途中で買いにいくことになりますよ！

親友同士で同じ家に住むミシェル・セラーノとエリカ・ラッセルは、米国メリーランド州にある小さな町、ウェストリバーデイルのメインストリートで、〈チョコレート&チャプター〉という一軒の店をシェアしています。スペースの半分は、エリカが妹のコリーンと経営する書店で、もう半分はショコラティエのミシェルが腕を揮《ふる》うチョコレートショップ。ゆったりしたソファのある居心地のいいカフェスペースで、おいしいチョコレートとコーヒーでくつろぎながら、ゆっくりと本を読むことができるすてきなお店です。書店は新刊も古本も稀覯本も扱っていて、コミック本も充実。カフェスペースは読書会や各種寄り合いにも利用されています。

ある朝早く店に足を踏み入れたミシェルは、隣で写真スタジオを経営する写真家で友人のデニースが、ソファで死亡しているのを発見します。チョコレートを食べていたらしく、口からはチョコレートの泡が。鋭い嗅覚の持ち主であるミシェルは、デニースがいつもつけている香水の香りに混じる、かすかなアーモンドの香りに気づきます。何者かがチョコレートに毒を？　なぜこの店でデニースが？　犯罪現場となった〈チョコレート＆チャプター〉は立ち入り禁止となり、丹精込めたわが子同様のチョコレートを押収されて、ミシェルは途方に暮れます。さらに因縁の関係にある地元レポーターから執拗に攻撃され、こうなったら自分たちで犯人を探そうと、ミシェルとエリカはきき込みを開始。やがてデニースが問題を抱えていたことが明らかになります。

劣等生だった職人気質のミシェルと、優等生で学究肌のエリカは対照的なふたりですが、不思議と仲がよく、お互いをリスペクトしているのがわかります。ふたりをホームズとワトソンとからかう登場人物もいて、どっちがどっち？とミシェルが首をひねるシーンも。そういえば、本家ホームズとワトソンも対照的なふたりですが、やっぱり同居していますよね。ミシェルはエリカの兄でジャーナリストのビーンにお熱だし、エリカは高校時代につきあっていた警部補のボビーと何かありそうで、それぞれの恋の行方も気になるところです。

そして、要所要所で重要な役割を果たすのがチョコレート。影の主役と言っていいかもしれません。みんな大好きゲートウェイ・ドラッグのフルール・ド・セル・キャラメル、エリカの好物のバルサミック・ドリーム、デニース殺害事件に使われるアマレット・パレ・ダーク、ロクスベリー夫妻のお気に入りベーコン・アンド・スモークト・ソルト・トリュフ（！）など、ミシェルが作るチョコレートはどれもとても個性的でそそられるものばかりです。繊細な味と香りを組み合わせて斬新でおいしい芸術的な作品を作れるのは、人より嗅覚が発達したミシェルだからこそ。こんなお店が近所にあったら、太るなあと思いつつ常連になってしまいそうです。

ところで、ミシェルたちはメモリアルデーのまえの週末イベントとしてファッジ・コンテストを開催しますが、ファッジって何？と思った方もいるのでは？　ファッジはイギリス発祥の濃厚なキャンディの一種で、やわらかくしっとりした食感のとにかく甘いお菓子です。原材料は砂糖と練乳とバターで、チョコレート味が基本ですが、いろいろな風味のものがあり、形もいろいろ。それだけにコンテストでは個性を発揮しやすいのでしょう。ものすごく甘くてそんなに食べられないと思っても、なぜかやみつきになるとのことで、これも危険なお菓子ですね。ちなみに、アイスクリームやパフェにかけるホット・ファッジはチョコレートソースで、本来のファッジとは関係ありません。

著者のキャシー・アーロンはペンシルベニアの田舎に育ち、ニューヨークシティで広報の仕事についたのち、夫と出会ってカリフォリニアへ。現在は夫とふたりの娘とともにサンディエゴに住んでいます。下の娘が学校に行くようになったので小説を書きはじめ、上の娘が大学に行くころには出版を考えるようになったとか。本書がデビュー作で、この〈チョコ職人と書店主の事件簿〉のシリーズは現在三作目まで出ています。キャシー・クルヴァット名義でも〈グルメ・キャット・ミステリ〉というシリーズを出していて、こちらはキャットフードの開発をしているシングルマザーが主人公。カリフォリニア州のサニーサイドという小さな町が舞台で、トラブルという名の猫が相棒のようです。こちらは現在二作目まで出ています。

さて、シリーズ二作目の *Truffled to Death* では、ウェストリバーデイルの町の創設者の末裔であるリバー家が、家に伝わるマヤの美術品を町の博物館に寄贈することになり、〈チョコレート&チャプター〉でレセプションがおこなわれます。ところが、マヤの遺物のひとつが盗まれ、なぜかエリカに容疑がかかってしまい……本書にも登場したリバー家は、今や町のセレブ。やはり本書で登場して登場人物たちをメロメロにした猫のココが、さらにかわいく存在感をアピールしているので、猫好きは要チェックです。もちろんチョコレートもたっぷりご用意！　いずれご紹介させていただきますのでどうぞお楽しみに。

二〇二〇年九月

コージーブックス

チョコ職人《しょくにん》と書店主《しょてんしゅ》の事件簿《じけんぼ》①

やみつきチョコはアーモンドの香《かお》り

著者　キャシー・アーロン
訳者　上條《かみじょう》ひろみ

2020年　10月20日　初版第1刷発行

発行人　成瀬雅人
発行所　株式会社　原書房
〒160-0022 東京都新宿区新宿1-25-13
電話・代表　03-3354-0685
振替・00150-6-151594
http://www.harashobo.co.jp
ブックデザイン　atmosphere ltd.
印刷所　中央精版印刷株式会社

落丁・乱丁本はお取り替えいたします。
定価は、カバーに表示してあります。
 ISBN978-4-562-06110-5 Printed in Japan